文春文庫

# 豪傑組

## 歴史小説傑作集3

海音寺潮五郎



文藝春秋

豪傑組

歴史小説傑作集

目次

# 豪傑組

歴史小説傑作集

# 豪傑組

# 一

筑後《ちくご》柳川《やながわ》の剣客大石進《おおいしすすむ》は、近頃の剣豪ものばやりでずいぶん有名になったが、実は大石進という柳川の剣客は二人いる。父子二代にわたって大石進と名のっているのである。近頃有名になっているのは子供の進種昌《たねまさ》の方で、父進種次《たねつぐ》の方はほとんど知られていない。しかし、その時代においては、父の方がずっと有名であった。技量もまた父の方がすぐれていたのではなかったかと思われるふしがある。

正確には父進は後に七太夫と改名し、子進ははじめの名は進士《しんし》、後に進と改名したのである。

小大石は軀幹《くかん》雄偉で、好んで五尺におよぶ長大な竹刀《しない》を用い、突きを得意としたというが、大大石もまた身長七尺（あまり大きすぎるようだが、記録にこうあるから、一応そのまま書いておく）、容貌魁偉《かいい》、音吐洪鐘《おんとこうしょう》のごとく、長大な竹刀を使い、突きを特技としたという。つまり、小大石は大大石の剣法を忠実に伝承したのである。

こんな話が伝わっている。大大石は室内に鞠《まり》を天井からつるしておき、日夜にこれを突くこと数年、ついにその独自の神技を得たのだと。しかし、ぼくは、彼は槍術の名手でもあったというから、その剣法は槍術から出たものではなかったかと思っている。長い竹刀を用いたというのも、突きを特技としたというのも、こう考えればきわめて自然に解釈がつく。鞠を突いて習練したというのも、うそではあるまいが。

大大石が壮年の頃、勤番《きんばん》のために江戸に出ている時、同じ家中の武芸自慢の青年二、三人が男谷《おだに》精一郎（後下総守《しもうさのかみ》）の剣名を聞いてその本所の道場に出かけて行って、仕合を申しこんだ。男谷は後に剣聖とまで言われるほどになった人だが、この当時すでに江戸一の剣名があった。柳川の青年等は、それが癪《しやく》にさわったのだ。

「この遊惰《ゆうだ》柔弱な江戸でこそ一番の名手かも知れんが、おどんらが剣法は鍛えがちごうばい。なにほどのことがあろう」

青年等がこう思ったには理由がある。一体柳川藩は江戸時代を通じておそろしく武張った藩であった。藩祖宗茂《むねしげ》、その父道雪《どうせつ》の流風余韻《りゆうふうよいん》もあったが、尚武的ならざるを得ない他の条件もあった。柳川を取りまいている諸藩は皆大藩だ。佐賀の鍋島が三十五万石、久留米の有馬が二十一万石、筑前の黒田が五十二万石、肥後の細川が五十四万石、これらに取りまかれて十一万九千六百石の立花家があった。割拠的で、排他的で、階級観念の旺盛な時代だ。柳川の武士等はこれら諸大藩の武士等から、不当なる圧迫、故なき侮蔑、理不尽な凌辱《りようじよく》をこうむることがしばしばあったので、武術を練磨して個人としての力量を身につけて自衛する必要があったのだ。だから、柳川藩は九州諸藩のうち、各種の武術の最も盛んなところであった。

一方、江戸はどうかといえば、江戸文化の爛熟《らんじゅく》期といわれる文政天保の頃だ。享楽的で、遊惰放逸の気風が上下を蔽《おお》うている時代だ。旗本や御家人は武術などに通じているより遊芸に通じていることを誇りとしている有様であった。

柳川の青年等が江戸剣術を軽蔑し、したがって男谷精一郎を軽く見たのも、きわめて自然なことであった。

さて、仕合の申しこみを受けると、男谷は快諾して道場に通して立合ったが、その強いこと、青年等は手も足も出ない。三人ともきれいに負けて、すごすごとかえった。

このことを聞いた、同じ立花家の青年で由布《ゆぶ》六之助というのが、おそろしく残念がって、大石の長屋に来て、かくかくの次第と語った。

大石は笑った。

「そりゃ無理ばい。あの衆もなかなかの腕じゃあるばってん、男谷殿の向うへは立てんたい。段違いじゃけんなあ」

「おぬし、どこかで男谷の使うのを見たことがあるのかい」

「見たことはなかばってん、うわさを聞いとる。大ていわかるたい。なかなかの腕ばい」

「おぬしなら、どぎゃんかい」

「仕合うて見にゃわからんたい」

「行って仕合うてくれんかな。このままじゃくやしゅうてならん。藩の名にもかかわる」

「仕合うて負けたら、恥の上塗りじゃろうもん」

「おぬしが負けるようじゃったら、男谷は江戸一どころか、天下一じゃ。天下一にならば負けても恥にはならん。あきらめがつくたい」

「ハハ、妙な理窟ばいな」

まあこんなことで、大石は承知して、非番の日に、由布六之助を同道して本所へ向った。

男谷道場について、刺《し》を通じて、一手御教授を願いたいと申しこんだ。名刺《なふだ》にしるした藩名を見て、男谷はハハア、この前の復讐戦に来たな、と合点したが、こころよく承諾して、道場に通す。

双方初対面のあいさつあった後、防具をつけて相対した。男谷は長身清瘦《せいそう》な人がらだ。竹刀は常寸、中段にとって、水のように冷静な構えだ。一方大石は小山を見るような巨軀だ。五尺の大竹刀を上段にかまえた。しばし双方ともに動かず、互いに敵の虚をはかっていたが、忽《たちま》ち大石の巨軀がすべるが如く軽捷《けいしょう》に近づいて行ったと思うと、

「面なり！」

洪鐘の鳴るがごとき雷喝と共に一跳躍、大竹刀は風を巻いてふりおろされた。

男谷は一歩進んですり上げざまに受け、面に斬りこもうとしたが、大石の巨体の軽さ、一間ほども飛び退り、飛び退ったかと思うと、さッと踏み出した。諸手《もろて》突きに、鉄壁も

くだけよと、相手ののどを目がけて、

「突きなり！」

得意中の得意な技だ。神技と称せられている。いまだかつてこれを避け得た者はない。手に汗にぎって道場の隅から見ていた由布六之助は、「やった！」胸の中で叫んだが、男谷は実に無造作に、首を振った。ほんの一、二寸首の位置を動かしただけであったが、剣尖はきれいに肩の上を流れた。

必殺の剣尖をかわされて、大石はおどろきながらもくり引いて、

「突きなり！」

と、また出た。しかし、これも軽くかわされてしまった。

こうして、三度まで突いて出たが、三度ともきまらない。

大石は所詮《しょせん》このままでは突きとめることは出来ないと見た。そこで、仕合を中止して、他日を約束しようと思っていると、男谷がサッと剣を引いて、一礼した。大石も竹刀を引いて一礼した。男谷は言う。

「大石先生。この勝負はきまりそうにありません。お互い工夫の上、明日改めて勝負したいと思いますが、いかがでしょうか」

「拙者もさように願おうと考えていたところでございました。それでは明日のことに願いましょうか」

大石は藩邸にかえる道すがらも工夫をつづけ、興奮した由布が色々と話しかけるが返

事もせず、最後にはどなりつけた。

「黙って歩け。おどんは明日の工夫をしとるとばい」

その日一日工夫をつづけ、夜に入ってもなお考えつづけたが、いい考えが湧かない。

しかし、深夜にいたって、膝を打って呵々《かか》と笑い出した。

「ハハ、そうか、そうか……」

そこで、床に入り、グッスリと寝た。

夜が明けると、由布六之助が来る。

「進さん、どうじゃな。工夫がついたかな」

「ゆんべは夜なかまで考えたばい」

「ほう、そんなら、工夫がついたのじゃな」

「どうかな。相手あってすることじゃ。立合うてみんばわからんたい」

男谷道場についてみると、江戸中の高名な剣客等が皆集っている。男谷は人格高朗で、私心のない人だ。昨日の立合いでこの無名の剣客の卓抜な技量を知ったので、斯道《しどう》発達のために広く人々に見てもらいたいと思い、昨夜のうちにふれをまわしたのであった。

大石としては、思いもかけず、晴れの仕合となった。相対し、相寄ると見えるや、大石は猛然として突きに出た。

「突きなり！」

男谷は昨日と同じく首を振ったが、大石の剣尖は今日は昨日より一、二寸下ののどのつけ根を狙っている。かわし切れなかった。見事に入って、ガッと音を立てた。

「たしかに！」

男谷は叫んだ。

見物の剣客等はどよめいた。
二、三合して、こんどは男谷が大石の面を取った。
「たしかに！」

大石は叫んでうなずいたが、相離れると見るや、サッとふみこんだ。

「突きなり！」

これもきまった。男谷はかわそうとしたが、したたかに突かれてしまった。

こうして、大石二本、男谷一本で、大石の勝ちとなったので、大石の名は一時に江戸中に喧伝《けんでん》され、諸大名は争って彼を招待し、その家臣等を弟子入りさせたという。

これからずっと後のことになるが、昌平黌《しょうへいこう》の儒官《じゅかん》で、幕末の大儒といわれている佐藤一斎は、ある時大石の剣法を見て、感嘆のあまり、次の書を作って贈っている。

耳目手足、都《す》ベテ要ハ神帥《シンヒキ》キテ気従ヒ、気導キテ体動クナリ。善クコレヲ自得スレバ、神・気・体一時ニ電発ス。言語ヲ以テ諭《オシ》フベカラザルナリ
天保十年秋仲月　江戸　一斎老人坦《タン》

柳川藩大石君、剣技ヲ以テ長ヲ西州ニ擅《ホシイママ》ニス。余請ウテ之ヲ覧《ミ》ルニ、蓋《けだ》シソレ縦横自在、神出鬼入ス。果シテソノ独歩タルニ出ヅルナリ。感嘆ノ余、コノ語ヲ録シテ之ヲ贈ル。

（スベテ原漢文）

一斎老人のような篤実な老碩学《せきがく》が保証しているのであるから、大大石の技量のほど信用してよいであろう。

二

この大大石と技量伯仲したという人物が、同じ時代、柳川にいた。足達《あだち》茂兵衛。茂兵衛は立花家の家中に昔から伝わっている景《かげ》流居合と電撃抜刀流とに通じ、その技量ほぼ大石に匹敵したという。また水泳術に達して、水中にあってあるいは遊泳し、あるいは潜行すること、陸上にあるがごとく自在であったと伝えられる。これほどの武術家であったが、その性質が剛強にすぎて権貴《けんき》をはばからず、しばしば藩の重役等の意にさからったので、生涯江戸勤番も命ぜられず、その名は柳川だけにとどまった。

茂兵衛の豪気は、幼時にすでにあらわれた。

茂兵衛の父八郎も、景流居合術と電撃抜刀流と槍術の達人で、藩命によって居合と槍の師範となったほどの人である。八郎は時々たわむれにダイダイを空中にほうり投げて、抜打ちに切ったり、槍で突いたりしたが、百に一つもあやまらなかったという。盲人の頭にダイダイをおいて抜打ちにこれを斬ったことがあるが、ダイダイはきれいに両断されて、盲人の髪には刃がふれなかったという。岩石の上にとまっているトンボを抜打ちに斬ってトンボだけを両断して刃を石にあてなかったともいう。宮本武蔵が門人青木丈右衛門に示した技術の冴えそのままである。

八郎は幼少の時父に死別して母の手一つに育ったので、母に対する孝心が厚く、そのまめまめしいつかえぶりには、知る者が皆感動するほどであった。この母が老年におよんで長い病気に臥《ふ》し、どうにかなおりはしたが、足腰が立たなくなったので、おりおり供をして肥後の杖立《つえたて》温泉に湯治におもむいた。阿蘇の外輪山の北側に位置する阿蘇郡小《お》国《ぐに》にあって、杖立川（一名阿蘇川）の沿岸にある。

ある年、いつもの通り出かけたが、十日ほどの後、供をして行った下僕が大急ぎで駆けもどって来た。

八郎の身の上に大へんなことがおこったというのだ。湯治場で、八郎が佐賀藩士六人と争いをおこし、不日《ふじつ》に決闘することになったという。

八郎の妻は動転した。ものも言えない。

「……もとはといえば、佐賀の奴《やつ》どんの意地悪からでござす。旦那様のお泊りの宿屋は何年来のお定宿《じようやど》でござす上に、旦那様のお孝行ぶりに皆が感心しているものでござすから、宿屋のもんが亭主からして女中共まで、ほかの泊り客より丁寧にあつかってくれるのでござす。佐賀の奴どんはそれを嫉《ねた》ましがって、卑怯な小細工ばして、あろうことか、飛んでもなか腹黒かワナをかけたのでござす」

下僕が悲憤の涙をこぼしこぼし語ったところは、こうであった。

八郎が母を介抱しながら湯に入れている時、佐賀の藩士等は脱衣場の刀掛けに掛けてあった八郎の刀を他の位置にうつし、そのあとに自分等のなかまの刀を掛けて、ドヤドヤと浴室に入って来た。そんな連中だから、浴室でもひどく無作法だ。八郎はそれをきらって、母を湯から上げ、着物をまとわせて、いつもの通り背中に負い、刀掛けの刀を取って、座敷にかえった。

母を寝せ、夜具の工合をなおしていると、二、三室離れた座敷に陣取っていた佐賀の連中が、おそろしくさわぎ立てながらかえって来た。

「おどんの刀が盗まれた」

「誰が盗んだか、その分には捨ておかれん」

と荒々しくわめいている。

八郎はハッとして、床の間の刀をしらべてみると、自分の刀でなかった。

そこで、その刀を持って出かけて行き、丁寧にわびを言ったが、相手はたくらんでしたことだ、素直に聞こうはずはない。

「刀は武士の魂でござるばい。たとえ前後不覚に酔うていても、武士ならば手に持った持ち心で、人の刀か自分の刀か、わかるもんじゃ。ましてや、酔うておらんなら、わからんはずはなかばい。わかっていながら持ち去るのは盗《ぬす》ッ人《と》ばい」

と、悪口雑言のかぎりをつくす。

八郎も本来は相当気の荒い性質だが、ここで腹を立てれば向うの思う壺にはまることがわかっている。母の心配も考えた。なおおだやかに言訳したが、先方は横車を押してやまない。

さわぎに、同宿していた筑前黒田家の大目付役をつとめている梶原喜太夫という人物が聞きかねて出て来て仲裁に入ったが、どこまでも下手に出ている八郎を柔弱と見くびり切って、恰好《かっこう》な慰み斬りの対象と思い上っているから、聞き入れるはずがない。

「捨ておいていただきまっしょ。武士たるものが盗みを働くとあっては、武士全体の恥でござす。これを懲らしめるのは、武士たるもののつとめでござす。桀《けつ》を助くるは桀の徒と申しますばい。貴殿が飽くまでもこの者をかばい立てなさるにおいては、われらとしては、貴殿もまた盗賊のかたわれと断ぜざるを得ませんばい」

事のついでに斬って捨てるぞといわんばかりの言いようだ。八郎も忍耐の緒が切れた。

ガラリと態度をかえた。

「こうまで事をわけてわびてもお聞き入れがなかとあっては、いたし方はござっせん。貴殿方は拙者をどぎゃんしたいと思うていなさるのでござす」

「言うまでもなかこと、斬って捨てるつもりたい」

と、相手方はうそぶいた。

「斬って捨てる？　ハハ、しかし、拙者もいささか腕に覚えがござす。手をつかねて斬られはしませんばい」

と、八郎が微笑すると、相手方はからだのどこかに火の塊りでもおしつけられたように一斉に激昂《げっこう》した。

「生意気な！」

同音に叫んで、刀を引きよせた。今にもすッぱ抜きそうな形相《ぎょうそう》になった。

側にいた梶原も、腹にすえかねる気持になっていた。所詮、行くところまで行かねば埒《らち》はあくまいと考えはしたが、出来るだけ八郎に有利な決闘をさせたいと思った。そこで、

「先ず、双方待たれよ」

と、間に膝を進めて、ここは細川家の領分内である、双方共に御主家のある方々、ほしいままに決闘すべきではござるまい、所の領主たる細川家の了解を得た上で、堂々たる勝負をなさるべきであると存ずる、お任せ下さるならば、不肖ながら拙者が万事を周旋申すであろうと、諄々《じゅんじゅん》と説いた。

五十四万石の大藩の大目付をつとめるほどの人物だけあって、堂々たる議論だ。不承不承ながら、肥前方は同意せざるを得ない。八郎にはもとより異存はない。

下僕は言いつぐ。

「それで、その梶原様から所の代官様に願い出になりましたので、代官様は早速熊本に伺いを立てなさいました。まだ熊本からはなんともさしずはありませんばってん、旦那様のおっしゃるには、梶原様はかねてお知合いの熊本の御重役方に、別に書面を差出してお頼みになっているけん、お聞きとどけになるのは間違いはなかと仰っしゃるとです。旦那様はすっかり覚悟をなさっておられます。御隠居様も覚悟をなさっておられます。〝武士《さむらい》の身には、こういうことはありがちなことたい〟と、仰っしゃいましてな。そいで、てまえをお召しになりまして、〝八郎の腕はそなたも知っての通りじゃばってん、勝負は時の運という上に、相手方は大勢のことじゃけん、どぎゃんことになるかわからん。それにつけても、晴れの勝負にここへ持って来とる着物では見苦しかけん、そなた一走り柳川へもどって、式日の登城の時の絹の黒紋付と殿様のお供して野駆けに行く時の野袴《のばかま》ば持って来るように〟と……」

ここまで言うと、下僕は胸をつまらせて泣き伏してしまった。

八郎の妻も、こらえきれなくなって泣き出した。

茂兵衛はこの時、数え年の八つであった。母の側に坐って、目ばかりギョロギョロと光らせて聞いていたが、突如として叫んだ。

「正助や、おどんを連れチ行け。おどんが行けば、父《とと》さんはきっと勝たっしゃるけん！おどんを連れチ行け！」

こうして、茂兵衛は正助に連れられて杖立に行った。思いもかけず愛児を見て、八郎は感慨が胸にせまって、急には口もきけないでいると、茂兵衛は言った。

「父《とと》さんが果し合いをなさるちゅうので、茂兵衛は来たとですばい。きっと勝って下さりまっせ」

子供らしい言い方に、八郎が苦笑して、

「わしも勝ちたかと思うとるばってん、敵は六人も居るとじゃけん、どうなるかわからんたい」

と言うと、茂兵衛は、

「六人もいながら、一人と見て意地悪をするもんは、スクッタレ（弱虫）にきまっとりますたい。なんでもなかですたい」

「そりゃそうじゃな」

さらに苦笑しながらも、八郎は胸のひらくのを覚えた。八郎ほどの剣客でも太平の世のありがたさには、これまで一度も真剣の勝負の場に臨んだことがない。六人を相手というので、なんとなく気が鬱していたのだ。

間もなく、熊本の藩庁から許可の通知が代官所を通じてとどいた。検視役まで派遣して来た。当時熊本で剣法師範の一人であった斎藤宇内という人物。

数日の後、決闘は行われた。場所は杖立川の河原。代官は藩庁の命によって、ここに方十間の竹矢来を組んだ。

杖立温泉のある小国という村は、地図で見た所では途方もない山の中のようであるが、ずいぶん古い時代にひらけた土地で、鎌倉時代には北条氏の所領で、現在世間に流布《るふ》している北条時宗（蒙古襲来当時の幕府執権）の画像は、この村の満願寺に伝わったものがもとになっているのだ。こんな土地だから人口もなかなか稠密《ちゅうみつ》で、噂を聞き伝えて、何千人という見物が集った。

ところが、この群衆の中に、四十人ばかりの佐賀藩の若武士の集団があった。六人を声援するために国から駆けつけて来た連中であった。荒々しい佐賀ことばでしゃべりながら、肩肱《かたひじ》いからして、にらみまわしているので、そのまわりには近づく人もない。不穏の気がはじめからただよっていた。

しかし、細川家の面目として、中止や延期は出来ない。

「わきからの手出しは決してゆるさない。さようなことをするものは、当藩にたいする敵対行為と見なす」

と、宣言して、開始した。

佐賀藩の六人組は、最初は六人一斉にかかり、中に取りこめて討取るつもりでいたが、細川家から来た検視役斎藤はこれを制止した。

「一人ずつかかられよ。それが尋常な勝負というものでござる。当藩が奉行して行う果し合いに、多数にて一人を取りこめて討つごときことは許しませんぞ」

と、声をはげました。

そこで、一人ずつ出ることになった。

八郎は最初槍を以て立向い、忽ち二人をたおし、三人目からは居合でたおした。相手の斬りかかって来るのをかわしざまに抜打ちに斬っては刀を鞘《さや》におさめるのだが、その刀さばきの迅《はや》いこと目にとまらない。人々の目には、八郎が入身《いりみ》の体勢になり、更に飛びのくのが見えるだけで、刀を抜いて斬るのは見えないのだが、飛びひらいた瞬間の後には敵が血煙を上げてたおれるので、舌を巻いて感嘆した。

肥前の四十人組は、てもなく次ぎ次ぎに朋友《ほうゆう》がたおされるので、歯がみして残念がりながらも、武士としての面目を重んじて手出しをこらえていたが、六人のこらずたおされてしまうと、一斉におどり上った。

「手出しではなか！　朋友の敵討ちでござるぞ！」

と叫んで、エイ、エイ、エイ、と諸声《もろごえ》を上げて矢来をおし破って乱入した。斎藤や梶原や、代官所の下役人共が制止したが、一歩も引かない。八郎めがけて殺到する。

八郎はむかえ撃って、忽ち四人を斬っておとしたので、のこる連中はおじけづいて、矢来の外に逃げ出した。

これらの血戦の間、茂兵衛は正助に肩車して群衆の中にいて、目もはなさず見ていたが、まるでおじける色がなく、八郎が一人をたおす毎に、小おどりし、正助の髷《まげ》をむしりながら、

「やあ、また父《とと》さんが斬らしゃったばい！　また父さんが斬らしゃったばい！」

と、絶叫しつづけていた。

# 三

この杖立の決闘は、当時「杖立騒動」と呼ばれて、九州一円の高い評判になり、柳川藩の足達八郎の名は武芸をたしなむ者なら九州では知らない者はないほどとなった。彼が柳川にかえると、藩主は特に召出して謁をたまい、親しく褒詞《ほうし》を加えた。その時、藩主は得意の居合を見たいと所望した。

八郎は杉箸十人前を所望して、これを畳の合わせ目に立てならべておいて、大刀を腰に、右膝を立てた姿勢で、箸の外側を辷《すべ》るように一巡した後、前の位置にかえった。

「つたなき業《わざ》でございます」

と、平伏した。

藩主の侍臣に言って、箸を引きぬいてもらうと、二十本の箸はのこらず二つに斬りわられていた。一本斬る毎に刀を鞘におさめて行ったのであるが、迅速をきわめた業であったので、わき目には片膝立ちで一巡したとしか見えなかったのだ。人々は魔法を見せられた思いがして、しばらくは感嘆の声すら出なかった。

こんなことから、門弟となって学びたいと願う者も多かったが、八郎は入門志望者には必ずはじめ四、五回は居留守をつかって会わず、なお執拗に来て頼む者にだけ会って、十分に心術を見きわめた上で入門をゆるしたという。

文政四年の正月、八郎は四十五歳で病死した。茂兵衛が家をついだ。茂兵衛は数え年二十八で、父の薫陶と自らの努力によって、居合抜刀術と水泳にかけては藩中屈指の技量になっていた。修練はずっと続けられて、やがて居合では藩中無双となり、他の武術を修めた者と仕合しても、彼に勝ち得る者はなくなった。

茂兵衛が大石進と最初に仕合したのは、茂兵衛十八、大石十五の時であった。茂兵衛は居合抜刀術、大石は普通の剣術だ。両者相対して立上るや、茂兵衛は飛びこんで抜打ちで大石の小手を取った。さすがの大石も瞬間茫然としたほどの早業であった。次には茂兵衛が飛びこんで来るところを、大石が得意の突きでしとめた。一本一本となって、双方懸命にはげしい戦いをつづけること半時間におよんだが、いずれも業がきまらず、ついに引分けとなった。

この時から、二人は最も親しい友垣となった。二人ともなかなかの酒好きで、また酒豪であったので、武芸の切磋《せっさ》琢磨《たくま》もだが、実によく飲み合った。

こんな話が伝わっている。

ある日、二人は偶然、柳川の東南郊中島村で会った。

「やあ、こらよか所で会いましたな。一ぱいやりまっしょや」

「よござっしょう」

村の酒屋に入った。

茂兵衛は一升桝《ます》に酒をつがせ、一息に飲みほして進にさした。

「えらい盃ですたいな」

進は笑いながら受けて酒をつがせた。これまた一息に飲みほす。

そこに、魚売りが荷をかついでふれ売りして来た。

「カラ酒を飲むとからだのために悪かといいますけん、肴《さかな》ば買いまっしょ」

茂兵衛は魚屋を呼びとめて、荷をおろさせてみると、一尺ばかりのアカメが数尾ある。

「これがよかろう。一番新しかごたる。二コンくれい」

「つくりまっしょか」

「そのままでよか」

酒屋から大皿を借りてならべ、塩をもらった。

「そっちが進さんの分、こっちがわしが分。さあ、やりまっしょ」

アカメは美味な魚だが、ウロコがかたく、骨もまたおそろしく硬い。それをウロコもとらず、はらわたもぬかず、片手につかんで塩をねじりつけては頭からかじりかじり桝酒を飲みつづけ、数升に及んだ。

「ああ、よか気持ですたい。こんよか気持で、御城内の道場に行って、稽古ばつけてやりまっしょや」

「よござっしょう」

打ち連れて城内の剣術道場に行き、終日子弟等に稽古をつけてやったという。

それから二、三年後のことらしい。冬であった。会津藩の剣客で何某《なにがし》という者が、全国を剣術修業して巡遊の途次、柳川に来て、人々と仕合したところ、一人としてこれに敵する者がない。当時大石は江戸勤番を命ぜられて不在、茂兵衛は十数日前から熱病をわずらって臥床《がしょう》中であった。柳川の家中の者は、皆不運をなげいた。

ある夜、このことを、茂兵衛に告げた者があった。聞くと同時に、茂兵衛はムクリと起き上って叫んだ。

「おどんが明日立合おう。その男、立去らしちゃならんばい」

連日の高熱続きで、茂兵衛は衰弱しきっている。顔面蒼白、かねての剛強な風貌も失われていた。相手は不安がった。

「大丈夫かの、そのからだで。残念じゃあるばってん、このままにしとく方がよくはなかじゃろか。このままなら、大石進がおればとか、足達茂兵衛が達者なら、と言訳も立つが、もしおぬしが負けるようなことがあっては、それもきかんことになる」

「黙れ！　病気じゃあるばってん、おどんがこぎゃん言うからには、負けるなんどということがあるもんか。言うた通りにするがよか！」

猛烈な勢いでどなりつけた。

さからえばかえって頑固になる茂兵衛であることを、柳川の者は皆知っている。そうはからうよりほかはなかった。

翌朝はきびしい霜の朝であった。茂兵衛は起きるや、雪のような霜をふんで背戸《せど》に出た。柳川という所は、一種の水郷地帯で、郊外にも市中にも清澄な水の流れるクリークが縦横に通じていて、大方の家が井戸というものを持たない。洗濯や炊事はもとより、飲料にもこの水を使う。交通もまたこのクリークによることが多く、各戸小舟を背戸につないで、それで往来することが多いのである。

茂兵衛は背戸の榎《えのき》につないだ小舟に飛びのり、綱を解き、棹《さお》をあやつって、水蒸気のホウホウと立っている水路を、広く深い淵まで行ったが、そこで素ッ裸になって水に入り、しばらく泳いだりもぐったりして全身を洗い清めた。

帰って来ると、妻を呼んでさかやきをさせ、髪を結いなおさせ、ヒゲも剃った。

峠をこしたとはいうものの、安心出来る容体とは言えないのだ。つい半年ほど前に迎えられた若い妻は不安でならなかったが、思い立ったら人の言うことなど聞く人ではないと知っている。ハラハラしながらも命ぜられた通りにした。

「さっぱりしたわい。よか気持じゃ。酒を持ち来い。冷《ひや》がよか。どんぶりに入れて持ち来い」

顔色蒼白なくせに、ことばだけはおそろしく明るく言って、大どんぶりで一ぱいの酒を息もつかず飲みほすや、衣服を改め、愛用の居合刀をたずさえて家を出た。

## 四

場所は加藤善右衛門の邸内の道場であった。

この加藤善右衛門の先祖は肥後の加藤家の一門で、加藤家滅亡の時柳川に来て立花家に仕えたのであった。

善右衛門は剣術、槍術、砲術、水泳の四つの奥儀《おうぎ》をきわめ、藩命によって四つとも師範をつとめていたが、最も長じていたのは槍術で、剣法を教えてもらいたいという者はみな大石に紹介して入門させた。しかし、彼の槍術の名声は天下に聞え、九州諸藩はもとより、全国から名を慕って入門に来る者が多かった。これらは皆彼の家に寄宿して修業し、その数はいつも七、八十人もあった。

善右衛門もまた剛強ごのみの性質であった。新たに入門する者が酒を買って、師と先輩に饗応《きょうおう》して入門のあいさつとするのは、この時代どの社会でもあったことだが、その席で善右衛門は一風かわったことをした。

「肴はおれが出してやるばい」

といって、肴を出すのだが、それは台所の流しもとの溜桶にたまった野菜の切れッぱしや魚の屑を土台にして、藻屑、草木の落葉を切りまぜて、大鍋でグタグタ煮こんだやつであった。鍋ごと座敷に持ち出した。作法がある。先ず上座の善右衛門が自らすくい上げて椀に盛り、着席順に鍋がまわされるのだが、すくい上げたものは必ず椀に盛らねばならず、盛ったものは必ず一物ものこさず食べてしまわなければならない定めであった。

「毒物でなかかぎり、武士はなんでも食える修業をしとかんばならんのじゃ。高麗陣《こうらい》の時の記録を読むと、加藤家が蔚山《うるさん》に籠城《ろうじよう》した時には、壁土や紙まで食うたというばい」
というのであった。
ある時、どんな間違いからか、雪駄《せった》の裏皮が入っていたことがある。それにあたった
ものが難渋していると、善右衛門は言った。
「籠城して食が尽きている時じゃったら、皆のうらやむ食べものばい、小束《こづか》で削って食
え」
ある夏の日、甲冑《かっちゅう》を着ながら泳ぐ稽古もしとかんならんな、といって、厳重に甲冑を
つけて泳ぎ出したが、突然沈んでしまって、いつまでも浮いて来ない。泳ぎの達者な連
中がもぐってみると、水底にうずくまってもそもそしている。どうやらもがいているよ
うなので、助けて上げようとしたが、なにしろ深いところだ、冑《かぶと》に手をかけるのがやっ
とのことで、呼吸がつづかない。あぐね果てて、善右衛門の家に人を走らせて急を告げ、
また医者を呼んだ。
家族が来、医者が駆けつけた頃、モソリモソリと大亀のように向う岸に這い上った者
があった。善右衛門であった。人々は狂喜して舟を出して連れて来た。
ほとんど四半時（三十分）ほども水底にいたわけだが、いくらか顔が青ざめて見える
だけで、ほとんど平生とかわらない。
「どぎゃんしたのじゃ」
と、問うと、

「鎧《よろい》の草摺《くさずり》に葭《よし》がからんでのう。はじめはどうやらはずしていたばってん、はずしてもはずしても次のがからみ、ついには藻までからんでのう、難儀じゃった」

「よう呼吸がつづいたな。えらい長かったばい。どうでも四半時から上ばい」

「ほう、そぎゃん長かったかのう。そうかも知れんな。わしもずいぶんこらえたもんな。しかし、あわてちゃいかんと思うて、決してあせらんじゃった。あせりさええせんければ、呼吸はずいぶんつづくもんじゃて」

と笑った。

帰って休息するようにと医者がすすめると、

「もう少し泳いでかえろうたい。このままもどったんじゃ、おじけづいたようじゃけん」

といって、冑を脱ぎ、かわりに瓦を十三枚背負って数町泳いでから帰宅したという。

こんな善右衛門なので、茂兵衛とは大分年がちがっていたが、気が合って、ごく懇意にしているのであった。茂兵衛と会津の修業者とは、ほとんど同時に加藤家についた。三十年輩の筋骨たくましい、いかにも剣客らしく猛々《たけだけ》しい相貌の人物であった。家中の武芸熱心な人々はもう皆集っていた。

二人は客間に招ぜられて、善右衛門の紹介で初対面のあいさつをし、茶を喫してしばらく休憩してから道場に案内された。

すでに道場には善右衛門の内弟子と家中が詰めて、左右の壁際にひしと居ならんでいた。

仕合直前、茂兵衛は相手に言った。

「拙者この居合刀は刃を引いてはござるがそれでも真剣でござる。ひょっとして傷をつけ申さんともかぎりません。じゃによって、貴殿も真剣でお立合い下され。斬られようと、殺されようと、拙者においては露不服はござらぬ」

相手はしばらく考えている様子であったが、

「よろしゅうござる。しからば真剣で御相手つかまつります」

と答えておいて、善右衛門の方に向き直って、

「唯今の足達殿のおことば、お聞きとり下さいましたろうか」

と聞いた。

「聞きました」

善右衛門の答えははっきりしていた。修業者はまた言う。

「しかとお覚えおき下さい」

後にもつれた時、証人に立てという意味である。

殺気が一時に道場内にこもった。善右衛門は変らない平静な面持であったが、門人等と家中の武士等は一様に青白く緊張した。

真剣となれば、素面素小手だ。修業者は黒のさしこの稽古着と稽古袴だけで抜刀して進み出、茂兵衛は白の稽古着、稽古袴で居合刀を腰におびたまま両手をダラリと下げて

進み出る。修業者の刀が水のように深い光をたたえ、時々白い光を走らせるのが、一層殺気をたかめた。人々は息をのんだ。

一礼してサッと離れるや、修業者は正眼に刀を取った。

「やあ！」

と、叫んだ。

茂兵衛は無言だ。刀のつかに手をかけもしない。左手が軽く帯際をおさえているだけだ。ツイと一歩出た。相手は退った。

「ヤア！」

とまた叫んだ。

また茂兵衛は無言だ。同じ姿勢のまま、また一歩出た。相手はまた退った。用心深く獲物をにらんで追いつめて行く豹のようであった。同じことをくりかえしながら、ついに道場を一周してしまった。茂兵衛の顔も蒼白になっていたが、相手は一層青ざめていた。汗に顔が濡れ、稽古着に汗がしみ出て来ていた。

修業者はついに道場の羽目板のところまで退って、もう退《ひ》けなかった。悲鳴するように叫んだ。

「参りました！」

刀を引き、鞘におさめた。乱れた呼吸があらしのように荒くなり、肩がはげしくあえぎはじめた。

した。

降し、あとは薄皮をはぐように快方に向った。一週間経つや経たずに全快して床ばらい

茂兵衛は一礼して退った。その夜、茂兵衛はまた高熱を発したが、翌日はケロリと下

「御無礼つかまつった」

# 五

これほど武術にすぐれた茂兵衛であったが、彼の本領は武術家たる所にはない。剛強不屈な魂と精英の気にあふれる生命力を以て、生涯を思うがままに送ったところにある。彼がことさらに藩法にそむくようなことをして自ら快としたのもそのためであり、同志と共に一種の結社をつくって反俗的なことばかりしたのもこのためである。

ある日のこと、加藤善右衛門の家に遊びに行っていると、善右衛門の門弟等の会話が耳に入った。瀬高《せたか》の西方寺《さいほうじ》の住職がどうとかこうとか言っている。しきりと憤慨しているようであるのが注意をひいた。

「なんの話かい」

と聞くと、昨日門弟数人が羽犬塚《はいんづか》から瀬高あたりに遠足に行って、瀬高の西方寺の庭に入って昼食していると、住職が出て来て、ひどいけんまくで叱りつけた。

(当寺は藩祖宗茂公御建立《ごこんりゅう》で、御代々の殿様の御崇敬一方ならぬ霊場だ。しかるに先刻

から見ておれば、寺内に入りながら本堂に礼拝もせず、あたりはばからぬ声高な声で談笑しながら飲食していなさる。物見遊山の場ではござらぬぞ。早々に出て行かっしゃい）

あまりにも高飛車な言い方に腹は立ったが、宗茂公を持ち出されては言いかえすこともならず、すごすごと引上げて来たというのである。

「ふうん。そぎゃんことがあったのか。おれもあの坊主の面《つら》を見たことがあるが、高慢なやつばいな」

といっていたが、ふとニコニコしながら言った。

「それはそれとして、今日夕方皆に御馳走してやるけん、大鍋ば洗うて待っとれや。酒も取っとけ」

「そりゃありがとうござす。何ば食わして下さるのでござす？」

「鯉か、スッポンか、どちらがよかかい。どちらでも望みのもんば食わしてやるばい。好《この》め、好め」

茂兵衛は川狩《かわがり》が好きだ。上手でもある。これからそれに行くのだと、皆思った。

「そぎゃん注文通りに行きますかいな。獲《と》れたもんでよかです」

「ところが注文通りに行くのじゃから面白かろう。そいじゃ、スッポンにしよう。スッポンの方がうまくもあれば、めずらしゅうもあるけんな」

茂兵衛は加藤家を出て、一旦家にかえって、大きな魚籠《びく》をかついで、瀬高に向った。

瀬高は柳川の東一里半の位置にある。矢部川をはさんで発達した町で、柳川領内では柳川についで殷賑《いんしん》な町であった。すぐついて、西方寺に入った。境内が広大で、建物も立派で、見事な庭園を持っている。茂兵衛は本堂のわきから放生池《ほうじょういけ》の方に行った。

一体、放生池は、大ていが水がよどみ、深い泥に底を埋められ、水面は浮草に蔽われて、見るからにあつくるしいものだが、ここの放生池は水の豊富な土地のこととて、底の小砂利のすいて見える澄んだ水がサラサラと流れて、いかにも涼しく清らかで、心字《しんじ》の形になっている周囲には岩石や樹木を面白くあしらって、中々よい眺めになっている。

茂兵衛は池の中心部の最も深みになっている所を、魚籠をかついだまましばらく見つめていた。そのへんはずいぶん深くなっているから、底はほとんど見えない。青い水がシンとたたえていた。しかし、漁《すなど》りになれた茂兵衛の目は特別だ。中層を悠々と泳いでいる鯉の下にウジャウジャといるスッポンの姿をありありと見つけた。

「おるばい、おるばい。ふとかのがおるばい。大方ヌシじゃろうたい。人数が多かのじゃけん、細《こま》いとじゃいかん。ヌシをもろうて行こたい」

魚籠をおいて裸になって、入って行く。もぐったと思うと、もうとらえて上ってきた。甲羅のさしわたしが一尺五、六寸もあるでかいやつだ。大方水底で涼しい昼寝でもしているところを捕まったのだろう、おどろきあわて怒った形相で、四つの足でもがき、長くさしのばした首を曲げて、食いつこうとするが、茂兵衛はうしろから上手につかんで上って来て、魚籠のふたをあけてほうりこもうとした。

その時、本堂の方から木立の間をぬけて、寺僧の姿が見えた。伴僧《ばんそう》であった。茂兵衛を見て、おどろいて立ちどまった。叫んだ。

「お前様、なにをしてございます」

茂兵衛は高々と獲物をさし上げて見せた。

「ごらんの通り、ドンガメばもろうとりますたい」

坊さんは仰天した。

「お前様！　なんちゅう横道《おうどう》なことを！　寺でござりますばい！　放生池でござりますばい！」

「寺でも放生池でも、ドンガメの味は同じでしょうたい。しかし、一ちょうじゃちょいと足りまっせんけん、もう一ちょうもらいますばい」

獲物を魚籠に入れて、また水中にかえって行った。

坊さんは大急ぎで引きかえした。自分の手におえないと見て、住職を呼びに行ったのだと思ったが、茂兵衛はかまわずズブズブと水中にもぐって、また一匹とらえて上って来た。これは少し小さく、一尺くらいだ。

「これでどうやら間に合おうたい」

また魚籠に入れて、濡れたからだを拭いて、着物を着たところに、伴僧が住職を連れて出て来た。からだは小さいが、きびしい顔をした五十年輩の坊さんだ。

住職は激怒していた。茂兵衛につめよってどなり立てた。曰《いわ》く宗茂公御建立《ごこんりゅう》、曰く寺格、曰く御代々の御尊崇、曰く寺内、しかも放生池の生き物を獲るとは何ちゅう悪業《あくごう》、曰く姓名を名乗らっしゃい、曰く何、曰く何……。怒りに青ざめ、文字通りに口角から泡を飛ばしてがなり立てる。

茂兵衛は一言の応答もせず聞いていたが、いきなり坊さんの手をつかんだ。

「な、な、なにをする！」

ふりはなそうとしたが、茂兵衛ほどの男がつかんだのだ。まるで万力《まんりき》でしめつけられるよう。

茂兵衛はつかんだまましゃがんで、魚籠のふたをあげ、あいている手をさしこんだかと思うと、無造作にスッポンをつかみ出した。大きい方のやつだ。そのスッポンの鼻先に、坊さんの手をさしつけた。

鼻先にさしつけられたものに対しては食いつかずにおられないスッポンの習性だ。おまけに腹を立てている。長い首はサッとのびて食いつこうとした。茂兵衛は素速く坊さんの手を引き、鼻先から五分ばかりのところにとどめた。スッポンはあせり、脚を宙におよがせ、首を伸ばせるだけのばして、是が非でも食いつこうとあせる。

坊さんは青くなり、汗を流し、ふるえている。身動き出来ない。動けばスッポンの口に手がとどきそうだ。

茂兵衛は言った。

「おわかりでござすか。ドンガメ、一名スッポンちゅうものは、こぎゃんおそろしかものでござす。じゃけん、わしがもろうて行きますたい」

坊さんの手をはなし、魚籠をかついで立去った。

約束の通り、この獲物を持ちこんで、加藤道場の門生等にふるまったことはもちろんだが、これはあとで、寺僧からの訴えで藩の問題になり、厳重な糺問《きゅうもん》があった。茂兵衛は一人で食ったと言い張って屈せず、累《るい》を人に及ぼさなかった。二十日間の蟄居《ちっきょ》を命ぜられた。

同じような事件がある。

柳川城をとりまいている幾筋かの濠《ほり》は、外《そと》川といって、一般の者には禁漁区になっていて、藩主の特別な許しを得ている者だけに漁《すなど》ることが許されていた。そのため、この川筋には大きな鯉や鮒がうようじゃうじゃ集っていた。

こんな制禁があると、茂兵衛は犯さずにおられない性質だ。時々夜間に出かけて行っては、投網《とあみ》で捕ったり、モリで突いたりして楽しんでいた。

ある夜、舟を乗り出して、投網でとっていた。

この区域は御猟方と名づけられる藩の役人が時々巡視して、禁を犯す者を警戒しているのであるが、その夜、その役人共が巡視に出た。すると、遠くで投網を打つ音が聞えた。

「やっとりますばい」

「横道《おど》か奴じゃ。捕まえてやろうたい」

音をひそめて、時々立つ投網の音をたよりに近づいて行った。

茂兵衛はそんなこととは露知らない。一網毎に持ち重りするほど入るので、小さいのは水中にかえし、鯉の、しかも大きいやつだけをえらんでとっていた。大方十四、五尾もとったので、このへんでよかろうと、帰りじたくをしていると、不意に暗中から、

「こらッ！」

と、どなられた。

はっとしてふりかえると、三間ばかりに迫って、舟が来ている。

（御猟方の舟！）

と知ると同時に、茂兵衛のからだは飛鳥のようにおどって、その舟に飛びのり、一番上位の役人をうしろから抱きすくめた。

「こら！　何をする！　はなせ！」

抱かれている役人はもがき、下役人もさわぎ立てた。

「足達茂兵衛でござすぞ。おしずかに」

役人等は忽ち静まった。さからったら、どんなことをするかわからない相手だ。

「お静かに、お静かに。夜更けにさわぐのは柄の悪かことですけんのう」

と、また茂兵衛は言って、舟をあやつっている小者に、舟を自分の舟に寄せるように命じた。小者は役人共以上に茂兵衛をこわがっている。すぐその通りにした。

茂兵衛は役人を抱きすくめたまま自分の舟に乗りうつり、小者にも乗るように言った。

言われる通りにする。

茂兵衛はあとにのこっている下役等に、

「ぬしたちゃ舟ば自分で漕いでついて来《き》んしゃい」

と命じ、また小者に命じた。

「おどんが家の背戸《せど》まで連れち行ってくれ」

こうして、役人共を自宅に連れて来た茂兵衛は、座敷に連れこんで坐らせ、妻に命じて獲物を料理させ、酒をあたためて役人共に供した。

「せっかくお招きばしましたばってん、ろくなもんも無うて、すまんことでござす。さあ、上って下さりまっせ」

もちろん、役人等は箸を取ろうとしない。

「遠慮はいりまっせんとばい。さあ、さあ、さあ……」

すすめぶりは至って愛想がよいのだが、執拗をきわめているところにおそろしい威迫がある。ついに一箸つけた。

「やあ、食べて下さったな。うもうござっしょう。そのうまかものを食わしゃったんじゃけん、お役所には訴えて下さるなよ。愉快愉快、大いに飲みまっしょ」

役人等はにがり切っているだけであったという。

立花家は武備厳重ということを誇りにしている家であったので、時々藩士の武装検査を組毎に行った。刀剣、槍、鉄砲等は言うまでもなく、甲冑の検査も行うのだ。

ところが、検査の際の成績がよければ褒詞をもらうわけで、当人の名誉になるので、各人きそって名作の刀剣を持ちたがり、美麗高価な甲冑を持ちたがるようになった。競争というものの自然の結果で、本来の精神はいつか忘れられてしまうのである。

こんな形式主義は、茂兵衛の最もきらいなことだ。

「刀は切れ味さえよければかまわず、甲冑は軽くて丈夫なのが一番よかのじゃ。どいつもこいつも阿呆なことばかりしくさる」

と、いつも言っていた。

ある時、茂兵衛の組頭である十時播磨《ときはりま》が、その武具改めを行った。人々は晴着を着、かねてたしなむ武器武具をたずさえて、十時家に参集した。

一同の待合場所は、書院の間の庭だ。そこにむしろがしいてあって、坐っていて、順番にしたがって縁ばなまで行き、自分の道具を縁側にならべると、かかり役人がいて、座敷に端坐している十時に披露するというしくみになっている。

この日もいつもの通りに行われた。十時はあるいは賞し、あるいは訓戒を垂れた。やがて茂兵衛の番になった。

茂兵衛は平生の服装のままだ。美服の人々の中にあって、それがひどく目立った。槍をたずさえていないのも異様であった。しかし、おちつきはらった顔で、具足櫃《ぐそくびつ》をかつぎ、三尺ばかりの棒を杖づいて進み出た。

十時は気に入らない。事の重大さを自覚しとらんと思った。不機嫌な顔になりはしたが、まだ叱りはしない。十時は今はまだ組頭だが、家老の家柄だからやがては家老になる人だ。家老というものは、軽々しく人を叱ってはならんものということになっている。

茂兵衛は具足櫃を縁側にすえ、棒をそのわきにおき、更に両刀を脱して棒にならべた。

はじめて十時が口をひらいた。

「おぬし、槍はどうした？」

おだやかな口調であった。

「家においてござす」

「家に？　今日は外ならぬ日だぞ」

「心得ております」

かかり役人が進み出て、具足櫃のふたをひらいて中をのぞいたが、とたんにアッと異様な声を上げて手を引っこめ、茂兵衛の顔を見た。茂兵衛はうそぶくような顔だ。そちらを見もしない。役人は櫃に手をさし入れて、中身をとり出した。

見ているかぎりの者が、目を見はり、どよめいた。具足ではなかった。思いもかけないものであった。投網であった。

さすがに温厚な十時の顔色がかわった。

「なんじゃな、それは。投網のごとあるが」

おだやかに言おうとする努力のために、声はふるえを帯びていた。

「まさに投網でござすたい」

ケロリとした答えに、十時の怒りはついに爆発した。からかっているのだと思った。ばかにしているのだとも思った。

「おぬしは、気が狂うたのか！　槍はと聞けば家においてあるというて恥ずる色もないばかりか、具足のかわりに投網など持って来て！　今日のこの儀を何と思っているのだ！　無礼千万！　追って沙汰する。退《さが》れ！　退れ！」

と、はためくように叱咤《しった》した。

「退《さが》らっしゃい！　退らっしゃい！　おことばでござるぞ！」

役人が叫んだが、茂兵衛は動かない。

「待たっしゃい。わしにも言いぶんがござす。言うだけのこと言わしてもらわんば、今日来た甲斐がなか」

立ちはだかって、キッと十時を見すえてつづけた。

「播磨様。この武具改めは一体なんのために行わっしゃるのでござすか。戦さの時に不覚がなかようにと行わっしゃるのでござりまっしょうがな。そんならば、刀は切れ味がよければ十分、甲冑は丈夫で軽くて働き易ければよかはずのもの。じゃのに、この頃では刀は名作でなければお気に召さず、甲冑ははなやかでなければお気に入らず、そのために御家中競って高価なものをもとめ、おかげで薄禄の者は暮らし向きにさえさしつかえる有様となっていますばい。わしはそれが気に食わぬ故、それを申し上げたいと思うて、わざとこぎゃんことをして来ましたとばい。自慢ではござらんが、いざ戦さという時でも、わしには甲冑も槍もいり申さぬ。わしには槍のかわりにこの腕がござす。甲冑のかわりには鍛えぬいたこのからだがござす。きっと人に倍する働きをして見せ申す。うそでなか証拠が見たいと思わっしゃるなら、誰でもよござす、甲冑をつけさせ、槍でも真剣でもよか、持たせて、わしにかからせていただきまっしょ。わしはこの投網とこの樫《かし》棒だけで、見事に勝って見せますわい。さあ、誰でもよござす。かからせていただきまっしょ」

茂兵衛の言ったことの主旨はもっともであった。十時に考えさせられるところがあった。黙っていた。

すると、莚《むしろ》に坐っていた武士等の中から声がかかった。

「茂兵衛様」

「なんじゃい。誰じゃ」

ふりかえると、

「わしでござす」

と言って立上った者があった。きかん気の顔をした二十四、五の青年であった。

「お前様の申されたことは、まことに道理でござす。しかしながら、投網一張と棒一本で、甲冑をつけ真剣を持った我々に立合って勝てるとは、高言がすぎはしませんかい。武士として聞き捨てにならんことですばい」

茂兵衛はカラカラと笑った。

「おりゃほんとにそぎゃん思うから、そぎゃん言うたとばい。そんなら、おぬしがおれと立合うか」

「立合いまっしょ」

「こりゃ面白か。やろう、やろう。先ず、播磨様のおゆるしを願おう」

十時の方を向いて、許可を乞うた。十時は答えなかったが、茂兵衛は言った。

「さあ、お許しが出た。支度せい」

青年は具足櫃をひらいて、身支度にかかった。よく練習している。かなり迅速に具足をつけおわった。緋縅《ひおどし》の、ずいぶん華麗な具足だ。

「よいか」

「よござす」

二人は庭の中央に出た。

思いもかけない観物になって、人々は十時の気をかねながらも、好奇心をもやした。

青年の具足に午《ひる》近い日が照りはえて、中々の武者ぶりに見えた。これに対して、茂兵衛は両刀のかわりに樫の棒をさし、投網を右手にぶら下げている。異様きわまる対照であった。

青年は腰の刀を抜き放つや、ヤア！と叫んで走りよって来た。茂兵衛は大きく迂回して逃げながら左肱に投網をかけた。青年はさらにこれを追うた。具足がカタカタと鳴った。茂兵衛はすばやく左へ飛んだ。

いくどかこんなことがくりかえされた。

具足の重さに、青年の息づかいは荒くなり、足許がよろめいて来た。

その鼻先に茂兵衛は出た。

「それッ！」

と大喝した。

青年は真向から斬りつけた。茂兵衛は左にひらいた。同時に網は青年の上にパッとひろがった。青年は刀をふるって網を切り破ろうとしたが、とたんに刀をつかんだ両手にはげしい衝撃を感じて、刀は手を離れた。いつの間に腰から抜きとったか、茂兵衛の左の手に樫の棒がつかまれていた。

「無念！」

叫んで、網の外に出ようとすると、棒が飛んで来て足をはらった。どうとたおれた。

その上に、網はサッと落下した。

網にからまれた巨大な伊勢蝦《いせえび》のような姿で横になったまま、青年は荒々しい呼吸をしていた。

茂兵衛は網をはぐりのけながら言った。

「どうじゃな。おわかりじゃろう」

座敷の十時も、庭の武士等も、ただ大きな呼吸をついているだけであった。

## 七

茂兵衛を中心として組織された結社は、彼等自身では別段名前をつけてはいなかったが、世間では「豪傑組」といっていた。綱領とてもなかった。剛強なことが好きで、柔弱なことがきらいで、つまり当時としては反俗的な性質の者の同気相求める交友関係から自然に出来上ったものにすぎなかった。

これを豪傑組といったのは、この時代肥後にやはりこういう結社があって豪傑組と呼ばれ、柳川の連中との間に親しい交際があったからかも知れない。

こんな話が伝わっている。茂兵衛が熊本に遊びに行って、その地の豪傑組の連中と酒をのみながら歓談していると、一人が卒然として問うた。

「足達先生は四足二足はお嗜《たしな》みでござすか」

茂兵衛は言下に答えた。

「涼み台、マナイタ、下駄、木履《ぼくり》の類《たぐい》はいただきまっせん」

肥後の豪傑連もこの奇抜な答えには度ぎもを抜かれた。

「いや、四足二足と申したのは、獣類や鳥類のことを申しましたので」

そんなことは、茂兵衛はもとより知っている。あんな返事をしたのは、相手の意表に出るためであった。

「ハハ、さようでござすか。鳥類や獣類なら普通の食べものですたい。生きたままでも食べますわい」

この話は、獣肉や鳥の肉を食うことを極端に忌んだ時代の風習を考えないと、面白さがわからない。こうした人のいやがるものを食べることは、恐怖を知らぬこと、つまり剛勇な士にしてはじめて出来ることという考え方が、当時の人にはあったのだ。

茂兵衛の当意即妙もだが、その頃の諸藩割拠の勢いが、親しい交際の間柄でも、常に相手の上に出ようと心をとぎすまさせていたことがわかって面白いのである。

柳川の豪傑組の主なる同志は、加藤善右衛門と、由布源五兵衛とを同年の年長者として、足達茂兵衛、大石進、渡辺小十郎等の人々であった。

由布源五兵衛は水泳と砲術の名手であった。とりわけ砲術は師範たる允可《いんか》を師家からもらっていた。ある時百目《ひゃくめづつ》砲千発連続を試み、見事やりおえたので、藩主から褒状と鉄砲一丁を下賜されたことがある。

彼が無類の強壮な人間であったという証拠に、こんな話がある。彼の水泳は熊本で学んだのであるが、彼はその稽古を受けるにあたって、熊本に泊りこんで受けたのではなかった。朝柳川を出発して熊本につくや、数時間の教授を受け、直ぐまた引きかえし、その日のうちに柳川にかえりついた。柳川熊本間の道のりは十六里、往復三十二里である。水泳の稽古だから、もちろん暑熱の候だが、彼は少しも疲れた色なく、月に五、六回は必ず出かけたという。人が速足の秘訣があるかと問うと、答えた。

「そりゃある。扇子《せんす》ばひらいてな、こうして胸にあてて、これが胸について落ちん速さで歩くとたい」

豪酒家で、茂兵衛とは合口《あいくち》で、よく徹宵して飲んだ。源五兵衛は酒くせが悪く、飲むとおりおり粗暴なふるまいがあり、そのために藩のお咎《とが》めをこうむったことがしばしばあった。茂兵衛もまた酒の上のよい方ではない。酔うにしたがって相手を嘲弄《ちょうろう》罵倒するくせがあった。だから、二人で飲むと、口論がはじまることが多かった。

ある夜、加藤家で同志が集って飲んでいると、酔うほどに茂兵衛のくせが出て、源五兵衛にその鉾先《ほこさき》が向いた。

「源五兵衛シャン、おぬしゃこの前、御家老に叱られたげな。一体、叱られるちゅうは、いくじがなかからばい。叱ってみろ、その分《ぶん》には捨ておかんちゅう意気がこっちにみなぎっておれば、誰もよう叱るもんじゃなか。おぬしはそれがなかから、叱らるるとばい。言うてみれば、つまり、源五兵衛シャン、おぬしゃいくじなしたいな」

「なんば言う？　おどんのどこがいくじなしじゃ」

「いくじなしじゃなかなら、おどんを斬ってみんしゃい。よう斬らんじゃろうが」

「なにイ！　斬れんことがあるかい！」

源五兵衛は腹を立てて、刀を引きよせた。今にもすっぱぬきそうなおそろしい形相になった。

人々はおどろいておしとどめた。

「まあ、まあ、お互いの仲じゃ。そうおこるもんじゃなか。茂兵衛も少しいたずら口がすぎるぞ」

それで、先ずおさまったが、源五兵衛は、

「おりゃア面白うなか。帰る」

といって、プイと立去った。

間もなく散会となったので、茂兵衛も家へ帰った。ひどく酔っているので、居間に入るや、寝間着にかえるのもそこそこに、しいてあった床にもぐりこんだ。すぐ雷のようないびきを立てはじめた。

一時間ほども経った頃、玄関口で、

「茂兵衛シャン、茂兵衛シャン」

としきりに呼び立てる声がする。茂兵衛の妻が出てみると、源五兵衛であった。茂兵衛の名を連呼しながら、もう上りこんで、こちらに来つつあった。

「やあ、御新造」

「もう寝《やす》みましたけど」

「かまわん、かまわん。用事のありますとたい」

おしのけるようにして、茂兵衛の居間におし通る。

茂兵衛の妻はちょっと変な気はしたが、遠慮のない間柄なので、深くは考えず、茶を淹《い》れるために、台所の方に退った。

源五兵衛はずっと茂兵衛の名を呼びつづけながら居間に入ったが、入るや、ドウと畳をふみ鳴らした。

「茂兵衛シャン、起きんしゃい！　起きて勝負さっしゃい！」

と、叫んだ。

茂兵衛はいびきをかきながら、頭から夜着をかぶった。

「起きんしゃい！」

と、また畳を踏みならした。

起きない。いびきの声だけが夜着の下からとどろいて来る。

「起きんなら、このまま突くばい！　エイッ！」

スラリと刀をぬき、こんもり盛り上ったところを目がけて、からだごとに突いて行った。

茂兵衛はとうの昔に目をさましていた。狸寝入りをきめていた。寸分の油断もなかった。だから、源五兵衛が突いて来ると同時に、夜着のわきからすりぬけていた。

かわされて、源五兵衛は前にのめった。

「しまった！」

危く身をおこして立直ったが、もうその時にはうしろから茂兵衛に抱きすくめられていた。

「こら！　はなせ！」

茂兵衛は刀をもぎとってへやの隅に投げておいて、前にまわって、坐って、両手をついた。

「源五兵衛シャン、かんにんじゃ。おどんが口が過ぎた。あやまる。あやまる」

そして、妻を呼んで、酒の支度を命じ、夜の明けるまで飲みつづけたという。

# 八

渡辺小十郎は剣法と水泳の達人であった。彼も大酒家で、豪放なあばれものであった。天保十三年の冬のことであった。小十郎は筑後川の向う岸にある大詫間《おおたくま》に鴨がおびただしく来ていると聞いて、下僕に鉄砲をかつがせて出かけた。

大詫間は筑後川とそれから別れる早津江川とのつくる三角洲上にある村だ。この三角洲は北半分は大野島といって柳川領、南半分は即ち大詫間で佐賀領であるため、色々と両藩の紛擾《ふんじょう》の種になっている所であった。こういう土地は筑後川の沿岸一帯にいく所もあって、そのために生ずる紛擾が両藩の反目の原因の大部分をしめている。杖立騒動などもその一つのあらわれにすぎないのである。

さて、渡辺小十郎は終日猟して、かなりな獲物があって、帰途についたが、ふと向うから来かかった六人の武士があった。髪の結いぶり、刀のさしよう、佐賀風であった。

（佐賀のやつら来よるわい）

と思いながら、気にもかけずに近づいて行くと、その中の二人はかねて顔見知りの者であった。

「よう」

「やあ、これは渡辺殿ではござっせんか。猟でござすか。ほう大猟でござすな」

他領に踏み出して猟をするのは、もとより違法だが、咎めないで、愛想まで言った。場合によってはこちらだってやらんことはないのだから、その点はものわかりがよい。

しばらく立話しているうち、相手方はこれから一ぱいやりに行こうと思っているのだが、つき合いなさらんかとさそった。

酒と聞くと目がない。

「どこへ行って飲まっしゃるんじゃ」

「そこのさきにはたご屋がござす。よか酒ば飲ませますけん、こっちに来た時にはいつも行きますたい」

「つきあおうか。肴には鴨もある」

そろそろ暗くなる頃であった。

そのはたご屋に入って、飲みはじめた。

小十郎の下僕は、主人にかぶれてちょいと豪傑気取りがある。酒もまた主人の感化で大いにたしなむ。小十郎に言いつけられて鴨の料理をしながら、はたご屋からもらった酒をちょいちょい飲んでいたが、次第に酔を発して来た。そこへ佐賀侍の一人が催促に来た。

「まだ出来んとかい。早うせい。皆が待っとるぞ」

横柄《おうへい》さが、グッと来た。荒々しく答えた。

「羽毛《ほろ》をむしって、手焼きして、それから剖《と》くのでござす。そう早うは出来まっせんわい！」

佐賀侍も売言葉に買言葉だ。

「無器用なやつじゃな。鴨の料理ぐらいに、大そうなことのごと言うない！」

と、ののしった。

「わしゃ、こぎゃんことには無器用でござすたい。料理人じゃござっせんで。しかし、これでも、旦那のおしこみで、武術の心得はござすばい」

生《なま》を言うと思って、佐賀侍が黙っていると、下僕はさらに気焔を上げた。

「わしが旦那の強さは、旦那方もお知りでござっしょうな。火箸一本持たしゃったら、旦那方皆さまがかからしゃっても、まあむずかしゅうござすな。そのお仕込みですけん、わしじゃて、一人一人なら旦那方に負けようとは思いませんばい。ハッハハハハ。柳川のもんで、武家奉公しているものなら、下僕でもそれくらいの手は利《き》きますばい」

佐賀侍は大腹《おおばら》を立てたが、なんにも言わないで座敷にかえると、さりげなくなかまを一人ずつ座敷の外へ連れ出して、下僕の高言を告げた。二百年にわたって積り積った両藩の反目感情が、一時に佐賀侍の胸にもえ上った。酔ってもいた。

（主従共に殺してやろう）

と、相談がまとまった。しかし、小十郎の剛勇はよく知っている。尋常な手段ではとうてい不可能だ。

「酒に醬油をまぜて飲まそう」

と、一人が発議した。

「よかろう」

と、即座に皆賛成した。酒に少量の醬油を混じて飲ませると、酔が深くなって、しかもいつまでも醒めないといわれている。

やがて、鴨の料理が出来てくる。

「やあ、これでまた酒がうもうなった」

佐賀侍等ははしゃいで、自らかわるがわる銚子を運びに行っては小十郎にすすめる。小十郎はもう数升を飲んで十分に酔っていたが、すすめられた酒を辞退するのは男の恥と心得ている。どうせ今夜はここで泊りときめてもいる。片ッ端から受けて、流しこむように飲んだ。

間もなく、佐賀侍等は辞去した。

「なんじゃ、貴殿方はここには泊らんのか」

「わしらは別に宿を取っていますけん。それではお別れします。大へん愉快でござした」

あいさつしてその座敷を出、下僕の座敷に顔を出した。下僕はただひとり、煤《すす》ぼけた行燈《あんどん》に向って鴨を食っては酒をのみ、酒をのんでは鴨を食っている。これもしたたかに酔っている。

「やあ、お世話になったな。わしらは帰る。ついては、ちょいと頼みたかことがある。ちょっとそこまで来てくれんか」

「頼み？　何でござす」

下僕はふらりと立上る。

「なに、ほんのちょっとした頼みだ」

うまうまとさそい出して、宿屋を十二、三間も離れた暗い木下道にかかると、立ちどまった。ぐるりと取りまく。

「頼みというのはな……」

と、一人が言った。

「なんでござす」

下僕はふらふらしながら、視線を定めようと努力している。

「そちのいのちが貰いたかのじゃ」

このおそろしいことばの意味が、下僕には急に心にひびかない。

「へえっ？　わしのいのち？　わしのいのちをもらうと……」

「武家奉公している柳川もんは手が利《き》いていると、そちは言うたが、本当かどうか、見たかのよ」

「そりゃ手利きでござすとも、わしのようなものでも、一人一人なら、旦那方にも……」

ここまで言って、ハッと気がついて息をのんだ。とたんに、

「それで手利きかッ！」

低く、鋭く叫ぶや、サッと斬りつけた。

下僕は両手を前につき出したまま、首をはねられた。首が飛び、首のない胴体が前にのめってたおれた。

小十郎はそんなことが起っていようと知ろうはずがない。両手を袖に入れ、胸の前に合わせ、火鉢のふちにひじ杖ついて、博多節を微吟していたが、いつか眠くなった。瞼《まぶた》が合わさされ、声がきれぎれになり、頭が垂れて、次第にその眠りが深くなりかけていると、うしろの襖《ふすま》がスーと開いて、二人の佐賀侍があらわれた。左右にわかれて、小十郎にいざり寄ったかと思うと、そっと小十郎の袖口をつかみ、次第に強くつかんで行った。

小十郎は目をさました。笑いながら、

「やあ、まだ居られたか」

と言って、左右をかえり見た。

その時、襖のうしろから四人がすべりこんで来た。皆刀を抜きそばめている。一人がふりかぶって、小十郎の頭のてっぺんに斬りつけた。

がくぜんとして、小十郎は叫んだ。

「あッ！」

左右の手を出そうとしたが、きびしく取りしばられていて、出すことが出来ない。胸許から抜き出そうとしたが、それも出来ない。

「卑怯！」

叫んで、立上った。右手の男の足を蹴ってたおしたが、同時に背後の四人の乱刃がふりおろされた。右の耳の下、下アゴ、肩先、右手の二の腕、一ぺんに斬り割られた。耳の下は急所だ。深くもあった。これが致命傷になった。

「無、無、無念！」

と、うめいたのが、最後の声であった。小十郎は火鉢の上に倒れかかった。

非業な死をとげた小十郎は、死後においてもみじめであった。佐賀侍等は大急ぎで佐賀にかえって、柳川藩士渡辺小十郎主従が、飲酒中酔狂乱心して、不意に抜刀して斬りかかって来たので、自衛上やむなく斬り捨てたと訴えた。

佐賀藩ではこれを柳川藩に通告して、死骸の引取り方を交渉した。斬り勝てば名誉だが、殺されればたとえそれがだまし討ちであろうと不名誉とするのが、この時代の諸藩の気風だ。その上、小十郎は無断で他領にふみ出している。他領に出る場合には必ず前もって藩庁に届け出て許可を得るのが、武士のたてまえになっている。柳川藩では、

「渡辺小十郎と申す者は当藩にはいませぬ」

と、回答した。

小十郎は無籍者として、その死骸は大詫間村の正伝寺という寺に葬られた。

茂兵衛はこのことを聞くと、大詫間村に行って、墓前にぬかずいて拝礼していたが、悲憤の情が胸にせまっておさえることが出来なくなった。

いきなり立上って、墓標をにらんで叫んだ。

「男がだまし討ちになって、そのまま成仏するちゅうことがあるものか！　なんで祟《たた》らんのじゃい！　おどんはおぬしが祟ったというわさをまだ聞かんぞ。おどんが友達にあるまじきことばい！　スクッタレめ！　そぎゃんスクッタレと仲のよか友達じゃったとは、おどんな恥かしかぞーッ！　エエイ、クソ！　どぎゃんしてくれよう！……」

次第に熱狂の度を加えてどなり立てていたが、忽ち墓標に抱きついて引き抜き、前をまくって小便をしかけはじめた。

「スクッタレめ！　男の小便ば飲め！　そしたらちっとは気合がこもろうたい！」

ほろほろとこぼれる涙に頰をぬらし、湯気立つ長小便を、ジャンジャカ、ジャンジャカとしつづけていた。

## 九

足達茂兵衛は、嘉永五年の八月十日に死んだ。行年五十九であった。川狩に行っている時、卒中をおこして死んだのである。ペリーが浦賀へ来航して日本の開国をせまる前年であった。

由布源五兵衛は、ペリーの来た年の十二月に死んだ。六十九であった。

大石進、改めて大石七太夫は、それから十年後の文久三年の十一月に六十七で死んだ。一番長命であったのは、一番の年長者であった加藤善右衛門であった。これは明治四年まで生きていた。八十七であった。

大石の死んだ文久三年は、維新の風雲のさなかであった。彼は加藤と逢う度に言っていた。

「みんな三十年生れ時が早かったばいのう」

# 一色崩れ

一

丹後の守護一色《いっしき》氏は足利将軍の一族である。だから足利幕府のさかんな時代はなかなかの羽ぶりであったが、戦国時代に入って次第に勢力がおとろえて来た。一体戦国という時代は足利幕府盛んな時代に羽ぶりをきかせていた各地の守護大名の圧力がきかなくなって、小豪族らが頭をもち上げ、その間に弱肉強食の競争が行われたのであるが、丹後もつまりはこれだったのである。

天正の初年、つまり織田信長が旗を中央に立てて威勢をふるっていた頃、丹後の一色氏の当主は五郎満信といって、相当武勇もすぐれた人物であったが、家運の傾いている時にはいたし方ないもので、所領としてのこったところは宮津を中心にしたわずかな土地だけとなり、他は出来星《できぼし》の地侍や旧家来筋の豪族らにうばわれていた。三十六人の者が国内各地に城をかまえて割拠していたというから、その乱麻の形勢がよくわかるのである。

天正八年の春、山々が緑に色どられる頃、丹波境の与謝《よさ》峠をこえて、この国に一隊の軍勢が入って来た。およそ三百騎ほどの、全騎が鬼のようにくっきょうな武者共であった。中にも大将は赤ら顔のひげ面で、穂の長さ五尺にも及ぶ大槍をひっさげ、見るからに身の毛のよだつばかりに強そうであった。

「わしは織田右府《うふ》の幕下でさるものありと知られた明智日向守《ひゅうが》が家来、河北石見《かわきたいわみ》じゃ。大物見《おおものみ》のために当国にまかりこした」

と、与謝村の庄屋を呼び出して、村の辻で名のった。大鐘をつき鳴らすような声であった。

河北石見という名は知らないが、織田右府の名はもちろん知っている。明智日向守の名もよく知っている。つい隣国の丹波を四年かかって切り平げたのが、去年の秋だ。織田右府の家中では屈指の戦さ上手の武将だと聞いているが、そちらから来る旅人の話では、ずいぶんむごいことをしたという。篠山《ささやま》近くの八上《やがみ》城の波多野《はたの》氏を攻めた時は、近くの村々を全部焼きはらい、そのへんに姿を見せた者は百姓といわず、山樵《やまがつ》といわず、猟師といわず、出家といわず、全部殺したというのだ。

その明智の武者共と聞いて、庄屋はふるえ上った。

「へい、へい、へい。何なりともお申しつけ下さりませ。てまえどもで出来ることなら、なんなりとも相つとめるでございましょう」

こういう武者共には決して抵抗してはならないことを、庄屋はよく知っている。何でもおとなしくきいて、一時も早く立去ってもらうのが最も被害を少なくするかしこい方法なのだ。

「それでは聞く」

河北と名のる武士は具足の引き合せから一たたみのひろい紙をとり出してひろげ、側に寄ってよく見よと言った。および腰で恐る恐る眺めると、紙を数枚つなぎ合わせたそれには何やら複雑な図が引かれ、ところどころに文字が書きこんである。絵図面のようだとは思ったが、何の絵図面やら、おどおどしている心にはわからなかった。

「よく見ろ。これは当国の絵図面だ。ここがこの村、これがこの村の川だ」

太い頑丈な指で示されて、やっと少しわかって来た。

「さあ、おれがいうことに答えてくれい」

河北は地図にしるされた場所を指さしては、里程や道の険易をたずね、居住の豪族の名を聞き、城や塞《とりで》のことや、武勇の程度や、軍勢の数などをたずねた。庄屋は知らないことも多かったが、知っているかぎりは答えた。答えるにしたがって、河北はその図面に書きこんで行き、やがて丁寧にたたんで、また引き合せにしまった。

「次に所望したいのは、薪と粮米《ろうまい》じゃ。ともかくも、今夜はこの村に泊らねばならん」

と、河北は要求して、所望の量を言った。

「在家《ざいけ》にお泊りではござりませんので？」

ほっとしながらも、愛想のために聞くと、

「ここは敵地じゃ！」

とどなった。グワーンと力まかせに鐘をぶったたいたような声であった。庄屋はちぢみ上り、きりきり舞いして立去った。

その夜、軍勢は村はずれの丘に野陣を張って宿営した。終夜かがり火が赤々と燃え、槍をたずさえた武者らがひっきりなしに警戒しているのが見えた。

大物見というのは、今の軍事用語でいえば武力偵察隊だが、この時代の大物見の中には今の武力偵察隊では考えられないくらい多数の兵をもって組織されたのもあって、そんなのは斥候だけを任務としたのではなく、場合によっては積極的に攻撃もしたのであった。

さて、その一隊は日の出と共に与謝村を出発して、今の石川附近、当時は石川谷といったが、そのあたりまで進み、しきりに周辺の砦《とりで》に攻撃をかけ、三、四日のうちに三つの砦を攻めおとした。

割拠の形勢にはなっていても、ともかくも一応平和ではあった国内の豪族らは、驚き、また激怒した。丹後五郡、法螺貝《ほらがい》が鳴りひびき、鐘がつき鳴らされ、三十余人の豪族等は家ノ子郎党を呼び集めて忽ち武装をおわり、河北に使者をおくって厳重に詰問した。

それにたいして、河北は、

「織田右府公が、勅命によって天下の動乱を鎮定していられることは、当国の領主方もご承知であろう。それについて、当丹後の国はわれらが主人明智日向に賜わったにより、われらその先手《さきて》としてまかり向った。つまり各々は明智の支配を受けられることになったのである故、そのつもりでいていただこう。攻めつぶした三つの砦共は、われらの申し条にたいして反抗の色を立てたにより、好むところではなかったが、踏みつぶしたのでござる」

と、返答した。

ずいぶん勝手な言い分だが、日本全土はもともと天皇のものだということを正しい前提として言っているのだから、河北としては当然なことを言っているつもりであったろう。しかし、丹後の国侍らがこんな一方的な命令に従えないのは、これまた当然だ。使者がかえって来て報告すると、

「阿呆なことを言いおる。追っぱらえ……」

とばかりに、たがいにしめし合わせて、その在所在所で猛烈な抵抗運動をはじめた。「在々所々にて河北が人数を討ちとめける」と丹州三家物語にあるから、至るところでやっつけたのだ。油断を見すまして不意に攻撃を加えたこともあるであろうし、甘言をもって酒や女をあてがっておいて暗殺したこともあるであろう。ついにやりきれなくなって、河北石見は丹波へ退去した。「はふはふのていにて丹波をさしてにげ帰りぬ」と前記の書にある。これは大体一月くらい後のことであったろう。

## 二

明智光秀の丹波における居城は亀山だ。河北はここに逃げかえって、委細を報告した。

明智としては、河北を丹後につかわしたのは打診にすぎない。報告によって丹後の情勢がよくわかったので、経略の工夫にかかる。彼は信長麾下《きか》の智将だ。出来るなら武力によらず、智略をもって要領よく経略しようと考えて、ついに一つの工夫に達した。丹後の守護家である一色氏を利用する策だ。

この時代、全国の守護大名が力を失墜して、被官《ひかん》筋や出来星の豪族らに圧倒されていたことは前に述べた通りであるが、それでも守護家はその国人《こくじん》らに一種の宗教的権威として仰がれていたので、明智はこれを利用する方法を考えたのだ。

明智は先ず当時の丹波福知山の城主である細川藤孝《ふじたか》・忠興《ただおき》の父子と会って相談した。忠興は明智の娘のお玉の聟《むこ》だ。お玉は後にキリシタンとなって教名をガラシヤといったあの婦人。

「与一郎（忠興）殿に丹後の国半分をまいらせる。ついては、与一郎殿の妹御を一色の家に輿入《こしい》れさせてはいただけまいか」

明智としては、細川家と一色氏とが同じ足利の一門で、家柄から言っても対等であり、親しみも持ち得るはずであるから、うまく行くは必定と計算したのであろう。

「言うまでもないことながら、それは右府様のお許しをいただいてあるのでござろうな」

「もちろんのこと」

「さらばよろしかろう。よしなにお頼み申す」

と、細川父子は答えた。

明智は一色へ使者を立てる。この時代、一色氏の居城は宮津の八幡山にあった。

使者の口上はこうだ。

「われら右府公より貴国を賜わり申したが、守護たる貴家がおわすのに、押して所領するは心苦しく存ずる。ついては、われらが聟細川忠興を貴国につかわしますれば、貴家と細川家とで半国ずつ所領なさるようにしてはいただけまいか。こと新しく申すまでもなく、両家はともに足利公方《くぼう》家のご一門、お親しみもあるべき道理と存ずる。このことご承引たまわるならば、やがて拙者とりもちにて、細川の姫君を貴殿に縁づけ、いよいよご両家の親しみ深くなるようはからい申そう」

一色家の当主五郎満信は、当時まだ二十五、六歳だ。勢い衰えて一郡にも足りぬ勢力に転落している一色氏としては、これは棚から牡丹餅といってもよいほどのありがたい話だ。老臣らにも相談したが、一人として反対するものはない。

「かつてのご当家のご威勢をいえば、当丹後の国全体がご管国であったのでござるが、それは今さら申してもせんないこと。半分だけなりともくれるというはまことにありがたいこと。大方、この前石川谷までまいったというなんとやら申す大物見の者共が逃げかえって、国侍共の勢い手強しと申したので、ご当家と手を組めば、手向う者もあるまいと考えたのでござろう。彼が武力、ご当家の徳望、二つそろえば、うまくまいることは疑いござらぬ。いかさま、よい工夫。お受けあってしかるべしと存ずる」

と、家老の日置主殿介《ひおきとのものすけ》が発言すると、皆同意した。

そこで、明智の使者を呼び出して、領承の返事をした。

これで、大体の話がまとまると、また明智から使者が来る。

「先日は早速のご承引をいただき、かたじけのうござる。つきましては、ご領分の区分けをきめておきましょう。ご当家のご領分としては、中郡、竹野郡、熊野郡のつまり西方三郡、与謝郡、加佐郡の東方二郡は細川領分とかように定めとうござる。それについて、当城は与謝郡の中ほどにござれば、細川にお譲りあって、弓木《ゆみき》城にお移り願いたい。弓木は与謝郡の内ではござるが、あまり奥地へお入りになってはよろずご不便と存ずれば、弓木一帯はご当家にまいらせるとの細川家のことばでござる」

益々行きとどいたことばだ。一色家はこれも承知した。

丹州三家物語・細川忠興軍功記等では、ここに至る段取りはすべて一色氏をほろぼすための明智の謀略であるとの書きぶりをしているが、果してそうであったろうか。ぼくは別な見方をしている。結果的にはそうなったのであるが、それは途中で事情がかわったためであると見ている。それは追々わかるはずである。

さて、これらのことは、大体、天正八年の秋頃から九年の正月か二月頃までの間に契約が出来たらしい。というのは、天正九年の三月に細川父子が八幡山に入城しているからである。

明智の工夫は見事に的中した。河北石見にたいしてはあれほど抵抗した豪族らが、細川父子には全然抵抗していないのである。一色氏を立てておくらいだから、おとなしく服属さえすればわれわれの家も身柄も安泰であろうと計算したためか、河北石見事件を反省しておじけづいていたためか、これらのことについて細川家からこの上の反抗さえしなければ安堵《あんど》させてやると約束したためか、ともかくも、戦さわぎのあったらしい記述は、どの書にも見えず、細川家の持分ときまった地域の豪族らが先きを争って服属して来た記事だけが見える。

## 三

与謝郡大島の城主千賀《ちが》兵太夫《ひょうだゆう》と、同郡日置郷のむこ山の城主日置弾正とはかねて親しいなかであったので、相談し合って一緒に宮津へ伺候した。日置は家豊かで衣類から馬具にいたるまで花やかである上に、かくれなき美男であるので、なかなかりっぱであったが、千賀は家計が苦しくよろずに粗末である上に醜男である。両人馬をならべて行くのだからずいぶん目立った。途《みち》に逢う人々は目をみはった。日置は気のどくになった。ふだん心やすい友垣だから、言うことにも遠慮がない。

「おぬし、はじめて細川殿にお目見えするというに、その姿はそぼろに過ぎるぞ。おれがもじおり（織物の名）の肩衣《かたぎぬ》を持たせて来ている故、着かえるがよい」

ところが、千賀の方は怒りが腹の底にくすぶっている。

「借り衣《ぎぬ》なんどせんでもよいわい！」

と、どなりかえした。

「おれはおぬしのためを思うて言うているのじゃ」

「余計なお世話じゃ！」

口論がつのり、ついに斬合いとなり、両人相討ちとなって死に、家来共もまたたがいに争闘し即座に七人の死者が出たというのだ。気のあらいのは時代の気風とはいえ、とんだところに飛び火したものである。

さて、細川家と一色家との縁組みは、細川家が宮津へ来た翌々月、天正九年五月に行われ、忠興の妹は弓木城に輿入れした。この人の名を何といったか、中国や日本の史書は女の名は書かないのを原則としている。いつかなにかの機会に判明するかも知れないが、今のところはわからない。かりにお綱殿としておく。

年は、この時忠興は十九歳であり、一つちがいの弟興元がいるから、お綱の年は十七以上にはさかのぼれない。これも仮に十六としておく。

お綱は満足であった。夫の満信はさすが名家の人だけに高雅な人がらの美男であり、親切であり、家臣らもよくつかえてくれる。ただ一つの不満は弓木は宮津からわずかに二里しかない土地であるのに、自分も行かなければ、お綱も行かせようとしないことであった。それどころか、満信は普通の大名のように鷹狩などにも行かない。城内に閉じこもってばかりいる。間近く天の橋立という名所があるのに、そこに連れて行こうともしない。

はじめお綱はこれは満信が生れつき外出ぎらいのせいかと思っていたが、女中共から以前はよく鷹狩にも行ったし、舟遊びもしたと聞いてから、細川家に対する警戒心からであることを知った。お綱にはそんな用心を必要とするほど腹黒い父や兄であるとは思われない。しかし、そんなことを言っては、かえってこちらの心まで疑われそうで言えなかった。それだけがかなしかった。

一年経って、天正十年の六月はじめ、思いもかけない大変事がおこった。本能寺の事変である。しかも、信長を討取ったのは、こともあろうに、忠興の舅《しゅうと》であり、保護者である明智光秀だ。

知らせを受けて、細川家は動顚《どうてん》した。この時細川家は明智勢とともに中国路に向うべく出陣の支度をしていたのだ。明智はもちろん細川家が味方してくれることを予期している。細川家の今日の身代《しんだい》は大方が明智の力によるものだ。藤孝以来の友情もある。忠興は娘聟だ。驚きはしても、ついには味方してくれると、光秀は信じきって、使者を出した。

口上は悲痛をきわめた。多年の恩義を裏切って信長をたおさなければならなかった心事をのべ、ひとえに協力を頼むといい、

「お味方下さるにおいては、新たに摂津をまいらせる」

と、結んである。摂津は西国方面からの京畿《けいき》への入口であり、瀬戸内海海運の咽喉部だ。当時の日本では最も利益の多い土地だ。従来の両家の関係から言っても、空手形であろうはずはなかった。

宮津城内では、評定が行われた。思えば、この宮津城も、去年八幡山城に入城した当座、明智家から人数をよこして新しくここに普請してくれたのだ。明智にたいする義理は重畳《ちょうじょう》している。

おそらく、細川父子の迷いは一通りや二通りのものではなかったであろうが、二人は談合して、味方はせぬと志を決していたので、評定は単に言い渡しにおわった。

「明智とのこれまでの義理を思うと、忍びがたきものがあるが、大義のあるところはいたし方はない。よって味方はせぬ。これより丹波に攻め入って、右府様の弔い合戦をする所存である」

重臣らはいずれも一言半句もなく諒承した。諒承したというより、方途がつかなかったのであろう。大義のなんのといったところで、それは名義だけのことだ。そんな時代なのだ。つまりは利害の比較商量ということになるが、それがどうなるか一寸先きは暗《やみ》だ。明智に味方して勝てば、とりあえず摂津という日本一の利益の多い土地がもらえるばかりでなく、天下人の娘聟として将来の栄達ははかるべからざるものがあるが、負ければ目もあてられないことになる。明智とともに一族尽亡して、未来永劫逆賊の汚名をのこさなければならない。どっちが当るか、五里霧中だ。かくべつな意見があろう道理がない。右でも左でも、殿の仰せに従うまでと思っていたに違いない。

忠興は明智の使者に会ったが、さすがに面とむかっては強いことは言えなかったのであろう。

「口上しかとうけたまわった。追っつけ、何分のご返書差立てるであろう」

と答えて、送りかえし、妻のお玉には人をつけて、領内の与謝郡三戸野の山奥に蟄居《ちっきょ》させた。宮津湾をこえてはるかに北方の半島の山中である。

忠興はお玉を愛することが深く、お玉の生きている間は一人の側室もおいていないほどであるから、お玉にたいする愛情がこうさせたとも思えるが、当時の武家の常識に従えば、当然離縁しなければならないところだ。愛情だけのこととは、ぼくには思われないのである。忠興の心中には両股《ふたまた》をかける気持もあったのではないかとも思っている。

記録は、この時忠興は中国陣の羽柴秀吉に明智征伐のことを申し送ったということになっているが、その日時が明らかでない。時をおかずすぐであったとすれば、弔い合戦の仕手が秀吉であるか柴田勝家であるか、まだわからなかったはずであるから、北陸の柴田のところへも申し送ったと思わなければならない。数日たってからのこととすれば、秀吉が要領よく毛利氏と和睦《わぼく》して引きかえし、弔い合戦にかかることが明らかになってからとも解釈される。これは意地のわるい考え方ではあるが、細川家のこの時の動きは、相当明朗を欠いている。ともかくも、利害錯綜の立場、嫌疑重畳の境遇にあったのだ。あちらをつくろい、こちらをつくろい、大童《おおわらわ》であったにはちがいない。

しかし、明智は事をおこして十三日目には亡びた。この以前、細川父子は丹波に打ち入り、明智の属城二つをおとしいれている。何か形にあらわれたことをしなければならない立場にあるのだ。ずいぶん猛烈な奮発をしたことではあろうが、明智の主力は山崎合戦に投入されているから、大した抵抗があったろうとは思われない。とすれば、おとした属城二つというのでは、それほどの働きともいえまい。もっとも、山崎合戦が一日でかたづいているのだから、そのためもあろう。

父子は秀吉の許《もと》に軍状を注進して、二心なきを誓った。

秀吉ほどの人物だから、父子の心は見通しであったには違いないが、秀吉は将来にさしつかえのないかぎり、知っていてだまされておくという機略のあった人だ。爪楊枝《つまようじ》の先きで重箱の隅をほじくって、あくまでも正邪善悪を究明しなければおちつかない人ではない。

「つらかったろうな。よくぞ大義を踏みちがえざった。あっぱれであるぞ。武士の鑑《かがみ》というべきはご辺ら父子のことだ」

と、かえって激賞して、本領安堵の誓紙をおくった。

## 四

明智事件が片づいて間もなく、細川父子は一色氏をほろぼして、その領地を奪う計略をめぐらしはじめた。

別段、一色氏が不遜であったわけでも、両家の間が不和であったわけでもない。寛政重修諸家譜の伝えるところでは、この頃秀吉から、

「丹後の国における旧明智領は全部ご辺《へん》に進ぜる故、内三分の一はご辺の家中松井康之にあたえられよ」

と言って来たとあるから、これが理由らしくもあるが、同書には一色氏をほろぼしたことについては全然記述がない。

寛政重修諸家譜は周知の通り、その家々からの書き上げを土台にして徳川幕府で編纂したものであるが、書き上げをそのままに記述してはいない。相当詮索して、取捨している。だから、あるいは細川家からの書き上げは、「しかじかと秀吉から言って来たので、一色氏をほろぼした。丹後の明智領すなわち一色氏の所領なのだから」というのであったのを、幕府はこれを信ぜず、一部を削除したのかも知れない。

丹後は信長の命によって光秀にまかせられた国だ。光秀はこれを調略によって手に入れた。だから、名義の上から言えば全部がその所領ともいえるが、彼はこれを両分して細川家と一色氏の所領としている。現実には彼の所領は寸地もない。今さら旧明智領などと秀吉がいう道理がないとも言えるのだ。

あるいは、細川家はすでに秀吉から本領安堵の沙汰を受けているから、それを除いた他の部分、すなわち一色領を旧明智領と秀吉は見なしたのだという理窟も成立つかも知

れないが、であるなら、なぜ細川家は、一色家のために、秀吉にとりなす労をとらなかったのであろう。一色満信は藤孝にとっては娘聟、忠興にとっては妹聟だ。あまりにも情愛を欠いているといわなければならない。

戦国の争い、ためし少ないことではないが、秀吉からの指示があったにしても、なかったにしても、ぼくには細川父子の欲心からのこととしか思われないのである。

細川父子は、厳重な秘密裡《り》に重臣らと協議を重ね、ついに一色満信を招待して、その席で討取ることに定め、弓木城に使者を立てた。

「このほど世の中さわがしく、落ちつきのない日を送っていましたが、やっと小閑を得ました。ついてはお綱をそこもとにつかわして聟となっていただいてから、すでに一年を越えること数月となっています。ご愛情によって、お綱が幸福な日を送っていることは、そのおりおりの便りで承知して、まことにうれしく、また感謝している次第でありますが、ただ一つの不満はいまだに拝顔の機を得ないことであります。出来ることなら、ぜひ一度当方へお出でいただきたい。そうすれば、当方からもそちらへ参りましょう。かくてたがいにいつも往来して、親しく打ち語らうことになったなら、いかばかりうれしいことでありましょう」

という口上で、同じ文面の手紙を持たせてやった。

満信は使者を別室に退らせておいて、重臣らと相談した。使者の口上も、書面も、情愛があふれている。重臣らは感動している。誰あって異議をさしはさむ者はない。

「お受けなされるがよろしゅうござる」

「奥方様お輿入れこの方のあの家の様子を見ていますに、さすが文武の達人と名の高い藤孝殿のご家中だけに礼儀厳重にて、侍らもいささかも当家の侍共を見下げることなく、ご縁家にたいする親しみだけを見せています。お聟入り遊ばして、親しみを厚くし給うは最もよろしきことであります」

という者ばかりだ。

満信も同じ心だ。

使者は呼び出されて、承諾の旨を答えられ、過分な引出《ひきで》ものまであたえられて、帰って行った。

聟入り——はじめて妻の家に行くのをこういうのであるが、その日は九月八日ときまった。

話をきいて、お綱のよろこびは言うまでもない。やっと夫も実家《さと》に心がとけたと、涙のこぼれるほどうれしく、心をこめてその日の夫の支度などした。

満信もうれしい。

「そなたも知っていやることとは思うが、細川の家は八幡太郎義家殿のおん孫足利義康《よしやす》殿の末であり、一色の家は義康殿のおん弟義兼殿の末だ。等持院（尊氏《たかうじ》）様が公方《くぼう》様になられる前から親しいご一族として事ある日には共に出陣して功をはげみ、事なき日には睦《むつ》み合うておられた。その後はなおさらのことだ。公方家ご一門としての親しさは尋常のものではなかった。皆古い書物にくわしく見えていることじゃ。はるかな子孫の世となって、世の乱れとともに細川の家もおとろえ、当国もおとろえて、いつしか疎遠となったが、そなたを迎えたために親しい縁家となり、こうして相ならんで当国を治めることになった。これまでとてわしはうれしく思うていたのだが、戦国の習いで、心ならずも礼を失していた。しかし、これからはうちとけて行きもし、来られもして、ご先祖の交《まじわ》りを温めることになる。両家のご先祖代々の尊霊もさぞやよろこんでござろう」

と語った。

やがてその日が来た。満信は妻に見送られ、足軽小者の末に至るまで美々しく装《よそお》って、弓木の城を出た。

九月八日といえば、今の暦では十月初旬から中旬頃だ。卯《う》の刻《こく》（午前六時）の出発であったというから、阿蘇の海をわたって来る潮風は肌寒いばかりに冷涼であったろう。

宮津までは、二里あるやなし、まだいくらも日の上らない頃に宮津の町にかかると、町の入口に細川家の重臣が迎えに出ている。先導されて進んだ。道には盛り砂をし、箒《ほうき》目《め》を立て、辻々には礼服を着た番卒がいて警固している。鄭重をきわめた迎えぶりだ。

さらに進んで城に近づくと、所々材木や石材がおいてある。城普請がまだすんでいないので、その材料なのだ。しかし、これも邪魔にならないように片寄せて、裾に幔幕《まんまく》を張ってあった。

「お見苦しい様をお目にかけますが、京のさわぎや出陣さわぎのために普請がのびのびになっていますので」

と、先導の重臣は言訳した。

「いやいや」

といいながらも、満信は次第に迫って来る城を驚きの目で見ていた。石垣を築き上げる様式の城を彼ははじめて見る。この地方の城は皆山によって営み、垣を必要とする部分は土を掻き上げて土居《どい》にしたものだ。彼の八幡山城もそうだったし、今の弓木城もそうだ。平地にこうして築いてあるのも、石垣をめぐらすのも、はじめて見るものだ。

忠興の妻の父明智光秀は築城の名人で、この城はその縄張りになったものであることは、満信も聞いている。

(織田右府の安土城も明智殿が縄張りしたということじゃが、これを見ても、その見事であろうことがわかる。上方《かみがた》の城はこの頃みなこうなっていると聞くが、これでなければ近頃の戦さは出来ぬのであろうか……)

と、感慨はひとしおであった。

大手の門の橋の外に数人の人がいた。二人が床几に腰かけ、他の者は左右にひざまずいている。

「兵部大輔《ひょうぶだゆう》(藤孝)と与一郎でござる」

と、先導の者がいった。

満信が馬をおりて近づいて行くと、二人も近づいて来た。

「ようこそいらせられた。ようこそいらせられた。藤孝でござる」

藤孝はこの時四十九、髪がほとんど真白なので、年よりもふけて見えた。痩せてすらりとしたからだつきと、その真白な髪とが、言いようもないほど高雅な感じであった。涙ぐまんばかりに感動の色を見せている。

「ようこそ。与一郎忠興でござる」

忠興はちょうど二十。血色のよい白晳《はくせき》の美男子だが、鋭い目が射るようであった。

満信も名乗った。

「ともあれ、こちらにお出で下され」

と導きかけて、藤孝はふと微笑して言った。

「噂にも聞いていられましょうし、また途々《みちみち》お目にもとまったことと存ずるが、当城は普請半ばでござって、お供の方々全部におもてなしする席もござらぬので、あれへ急ごしらえの仮屋をしつらえおきましたれば、お側去らぬ方々だけにお供を願い、余はあれにておくつろぎ願いとうござる。心ばかりのおもてなしの用意をいたしておきました」

藤孝の指さすところに、濠沿いの道に沿って、大きな小屋をかけてあった。竹垣をめぐらして、品《しな》よいしつらえだ。

「家来共にまで、ご鄭重なことであります」

満信は感謝して、従うべき者を三人だけえらんだ。家老の日置主殿介、小姓の芦屋金八、金川与藤《よとう》の三人。日置は老人だし、小姓二人はまだ少年だ。武へんの者は他にいたが、わざと選ばなかった。信用しきっている気持を示したいと思ったのであった。

藤孝は無言で、感謝するような目つきをしてみせた。心が通じたのが、満信はうれしかった。

五

大手の門を入るとすぐの屋敷に、細川父子は案内した。ここでも、藤孝は言訳した。

「重ね重ねのことで恐縮千万ではござるが、普請中ではかばかしい座敷もござらぬ上、大工その他の人夫どもの工事の音がやかましゅうござる故、この屋敷にておもてなし申すことをおゆるし下され。これは家老有吉四郎右衛門と申す者の宅であります」

さすがに、満信もなんとなき不安を感じたが、すぐおしつぶした。

通されたところは、八畳二間つづきの小書院風の座敷であった。新しすぎてまだおちつきはないながら、庭木や泉石などもある。

「いろいろと申してまことに恐縮でござるが、当家の家中では、今のところここが一番見られますので」

と、藤孝は笑った。

「しばらくおくつろぎ下さい」

といって、父子ともに退って行ったので、その間に満信は家臣に手伝わせて着がえをした。仕立ておろしの大紋《だいもん》を着、長袴《ながばかま》をはいた。

茶が来る。

それを喫して待っていると、細川家の家来が来た。

「およろしくば、こちらへ」

満信が立つと、三人の家臣らはあとに従った。芦屋金八が主人の佩刀《はいとう》を持った。

連れて行かれたところも、八畳の狭い座敷である。すでに藤孝も忠興も席をしめている。とうてい全部は入れない。満信と日置主殿介とだけが入り、芦屋と金川は縁側にすわった。

改めてあいさつ応答があって、酒宴がはじまった。主人側の席のうしろに通い口があって、そこから酒肴が持ち運ばれて来る。

先ず聟舅の盃がかわされたが、それがすむと、藤孝は笑いながら、

「そなた様はずいぶんお飲《い》けになるお口のような。与一郎もずんと飲《い》けます。心ゆくまで二人でお飲《や》り下され。年寄のあまり強うないのがいては、お気づまりでありましょうで、わしは向うへ行きます。あとでまたあいさつにまかり出でましょうわい」

と言って立去った。

「酒はお好きらしゅうございますな」

と、日置が愛嬌笑いして言う。

「大したこともないのじゃが、あれは飲まぬおやじ殿での。拙者を大酒飲みじゃと思う

ているのよ」

と、忠興は快笑した。

にぎやかな酒がはじまった。

忠興は討つべき隙を見ていたが、刀のおき場が悪い。先刻小姓がおいて行ったのだが、柄の向きが少し離れすぎている。一撃でたおさなければならないだけに、万全を期したい。じりじりしながら飲みつづけた。

細川家の老臣米田《こめだ》宗堅《そうけん》は、通い口からこれを見て、肴を捧げて入って行き、忠興の左側から主客の間に出ようとして、わざとその刀を足の爪先にかけた。

「あ、これは」

小声でいって、刀をとっておしいただき、工合のよい位置においた後、肴を満信の前に進めて退った。

「肴が新しゅうなり申した。こんどはこれでまいりましょう」

忠興は朱塗りの大盃をとって飲み、満信にさした。

「これはきついこと。引きかねます」

「ご謙遜を。お腕前はもう見ていますぞ」

と、笑って言うと、満信も笑った。

「本日は特別のことでござれば、気力を出していただきましょう」

いただいて、口をつけた時であった。忠興の右の膝がサッと立ったのと、左の手に刀をさらったのと、ぬき打ちに真向から斬りつけたのと、ほとんど同時であった。

「あっ！」

満信は盃をそのまま忠興に投げかけて身をひねったが、およばなかった。左の肩から右のあばらにかけて袈裟《けさ》がけに斬られた。

「狼藉！」

満信のうしろにひかえていた小姓二人はさけんで立上り、主人の前に立ちふさがったが、忠興は見向きもしない。十分に斬ったという自信がある。満信の左側にひかえた日置主殿介を目がけて攻撃した。年はとっていても、出来ていない人間であったのだろう、日置は周章しきっていた。抜き合わせもせず、長袴の裾をふんではころび、ふんではころびながら、庭にまろびおちて逃げ、廐《うまや》に逃げこんだ。

満信と二人の小姓には、かねて申しつけてあった討手が立向った。満信は深手を負うている上に、進退不自由な長袴をはいているが、屈せず芦屋に持たせた刀をぬきはなっていた。見る間に満身血だるまになっていた。小姓二人もよく働いた。ずたずたに斬られていながら、血に染んだ主人を左右からかかえて、細川方の攻撃をはらいのけはらいのけ、玄関口まで退いて来た。

玄関を出ると、満信はふりかえりざま、

「おのれ、細川、大名にあるまじき卑怯！　このうらみ、忘れぬぞ！」

と、絶叫したが、そこで気力がつきてどうとたおれた。細川忠興軍功記は「一色殿は供の侍両人が引き立て、屋敷の外まで退き申され候が、どうとたふれ申され候時、二つになつて果て申され候こと」と記述している。

小姓二人は、今はこれまでと、必死になって戦ったが、多勢に無勢だ。

「殿の一大事ぞ！　一色殿こそ、細川が姦計にかかって討たれ給うぞ！　皆出合え！」

と、城外の味方の者の耳にとどけよと絶叫しつづけながら、討たれてしまった。

城内とは言っても、つい濠一重の外は城外という屋敷だ。さわぎは大手門外の仮屋にいる満信の供侍らに聞きつけられた。饗応にあっている最中のことではあったが、一同はっとして立てた耳に、芦屋と金川の絶叫がとどいた。

「すわや！」

総立ちになって、われ先きにとぬきつれて斬って出たが、細川方ではかねてその手くばりがしてある。討手の者が仮屋を取りまいていた。一色方は死にもの狂いだ。囲みを突破するや、まっしぐらに大手の門を駆け入ろうとした。「細川衆切つて出、大手の橋をとどろかし、追ッつかへしつ戦ひける」と、丹州三家物語にある。

一色方の供侍は三十六人あったが、うち十三人が討死し、切りぬけた者は皆弓木へ引きとった。

# 六

細川家の陰謀は周到であった。

満信を討取ったら時をうつさず弓木城へおし寄せて、お綱を引取って来るように、忠興の弟興元《おきもと》を大将として松井康之、有吉四郎右衛門らをつけて、いつでも打ち立てるように準備してあったのだ。彼らはもみにもんで弓木へおし寄せたが、城内では逃げもどって来た者によって、宮津の変事を知っている。

細川勢が城へ近づいて、口上を申しのべようとしても、言わせない。いきなり、ドッと鉄砲を撃ち立てた。この時城内には稲富伊賀がいる。後に細川家につかえ、さらに家康の四男松平忠吉につかえて、天下無双の鉄砲の名人といわれるようになった男だ。狙ったらはずれない。細川勢の死傷者は相ついだ。強襲も出来かねて、数町退いて、軍使を立て、

「内室を渡しさえ下されば、城内の方々のおいのちは保証いたす。ことの子細をお耳にもかけられず、やにわなることをなし給う故、味方に死傷者も相当出ています。しかし、それは武士の作法でござれば、かれこれ申すことはいたさぬ」

と、申し入れさせた。

城内では相談の後、

「主人亡んだ上は、籠城いたすも詮ないことではござる故、城をあけ渡して立退くことにいたすが、細川殿のなされよう信用いたしかねる。さるにより、奥方を人質にとって退き申す。卒爾《そつじ》なことをなさらば、即座に討果し申す故、その旨心得申されよ」

と返答して、お綱を馬にのせ、城内の者一団となって取りかこんで、城を出た。お綱の周囲には氷のような刀を抜きはなった壮士らがつきそい、すわといえばそのまま刺殺してしまう気勢だ。

細川勢としてはしかたがない。ある程度の距離をおいて、追尾して行くよりほかはなかった。

一色勢は国境をこえて但馬《たじま》の国藤ノ森まで来て、お綱を細川勢に引きわたして立去った。

## 七

後日談がある。

その一

一色に遺子があって、大徳寺に入って僧となっていたが、ずっと後年、忠興が大徳寺に行った時、玄関に出迎えた。そんな素姓の者が寺内にいるとは忠興は知らなかったのだが、その坊さんの忠興を見る目に何かを感じたのであろう、抜討ちに斬りたおして、そのまま帰った。ほしいままに大徳寺のような寺院内で殺傷したというので、これは大問題になったが、とにかくもみ消したという。

忠興はこの刀を希首座《きしゅそ》と名づけて珍蔵したが、今では熊本のある人の所蔵となっていると、熊本出身の作家小山寛二氏に聞いた。首座というのは禅宗の寺では六役の長をいうのだから、この坊さんは寺で希首座と呼ばれていたのであろう。従って「希」が法名の一字であることは推察がつくが、あとはわからない。俗名を何といったかも、一色氏の誰の子であるかもわからない。

小山氏はまた、その坊さんの亡霊が出て、長い間細川家ではこまったとも教えた。以上はまだたしかめる機会がないが、藩譜采要に出ている由である。

その二

お綱は一色家から取りかえされて、藤孝の許にいて年月を経たが、中年になってから、藤孝の命令で家臣の篠原五右衛門という者に縁づいたところ、祝言があって、二、三日の後、篠原は寝そべって、お綱に、

「足がだるいわ。さすってくれい」

と、所望した。

つい数日前、家来であった篠原だ。お綱はおどろきもしたが、口おしくもあって、そのまま家を出て父の許にかえり、泣く泣く訴えた。すると、藤孝は顔色をかえて、

「夫の足をさするが、なに不服ぞ。女は三従というて、家にある時は父母に従い、嫁し

ては夫に従い、老いては子に従うを道とするのじゃ。早や早や帰れ。二度とかようなことがあっては、父子の縁はこれまでと思え」

と、さんざんに叱りつけて追いかえしたというのだ。

美談として世に伝えられているのだが、とすればその最初の夫である満信を殺したのはどういうことになろう。

# 越前騒動

一

尊書一見せしめ候。

仰せの如く、さてさて久しく面会いたさず、本意なく存じ候。相見ざれば咫尺《しせき》も則《すなは》ち千里をへだつとやらん、殊に十ケ国領へだてまかりあり候へば、おんゆかしき儀、なかなか言語にたへ候。

いよいよ御堅固のおん趣き、珍重に存じ候。愚僧も無事息災にてまかりあり候へば、はばかりながら御放念たまはるべく候。

この度、当福井表に不慮に出来《しゆつたい》いたし候椿事《ちんじ》につき、お尋ねにあづかり候。まことに不可思議千万なることがらにて、つひに兵革《へいがく》のことに及び候こと、他国への聞えもいかがあるらんと、ひそかに憂心まかりあり候処、尊書によれば中々の雑説飛説これある趣き、まことにまことに、一時はいかなることになり行くらんと、胆魂《きもたましひ》も身に添はず候ひしほどなれば、さもありなんと存じ候。

左に事の次第書きつけ候へば、御一覧賜るべく候。

## 二

越前《えちぜん》福井の城下から小一里西北方に海老助《えびすけ》という村がある。その村に、新右衛門という若い百姓がいた。

雨のしょぼしょぼと降る秋のある日であった。こんな日にはいつもすることになっている藁細工《わらざいく》をしていたが、しきりに長い溜息をつく。何か心に鬱屈したものがありげであった。

そこで、ならんで綴《つづ》くりものをしていた女房がきいた。

「お前さ、なにか心配ごとがあるのじゃないかえ」

「そんなものねえだよ」

「そんだら、なんでそげいに溜息つかっしゃる。お前さ、今日は溜息ばかりついていさっしゃるだによ」

「なんにもねえだよ。余計なこと心配すんな」

新右衛門は、またせっせと縄をなっていたが、しばらくすると、女房に言った。

「お初よう」

「何ですや」

「おら、佐渡に出稼ぎに行って来べえと思うだが、どうだろうの」

「佐渡？　佐渡って、あの越後の佐渡ケ島の佐渡かえ？」

お初は仰天した。

「おお、その佐渡ケ島だア。村にこうして居たッきりでは、働いても、働いても、楽になんねえ。おいらもうこんな暮らしは心《しん》から、いやんなっただ。佐渡に行って、一働きして来べえと思うだによ」

佐渡は、慶長六年に徳川家の領地となった。関ケ原戦争の翌年、この物語の時代から七年前である。

徳川家がこの島を領地としたのは、ここに金銀山があり、それがきわめて有望であると見たからであった。この見込みに間違いはなかった。徳川家のものとなった年すぐ、相川《あいかわ》に非常に豊富な鉱床が発見され、翌年には早くも年間一千貫というおびただしい産出量があったので、佐渡の繁昌は飛躍的であった。

ゴールド・ラッシュに引きつけられて、諸国から我も我もと出稼人が集って来た。慶長の初年には島全体の戸数が一万に足りなかったのに、十年頃には相川だけの人口が十万余になったというのだから、その殷賑《いんしん》ぶりがうかがわれる。

新右衛門が、佐渡へ出稼ぎに行きたいというのは、このためであった。この越前の地は佐渡とそうへだたっていない。出稼ぎに行く者がいくらもあって、その中にはずいぶん金をのこして来た者があって、それらは皆相当裕福な暮らしをするようになっている。

「なあ、おい、そうしようと思うだが、どうだね」

新右衛門はまた言ったが、お初は答えない。ムッツリした顔で、襤褸《ぼろ》を綴くりつづけていた。佐渡へ出稼ぎに行ったきり、何年たっても、帰っても来なければ、便りもない人々のことを考えつづけて、そんな所に行く気をおこした亭主に腹を立てていた。

ゴールド・ラッシュに誘われて佐渡に集ったのは、真面目な出稼人だけではない。これを目あての商人、遊女、女歌舞伎、バクチ渡世のもの共も多く、これらによって、佐渡は一大歓楽境ともなっている。純真朴実《ぼくじつ》であった百姓の出稼人が、これらの誘惑に身を持ちくずしてしまって、帰るに帰れず、音信不通になっている者は、少ない数ではない。どこの村にも、こうして主人に捨てられた家族が、必ず幾組かいる。あまりひどいので、大名等はそれぞれの領内に布告を出して、佐渡に出稼ぎに行く期間は満三年をかぎりとする、三年たって帰って来なかったら、駆落者《かけおちもの》と見なし、もし妻ある者なら、妻との縁は切れたものとし、どこへ縁づいてもかまわないことにすると申し渡し、ついにはそれが天下の定法《じようほう》のようになっているほどだ。

(おお、いやなこと！　そんなところへ！)

お初は身ぶるいせずにいられない。

女房の心を知ってか知らないでか、新右衛門はつづける。

「おら、昨日、お城下へ行って、町方の人の暮らし見たら、いつまでもこんな暮らししているのが厭《いや》になっただあ。同じ人間に生れてよ。年がら年中、ボロぎもの着て、汗水たらして働いても、満足に飯《まま》食うことも出来ねえ。こんな暮らしってあるもんかよ。大したことは出来なくても、正月や、お祭りには、お前に垢《あか》のつかねえ、つぎの当らねえ着物の一枚も着せてえだによ」

亭主のこのやさしい言葉は、お初の気持をやわらげた。しかし、やはり黙っていた。

「おらア行きてえだによ。佐渡では働きさえすれば銭がいくらでももうかると、誰も言っているだ。一《ひと》ッ働《ばたら》きして来べえよ。そしたら、もうこんな暮らしはおさらばだ。あとは一生楽して送れるだによ。なあ、お初よう」

熱心に、新右衛門は言いつづけた。

お初は、はじめて亭主の方を向いた。

「お前さ、うらも貧乏はいややが、お前さに何年も別れて暮らすのは、なおいやだア。貧乏というたって、どうやらこうやら暮らして行ってはいるでねえかよ。餓《かっ》え死にするわけではねえだに。うら、お前さに別れたくねえだ」

言っているうちに、お初はおろおろと泣き出した。

女に泣かれると、男の心は混乱する。どうしてよいかわからなくなる。新右衛門は黙ってしまった。けれども、あきらめたわけではない。一層ねつッこく、思念を追っていた。

「お前さ」

と、こんどはお初の方から言い出した。

「なんじゃい」

「お前さ、うらが厭になって、そげいなことを言いなさるじゃないかや。佐渡は男の人には、楽しいところじゃそうな。きれいな遊女衆が仰山《ぎょうさん》いて、男という男は皆迷わずにはおられぬところじゃそうな。そいで、お前さ、行きたいのじゃろがや」

新右衛門は腹が立った。自分は、ふたりの生涯の幸福のためだけを思って、こんなに熱心に考えているのに、こんな見方しかしていないのかと思うと、どなりつけてやりたいほど、なぐりつけてやりたいほどであった。彼はそれをおさえて、おだやかに教えさとした。

「なにを言うぞい。おいらそげいなことなんだ、気《け》にも思わねえ。おいら今のように貧乏して一生を送るのが厭なだけだア。お前は、今のままでも貧乏はしても餓え死にするよなことはねえというが、ようく考えて見ろや、子供一人生むことも出来ねえ暮らしでねえだかよ。おら共が一緒になってから、お前は二度も子をはらんだが、生めば暮らしにさしつかえるによって、二度ともおろしてしまったでねえか。そんな暮らしがどうして辛抱出来るかよ。おら、せめて、子供の二人や三人ちゃんと生める暮らしがしてえだによ」

子供のことを言われて、忽《たちま》ちお初はひっそりとなった。

お初は、三年前、新右衛門に嫁いで来た。そして、半年目には妊娠したが、とても育てられないというので、三月目におろしてしまった。その一年後にはまた妊娠したが、同じ理由でまたおろした。最初の時はそうでもなかったが、二度目は言いようのないほど情なくて、悲しくて、三晩ほど泣き明かした。

その時のことが思い出されて、胸がせまって、涙をこぼしたが、それと同時に、あたたかくやわらかなものが胸にひろがって来た。子供を胸に抱いているような感覚が、乳房のあたりに感ぜられた。

## 三

その後も、多少のいきさつはあった。

「ほんとに、お前さ、帰って来てくれるだね」

「帰って来ずにどうするものか。おら、お前が可愛《めぐ》いから行くのでねえか。三年経たねえうちに、銭うんとこさ持って帰ってくるによ」

「ああ、どうしよう！　ほんだら、抱いておくれ、しっかり抱いておくれてばよオ……」

夜毎に、こんな口説《くぜつ》をくりかえして、二人は抱き合って寝た。

どうやらお初が承諾したので、肉親の者共の諒解を得にかかった。新右衛門の方には、一人の兄しかいない。百姓仕事がきらいで、福井の城下に出て、海老助村の領主である久世《くぜ》但馬《たじま》に足軽奉公をしている。この兄は、一議に及ばず、

「いいところに気がついたな、いい思い立ちだ。なに、せいぜい三年の辛抱だ。末を楽

しみに、行って来るんだな。三年くらいすぐ経ってしまうさ。長い一生の楽《らく》を思えば、なんでもないわい」

と賛成したが、お初の肉親はそう簡単には行かなかった。父親である金兵衛がきびしく反対した。

「おらには、お前エ《め》の言うようにいいことばかりにゃ考えられねえだ。物事つうものは、悪い方にも考えておかにゃいかねえものだ。それが用心つうもんだ。早い話が、お前エの決心がかたくて、道楽なんぞに迷いこまざったにしても、病《や》みづくつうこともあるずら。看病人もいねえ旅の空で病みづいて見いや、どうすることも出来やしねえだど。おら、わが娘をこの若さで後家《ごけ》になんどしたくねえだ」

と、言い張る。

それを、どうにか、こうにか、

「ふん、そうかア。そうまでお前エが思いつめ、お初もその気になっているなら、おらもウンと言おう」

と、納得する所までこぎつけた。

けれども、金兵衛はなお言わずにおられなかった。

「しかし、ちゃんと言っとくだがな、もし、お前エが三年経っても帰って来ざったら、お上《かみ》の掟《おきて》通りお初はもうお前エの女房じゃねえど。それ承知だな。くどいようだが、おらこの若さでわが娘を後家にしたくはねえでな。ええかい」

「承知ですてや。舅《とッ》さん」

話はきまった。領主の許可ももらった。一体、封建時代を通じて、百姓が他の土地に行くことは禁制になっているのが普通であった。領内の労働力を減らし、従って領主の収入減となるからだ。しかし、当時佐渡へ行く出稼人にたいしてだけは、幕府は禁制してはならない特別命令を出していた。金山を開発するためにいくらでも労働力がいったからである。

秋の末、冬の早いこの地に、時々雪のちらつく頃、新右衛門はお初を舅《しゆうと》の家に頼んで、越後へ向った。

四

月日の過ぎ行くは白駒の隙《げき》を過ぐるが如しとかや。かくて三年の春秋《はるあき》過ぎ行き候ひしも、かの聟、佐州より帰り来らず、舅金兵衛居丈高になりて、「それ見しことや、わが予言《かねごと》一つも違《たが》はず。お定法《ぢやうほう》なり、且つは堅き約定《やくぢやう》なり。今は新右衛門は汝が夫にもあらず、わが聟にもあらず」などと、娘にも言ひののじり、世にも言ひひろめ候ひし処、この娘下種《げす》ながら中々の美形なれば、妻に迎へんと人して申し入るる者少なからず、とりわけ、城下の小商家の主某は執心《しふしん》最も深く、様々の品物、をりにふれては金兵衛に賄《まひな》ひせしかば、利にもろきは小人の常、金兵衛の心次第に動き、某に嫁すべき旨、娘に申し候。娘は新右衛門を愛すること深き故に、はじめは聞き入れずありしも、日毎、夜毎、父に言ひはたられ、つひに、「更に三月がほど待ちてたび給へ、そのほど過ぎてなほ帰着せざる時は、父が心にまかせむ」と、わりなく父に願ひ候へば、金兵衛も娘の切なる頼みを情無《すげ》くもいたしかね、これを許し候。しかる処、三月過ぎ候へども、新右衛門帰り来らず、娘今はせん方なく、父のさしづにまかせて某に再嫁いたし候。このこと今年の初春、長き北国の冬尽き晷《ひかげ》日々に明るく長くなる頃のことにて候ひき。

# 五

皮肉なことであった。お初の嫁入りの頃、新右衛門は帰国のため、越後の寺泊《てらどまり》に渡っていた。実をいえば、彼はもっと早く、三年の期限前に帰着する心組みで、ちゃんと用意をととのえたのだが、出立間際からひどく性《しよう》の悪い痢病《りびよう》にかかって、長い間重態がついた。もういけないかと思われる危険な状態におちいったことも幾度かあった。二月近くもかかって、やっと床上げはしたが、旅にたえるほどに回復するにはなお数十日を要した。

国のことが気にかからないではなかったが、手紙を書いて知らせるなどということは、当時の百姓階級の者には考えもされないことであった。ついでの便《びん》でもなければ、わざわざ人を雇って行かせなければならないのだ。おそろしく金のかかる大仕事であった。飛脚屋という職業が出来て、やや手軽に通信の出来るようになったのは、この時代からずっと後になる。

何よりも、新右衛門は女房の愛情を信じていた。

「舅だって、言葉の行きがかりから、あげいなことを言うたので、本心は決してああではねえずら。また、たとえ、舅が他の男に縁づけようとしても、お初は決して聞きゃしねえずら。本人がいやだちゅうもんを、いくら親じゃからちゅうて、どうすることが出来るもんけ」

と、大自信をもっていたのだ。

とにかくも、新右衛門は帰国の途についた。佐渡における彼の仕事は、坑内の水引きであった。鉱山という鉱山で湧水《ゆうすい》に悩まないのはないが、わけて金山はひどい。湧水の多いところでなければ、豊富な鉱床はないとまで言われている。竪坑《たてこう》などに至っては、滾々《こんこん》として尽くることなく水の湧く井戸と一般だ。その水を汲み出すのが、水引人夫の仕事だ。竪坑の所々に水槽をおき、太い真竹製の巨大な水鉄砲のような喞筒《そくとう》（ポンプ）で次ぎ次ぎに水を引き上げては、坑外の地表に送り出すのだ。

骨のおれる、つらい仕事だ。両足はいつも水槽に踏みこみ、両手は喞筒の口からあふれる水に濡れつづけているので、皮膚がおかからのようにふやけただれる。単調で、力がいり、そのくせ使う筋肉はいつもきまり切っている。疲労が早く、いつもからだのどこやらがメキメキと鳴って痛い。日の目を見ない、湿気の強い場所での労働だ。青白い色になったからだ中に水気《すいき》が来て、まるで上蔟前《じようぞくまえ》の蚕のようになる。

こんなつらい仕事であったが、新右衛門は我慢し通した。賃金がよかったからだ。日に百文、年にして三十六貫文。金子にして九両という賃金は、その頃の日本のどこへ行ったって得られるものではなかった。

この賃金を、彼は爪で火をともすようにして貯めた。出来るだけ安いものを食べた。健康が保て、労働にたえることが出来さえすればよいとして、味のよい悪いはかまわなかった。

どこの鉱山《やま》でもそうであるようにこの鉱山《やま》でもバクチが盛んで、毎日毎晩荒っぽい勝負が行われたが、そんな場所には足ぶみもしなかった。

時として、大もうけした人のことを聞くと、心が動かないこともなかったが、いつもこう考えて、虫をおさえた。

「バクチちゅうもんは、所詮は負けるにきまったもんだア。それが証拠には、バクチに負けておちぶれたり、盗ッ人《ぬすと》になったり、首くくって死んだりしたもんはいくらでもあるが、勝ったって最後まで栄えたもんは一人もねえだ」

相川の町に下りて行くと、女歌舞伎があって心をときめかすにぎやかな囃子《はやし》を立てて客を呼び、舞台の上では美しい女共がたおやかな所作と色ッぽい目つきで男心を掻き立てたが、のぞいて見もしなかった。

端的に売色する女共の巣《す》くっている家も多数あって、ぬけるように色の白いからだを華やかで柔らかい着物につつんで、きまった金さえ持って行けばどんな男にも自由になったが、行きたい気をおこしたこともなかった。

「おれにゃお初がいるだア。フン、幻妻《げんさい》共め！　みんな醜婦《すべた》だア。こてこてと紅白粉《べにおしろい》塗りたくって、ぞべらぞべらと色のついたやわらか着物着ているによってちったア見られるが、お初におよぶ器量のやつは一人もいねえだ」

とつぶやいては、期限が来て国に帰ったら、一ぺんはお初に化粧させ、美しい絹の着物を着せてみたいと思うのであった。

こうして、艱難辛苦して三年の間に貯めた金は、金子で十両、銀で六百二十匁、銭で八貫三十文ある、病気をしてその間の薬代と雑用に四貫文近くかかってしまったのが残念だ。病気をしなかったら、それも持って帰れたのにと、おしくてならない。

けれども、それにしても、持ち重りのするほどの金だ。胴巻に入れて、こうして胴に巻いていると、腰がずっしりと重い。この重さは、これからの生涯の幸福の重さだと思うと、何ともいえず気強い。

「こんだけあれば、田地も買えるべ。一町歩くらいでよかッぺ。牛も買えるべ。お初を着飾らしてやれるべ。子供も生ませられるべ……」

次ぎから次ぎに、楽しい空想ははてしなく湧いて、雪のむら消えたあとに早くも緑の草の萌《も》えている越路《こしじ》を帰り来る新右衛門の足どりは、おのずから軽かった。

# 六

越後の寺泊《てらどまり》から越前福井まで約九十里、普通の旅で十三日の行程だが、十日目の昼頃には、もう金兵衛の村である大和田村に入っていた。大和田村は、福井から東北一里ほどの地点、九頭龍《くずりゅう》川の南岸に、本街道からちょっとそれて位置している。

この旅の間に、季節は早春から仲春に移っている。すっかり雪の消えた野は緑の色にかわり、その間に散らばっている村々は桃が咲いていて、何ともいえずのびやかな景色であった。

新右衛門は笠をぬいで、あたたかい陽にわざと顔をさらしながら歩いて行ったが、金兵衛の村に入ってすぐ、前方から牛を追い立てて来る老人があった。眉の白い、腰のかがんだその老人は、金兵衛の叔父にあたる人であった。

なつかしかった。大きな声で呼びかけた。

「おお、こりゃ前ン田のおじさんじゃねえだか」

老人は新右衛門を見たが、忽ち不思議な表情になった。

老人は驚き、また、困惑したのだった。しかし、新右衛門にはそれはわからない。今の彼には何でも愉快だ。からからと笑いながら言った。

「どげいにしただね、おじさんや。海老助の新右衛門だに、見忘れただかね」

老人は、白い長い眉をぴくぴくと動かして、にやにやと笑った。

「おお、ほんに新右衛門どんだのう。あんまり久しいもんで、おらびっくらしただ。お前《め》エ、元気《まめ》でいただか」

「ずっと元気でいただが、帰る間際に患《わずろ》うてのう。そんでこげいに帰りが遅うなっただあ。おらが舅《とと》さんとこ、みんな元気でいるだかね。変りはねえだかね」

「うう、うう、みんな元気は元気だあ。行ってみなよ。うん。――こらア、そげいなとこへ坐りこんではいけねえだ！　シッ、シッ――そんだら、おら行くでえな。――シッ、シッ……」

爺さんは、ひどく牛が気になるらしく、牛を追い立てながら、そわそわと立去った。

「フン、あの牛はこの頃手に入れただね。そいで、爺さまあげいに大事がっているだね。しかし、あれでは、せいぜい銀二十目だあな。今のおらなら六十二、三匹は買えるつうもんだ。フン、あわれなもんよ。そげいなおらとは知らねえでよ」

しぜんに胸が張って来る気持だ。

やがて、金兵衛の家についた。よろこびに高まる胸がはげしい動悸を打って、苦しいほどであった。彼は無理におちついて、杉の生垣をまわって、入口から入って行った。入口から家までの間は左右に菜園がつづいている。彼はそこらにお初が出ていはしないかと思って見わたしたが、所々花の咲いた大根と菜ッ葉のその菜園には、二、三羽の雀が春の日ざしに温められた砂を浴びながら嬉々《きき》としたさえずりを立てているだけであった。

しかし、失望はしない。自信と喜びとに益々胸を高まらせながら、真直ぐに進んで、半ばまで行った時、家の中からヒョイと出て来た者があった。

お初の母親であった。愛嬌のよい笑いを浮かべながら来る旅姿の男を、けげんそうに見ていたが、

「アッ」

と、小さい叫び声を上げた。

「母《かか》さんや。帰って来ましただあ。新右衛門でありますだあ」

と、新右衛門は呼びかけたが、とたんに、相手の様子が尋常でないのに気づいた。老婆は、真青になり、棒立ちにすくみ上っている。

「父《とと》さんやア！　父《とと》さんやア！　来てくんなさろ！　来てくんなさろ！　大変じゃア！」

けたたましく、老婆はさけび立てた。

新右衛門はおどろいた。はじめて不安が生じた。てっきり、お初は死んだのだと思った。つめたい大きな手で、胸を一つかみにされた気持だった。走りよって、大きな声できいた。

「母《かか》さんや。どげいしただ？」

恐怖のために醜い顔になった老婆は、新右衛門が近づくほどずつ後退《あとしざ》りしながら、な

お、

「父《とと》さんやア！　来てくんなさろう！　大変じゃア！　大変じゃア」

と、叫びつづけた。

金兵衛が家の裏から走り出して来た。彼は、

「……何じゃーい？　何がおこっただア？」

と叫びながら姿をあらわしたが、そこに老妻と相対しているのが誰であるかを知ると、顔色をかえた。立ちすくんだように見えた。しかし、忽ち殺気立つばかりの形相《ぎょうそう》になって、歩みよった。

「おお、誰かと思えば、汝《われ》は新右衛門だの。汝は生きとったのか。幽霊じゃねえだろうな」

嚙んで吐き出すような調子で、ガミつけた。

新右衛門の不安は別の不安にかわった。まさかと思っても、打ち消すことは出来なかった。

「おら、帰る間際に、患いついただ。そいで、こげいに遅くなっただ。……けんど、こげいにちゃんと帰って来ただ。仰山《ぎょうさん》、金ためてよ。安心してくんなさろ。もうお初に苦労はさせねえだ。こげいに遅うなったのは、すまんことじゃったが、ゆるしてくんなさろや。もう死ぬかと思うほどの患いじゃったんだによう」

おろおろと説明したが、金兵衛はガミガミとした調子を捨てない。

「金？　金じゃと？　こげいになってから、金がなんになるぞい。もう間に合うかい。お初はよそに嫁《や》ってしもうたぞい！」

不安はあたっていたが、それでも、鋭い刃物で胸を一刺しにされた気持であった。一呼吸ほど、新右衛門は黙っていたが、おししずめた、ふるえる声で言った。

「お初をよそにやったとは、嫁《よめ》にやったちゅうことかの？」

金兵衛はおどり上った。地団駄ふみながら、わめき立てた。

「おお、よそに嫁にやったがどげいしたぞい？　三年をもう四月も過ぎとるぞい！　お上のおきてがあるぞい！　おらとわれとの間の堅い約定《やくじょう》があるぞい！　汝、それは忘れてはいねえだべ！　佐渡じゃちゅうて、暦《こよみ》はあるべ！」

「そんだからちゅうて……」

「何を未練がましゅう！　誰が悪《わ》りいのでもねえ。みんな期限までに帰って来ざった汝が悪《わ》りいのじゃ。帰《け》えれ、帰えれ。金なんぞ、いくら持って来たって、もう間に合うことか！　そいとも、汝《われ》、因縁つける気か！」

新右衛門は、全身の気力がぬけて、そこにのめりこみたいような気がした。泣きたかった。そのくせ、心のどこかでは、疑っていた。――そげいなばかなことがあるもんか、舅《とと》さんはおらをからかっているのだ……

どこやらで鶏がけたたましく鳴き出したが、すぐしずかになった。春の真昼の日の明るさ。あたたかさ。新右衛門は胸《むな》苦しくなり、額に汗が浮き、目の前が暗くなった。

三年四ヵ月の間一筋に思いつめて、胸に描き築き上げて来た幻想は、あとかたもなく崩れてしまったのだ。

# 七

悲しくもあり、口惜しくもあり、煮えかえるほど腹も立ったが、法規であり、約束であってみれば、どうしようもない。新右衛門はしおしおと大和田村を立ち出でた。

どこに行きようもない。海老助村にかえったところで、くずれかけた家と、三、四反の田畠があるばかりだ。こんなわびしい心でそんな所にかえったところで、益々わびしくなるばかりだ。一先ず兄の市郎兵衛の家へ行ってみることにする。

市郎兵衛の家は、お城下の町はずれにある。松平家の重臣久世但馬の足軽と鷹匠《たかじょう》との屋敷が集って一郭をなしている町だ。

ちょうど勤務から帰って来て、晩酌をしつつあった市郎兵衛は、ホロ酔いきげんであった。

「おお、帰って来たか。汝の帰って来るのを、おれは毎日首を長くして待っていたぞ。まあ上れ」

と、盃をさして、すぐ言う。

「大和田村に行ってみたか」

「行って来ただ」

「そうか、行って来たか。そんなら、わかっているな」

「わかっているだ」

「おれはちっとも知らなんだ。おれにはなんの相談もなかったのだ。おれの知ったのは、あの女が縁づいてから四日経ってからであった。おれは早速に大和田へ行って、苦情を言った。そしたら、あの女のおやじは、汝と堅い約束があるといった。おれはどうすることも出来なんだ」

「いいだ。もう済んだことだ」

「そうか」

市郎兵衛は、ムッツリとなって、酒をのみつづけたが、すぐまた言う。

「あのおやじめ、約束じゃの、掟《おきて》じゃのとばかりぬかしおって、因業《いんごう》なやつじゃ。おれは腹が立ったぞ」

「もういいってば！」

「いいと言って、汝、泣き面しとるでないか。女房に逃げられたくらいで、泣くやつがあるか。意気地なしめ！」

ある程度以上に酔がまわると、市郎兵衛はからむくせがある。それが出て来た。

「泣いてはいねえだ。けんど、兄《あに》さも自分のこととして見さッし、ええ心でおられるはずはなかるべ」

「む、そりゃそうだ。しかし、男というものは、こんな時は本心はどうあろうと、景気の悪い顔をするものではない。笑って、酒を飲め。なんじゃい、あげいな女子《おなご》の一匹や二匹。女子なんどは、掃いてすてるほどある。おれが百倍も二百倍もええ女子をもろうてやるわい」

何といわれても、新右衛門は心が浮き立てない。それどころか、飲みつけない酒を飲まされて、急に酔が発してくると、悲しみと口惜しさとが、矢も楯もたまらず激発して来た。

「兄さ、おらは、この三年四月の間、酒も飲まざっただ。味よいものも食わざっただ。女も抱かざっただ。バクチも打たざっただ。男ばかりの中にいて、そげいなことをしていて、人にどう言わるるものか、兄さも察しはつくずら。わしがこげいに、人のあざけりも、後言《しりごと》もかまわざったのは、一文でも余計、銭をのこしたかったからじゃ。何のためでもないだ。ただ、お初によい世を見させてやりとうてじゃ。見てくれや、これを」

ポロポロと涙をこぼし、鼻汁《はな》をすすりながら、胴巻を解いた。やせ黒ずんだ手でしごいて見せた。それにつれて、古び垢じみた胴巻は、コロリコロリと金を吐き出した。はじめ紐につないだ銭を、つぎに紙で厳重にくるんだ金銀の包みを。

新右衛門は、その封を切ってみせた。薄暗い燈火の光をはねかえして、古びた畳の上に、それらは美しくかがやいて散らばった。

金子に換算して総額で二十一、二両のものだが、百姓出の足軽である市郎兵衛にしてみれば、これほどの大金はこれまで見たこともない。気をのまれて、一ぺんに酔がさめて、弟の顔と金とをまじまじと見くらべていた。弟の艱苦と悲しみとが、はじめて納得出来た思いであった。

ちょうどそこに、市郎兵衛の妻が勝手から銚子のかわりを持って来たが、これも立ちすくんだ。ふるえながら見つめていたが、さめざめと泣き出した。

「ほんにの、ほんにの。いかい苦労をしなさったのにのう。お初さんも、なんということであろう……」

こうした同情が、新右衛門には快かった。彼はシクシク泣き出したが、それは悲しいからではなかった。あまえであった。ささくれ立ちただれている傷口に油薬を塗りつけられるように、気持が安らいで来るのであった。

その時、外から野太い声がかかった。

「市郎兵衛、居るか」

この郭内《かくない》に屋敷のある、鷹匠の瀬木権平の声だ。市郎兵衛とは相口《あいくち》（話のよく合う友人）で、いつも往来《ゆきき》しているのであった。

「おお、いるぞ」

と、答えておいて、弟に早く金をしまうように合図した。なぜか、狼狽していた。

新右衛門もうろたえた。あわててかき集めにかかったが、半分も集めないうちに、声の主が姿をあらわした。

「おお、客来か。これは失礼したな」

権平は、室《へや》の入口で足をとめた。

「かまわぬ。入ってくれ。弟じゃ。それ、佐渡に行っていた」

「おお、新右衛門どのか。ならば、知らんなかでもない」

入って来て、適当な位置に坐った。

「これは、瀬木さま、ちょこっと失礼しますだ。すぐ済みますだで」

新右衛門は、そう言って金をかき集め、胴巻にしまいこんでから、その方を向いた。

「お久しぶりでございますだ」

「ほんに久しぶりだの。いつ帰ってみえた。今日？　さようか。なにはともあれ、お達者で結構。それに、噂にも聞いているが、佐渡の景気は大したものらしいの。仰山な金をもってかえられたな。いや、結構だて。ハッハハハハ」

瀬木の笑いは、とってつけたように大きかった。市郎兵衛には、この笑いの意味がよくわかる。瀬木は豪傑気どりの男だ。男の意気地や張りを何よりも重く見ている。その彼にとって、金と女房とをつりかえにしたに等しい新右衛門の現在の立場は、笑止千万なものに見えるにちがいないのだ。

市郎兵衛は、弟を弁護してやらなければならない気になった。

「こりゃ何にも知らんで帰って来たのだ。聞いてみると、これだけの金をのこすため、こいつの難儀は一通りや二通りのものではなかったようだ」

と、今聞いたことをくわしく物語った。

見る見る、瀬木はおそろしい形相になった。

「にくい奴の。そのおやじめ！　男の真心をそう踏みにじってよいものか。新右衛門どのもじゃが、市郎兵衛、おぬしは腹が立たぬか」

「そりゃ立つ」

「立つなら、なぜそのままにしておく。おりゃ人事ながら、胸がふるえるわ」

「しかたはない。おきてじゃもの。約束じゃもの」

「おきてが何じゃ。約束が何じゃ。おれがおぬしや新右衛門どのなりゃ、おやじめ、生かしておかぬになあ……、ええい！　胸が沸く。盃をこちらにまわせ。酒でもそそぎかけねば、胸が燃えるわい！」

とりかけ、ひっかけ、瀬木はあおりつけた。

## 八

新右衛門は、数日の間兄の家に厄介になりをり候ひしも、かくてもあるべきにあらねば、やうやうに心を取りなほし、おのが村にかへり、破れたる家をつくろひ、留守中人に貸しおきたる田畠をとりかへしなどして、昔の百姓にかへり申し候。

その後、数十日を過ぎて、夏のはじめのことにて候ひき。一夜何者とも知れぬ曲者、かの金兵衛宅の庭に忍び入り、金兵衛の小用に出づるをうかがひ、これを殺害いたし候。

金兵衛が居村大和田村は、福井御家中岡部伊予入道自休《じきう》の知行所にて候へば、遺族共、自休入道へ訴へ出で申し候。自休入道、前後の事情を取調べたるところ、前述の如く因縁重畳たるにより、必定、新右衛門こそ下手人たるべしとて、新右衛門が領主へも相ことわり、藩府へも届け出で候後、海老助村に行き向ひて、新右衛門を召捕り、きびしく尋問に及び候ところ、当夜、新右衛門は名主宅の祝事に招かれ、終夜そこにありしこと多数の証人によって明白となり候へば、放免帰宅せしめ候。然るところ、お城下の町人にて、当夜、大和田村に夜釣りにまかり候者これあり、殺害のありしその時刻に、当該村よりお城下へ向ひ、久世但馬殿の足軽鷹匠屋敷の郭《くるわ》に入り候者をたしかに見届け候とて、自休入道へ訴へ出で申し候。

# 九

岡部伊予入道自休は、一刻者《いっこくもの》であった。一刻者は、当時の武士にはそうめずらしいものではなかった。一刻であることが、武士らしい潔《いさぎよ》さと剛強さを示すものとして、むしろ讃美される傾向さえあった。ところが、自休はあまり人に好かれない。

それは、彼の一剋さが陰性だったせいかも知れない。彼は一剋者だからよく怒ったが、普通の一剋者のように真赤になってはでに怒り、はでにどなり出すようなことがなかった。青くなって怒った。どならないで、シクシクと理窟をのべた。そして、いつまでも怒っていた。

「あのおやじに食いつかれてみい。ハンザキに食いつかれたようなものよ。決してゆるしはしないからの」

と、若い武士等は言っていた。

ともあれ、千七百二十五石という大身《たいしん》であり、若い時から度々の武功もあったにかかわらず、人に敬愛される人柄ではなかった。

さて、こんな性質であったので、金兵衛殺害事件についての彼の調査はかなり綿密なもので、最初の嫌疑者であった新右衛門の実兄である市郎兵衛が、久世但馬に足軽奉公をしていることもちゃんと調べていた。だから町人の訴え出でを聞いた時、深くうなずいた。

（やはり、おれの目に狂いはなかった。あの百姓めが裏で糸を引いているのだ。下手人は、やつが兄の足軽めに相違なし）

と、判断した。

早速、仕置家老の竹島周防《すおう》の屋敷を訪れて事のいきさつをくわしく説明して、但馬に命じて下手人を差出させてくれと要求した。

周防は年こそ自休より十も若いが、四千百七十石を領し、越前家切っての器量人として、全家中の束ねをしている人物だ。黙々として自休の言葉を聞いた後、しずかに言った。

「承知いたした。事実さようなものが但馬殿の家中にいるとすれば、早速に差出させるでござろう」

「いるとすればとは、何事でござる。たしかにいるのでござる。ぜひ、差出させていただきたい」

自休の性質については平素からよく知っていながら、いや、むしろよく知っているからであろう。こんな風に出られて、周防は不快になった。答えはつい冷やかなものとなった。

「訴訟事《くじごと》は、念には念を入れねばならぬ。片訴訟では断定出来申さぬ。お訴えのことは、たしかに受理いたした。今日のところはこれにてお立帰り願いたい」

「念のためにおうかがい申す。たしかに受理していただけましたな」

自休は青くなっている。それを見ると、周防は一層不愉快になった。

「お耳に入らなんだのでござろうか。受理いたしたと申した」

自休は青ざめたまま、帰って行った。

そのあと、竹島周防は居間にこもって思案していたが、やがて外出の用意を命じ、久世但馬の屋敷に向った。

久世と竹島は平素から好意を持ち合っている仲である。久世は竹島の政治の才幹を買い、竹島は久世の武勇を尊敬している。

久世は、よろこんで客間に通して対面した。

「これはこれは、よくいらせられた。今日はごゆるりとしていただけるのでしょうな。昨日九頭龍《くずりゅう》川に網を引かせて獲《と》った鯉があります。肴にして、一献さし上げたい」

「いや、ありがとうござるが、そうもしておられませぬ。少し面倒な話があって、今日はまいったのです」

「ほう？」

久世は六十を三つ四つ越えていたが、雄偉な体格と血色よくたくましい顔つきは、壮者のような気力にあふれていた。

壮年の頃、久世は佐々成政《さっさなりまさ》麾下の猛将として勇名天下にとどろいていた。佐々が羽柴秀吉と対敵関係にあった頃、羽柴方の北陸探題であった前田利家としばしば戦ったが、名将の名のある利家が、久世にはどうしても歯が立たなかったと伝えられている。

佐々が一敗地にまみれて、秀吉に降伏し、生命だけを助けられて越中を去った時、久世は北陸を去らず、越前に居をかまえて浪人ぐらしをしていたが、慶長六年、前藩主秀《ひで》康《やす》宰相が野州結城《ゆうき》から越前七十万石の太守として入部した時、一万四千石を以て秀康に招かれて、その家臣となったのである。

「話というのは、――このほど、岡部伊予が所領大和田村で、百姓が人に殺されたことのあったのを、御承知でござろうか」

「ああ、以前の聟に殺されたとかいうあれでござるか。くわしくは存ぜんが、噂話に聞いてはいます」

「実は、あの事件、以前の聟が下手人であると見て、岡部入道方より人数を出して、召捕ってみたのでありますが、しかじかの証拠があって、下手人でないことが明らかとなって放免されました」

「ほう」

久世は目をまるくする。興味を覚えて来たらしかった。

竹島はなお進んで、伊予入道が今日来ての申し分を語った。

久世は少しむずかしい顔になった。

「しからば、岡部は、拙者の家の足軽が下手人であると言っているのですな」

「さよう」

久世は腕を組んで、しばし思案してから、言う。

「貴殿もそうお考えでござるか」

「いや、拙者はそこまで断定しては考えておりません。真に下手人であるかどうかは、その足軽について十分なる取調べをなした上で決定すべきで、今日の所では相当重き嫌疑者というにとどまると思っています。このことは、伊予入道にもハッキリと申しておきました」

久世は感謝した。

「よくぞそう仰せ下さった。拙者の思う所も同じです。そのようなことを申す者がある以上、嫌疑を抱くのは、伊予の勝手でござるが、片訴訟を以て直ちに下手人と断じて引渡しをもとめるとは、よろしからぬことと存ずる。先ず証人をして顔改めをさせ、その夜の者に相違なしとなった上で、引渡しの交渉があるべきで、いきなり、人の家来たる者の引渡しをもとむるなど、作法でないと存ずる。作法を踏んで来ぬ交渉に応じては、武門の一分が立ちません。そうは思《おぼ》されぬか」

「仰せ至極であります。しかし、これは相対《あいたい》の交渉と見ずに訴訟と見ていただきたい。で、こうしてはいかがでありましょうか。貴殿方よりはその足軽を拙宅まで出頭させていただき、伊予方よりはその証人というを出頭いたさせ、拙者の面前で顔改めをさせることにしては」

「…………」

「そうした上で、その夜の者であるということがはっきりとなれば、これを召捕った上、さらに厳重に取調べるわけでござる」

「…………」

「これは、伊予入道にお差出しになるのではなく、お上のさしずによって、お上に出頭させられるのでありますから、お顔つぶれにはならんと存ずる」

久世はなお思案して、

「段々の御理解、よくわかりました。それでは、その者をお屋敷まで出頭させることにいたしますが、ただ一つお願いがあります。拙者は自らの家来に、さような不埒《ふらち》を働くものがあろうとは思いたくござらぬが、万一にもその者が下手人であった場合には、拙者の手によって成敗《せいばい》いたしたいと存じますれば、拙者にお下げ渡し願いたい。いかがでありましょうか」

極端に意地を重んじ、名誉を重んずる当時の士風からしてみれば、これは道理な願いであった。竹島はうなずいた。

「よろしゅうござる。もし、そのようなことになりましたなら、必ずそう図らうでありましょう」

「先方より異論を申し立ててもで、ありますぞ」

「もちろんのこと」

きっぱりと言って、ふと、竹島は微笑した。

「多分、伊予入道は自ら申し受けて成敗したいと申すでありましょうが」

久世も笑った。

「それじゃ故、お願い申したのであります。岡部伊予ごときに、たとえ足軽であろうとも、わが家来を成敗させては、拙者は家来共に見離されてしまいます。家来共に見離されては、拙者の武名もそれっきりとなり申す。家来というものは、理非を問わず自分を庇《かば》いくるる意地強い主人を好くものであります」

十

かくて、岡部伊予方より証人としてお城下の町人何某、久世但馬方より足軽市郎兵衛、それぞれに介助の者つきそひ、竹島周防が屋敷に出頭、周防が面前において、顔実検を行ひ候ところ、証人とくと市郎兵衛が顔を打ち眺め、「この人にてはござなく候。当夜の人は今少し小兵《こへう》にて、眉濃く、眼の光鋭く候ひし」など申し候により、周防は大いに怒り、「確たる証拠もなきに、我意にまかせて胡乱《うろん》なる訴へをなし、上の手数をわづらはし、他人に迷惑をかけ候段、緩怠の至りなり」と、伊予入道方介助の者共を叱責いたし候へば、ことごとく面目を失ひ、濡猫のごとき体にて、しをしをと退出仕り候。これにひきかへ、市郎兵衛は嫌疑ことごとく晴れて青天白日の身となり候のみならず、周防より「不慮の疑ひをかけられ、さぞや迷惑なりしならん」などねんごろにねぎらはれ候て、意気揚々とまかりかへり候。まことに盲《まう》亀《き》の浮木に逢ひたるにも、漁人の悪竜の顎《あぎと》を脱し得たるにも、燕丹《えんたん》の暴秦《ぼうしん》より逃れ帰りたるにもたとふべき思ひなりしならんと存ぜられ候。

## 十一

平生が平生だ。岡部伊予入道のこの敗訴は、彼の評判をひどく落した。

「今にはじまったことではないて。よく確かめもせんで、我意にまかせたことをする故よ。いい気味じゃて」

と、言うものが多かった。

岡部が腹を立てていることは言うまでもない。真青になって怒りふるえた。彼は一旦は敗訴になったけれども、決して疑いを捨ててはいない。下手人は必ず久世の足軽共か、鷹匠共か、それに関係のある者かに違いないと信じ切っている。まして、こうなっては、意地でもある。

数日の間、青くなりっぱなし、ふるえっぱなしで、一室にこもって思案した後、証人に立った町人を呼んだ。

この前、不首尾におわったので、どんな目に逢うかと、町人は恐れおののきながら連れて来られた。岡部は顔をやわらげ、銀子など取らせて、相手の心をもみやわらげてから、こう問いかけた。

「この前の話じゃがな。汝《われ》はあの夜の下手人の顔、今でもよくおぼえているか」

「へい」

「今見てもわかるかの」

「へい」

「わしは、その者は必ずあの郭内にいるに相違ないと思うている。汝、気をつけて、その者を見つけ出してくれんか。首尾よく見つけ出してくれたらば、褒美をとらせる。そうだ、五両金とらせよう。引受けてくれんか」

町人は心を動かしたようだが、答えなかった。伊予入道は追いうちをかけた。

「ひょっとして見つけることが出来んかも知れんが、その時はそれでもさしつかえない。苦情めいたことは、一切申さん。得にはなっても、損にはならん仕事だぞ」

こんな仕事を引受けないはずはない。町人は承知の旨を答えた。

それから、十日も経たなかった。町人が興奮しきって、岡部家へ駆けつけた。

「見つけました。見つけました。やっぱり、あの郭内の屋敷にいる者でございます。足軽ではございません。鷹匠でございました。名前も調べてまいりました。瀬木権平と申すのでございます。この前の足軽と大へん懇意で、いつも往来している仲であるそうにございます」

岡部は、はげた入道頭から湯気を上げんばかりによろこんだ。

「それは間違いないな」

「間違いございません」

「いつでも証人に立つであろうな」

「立ちます」

「よし」

手文庫から金を出し、紙にくるむ間ももどかしげに、投げあたえた。

岡部は、早速に訴状を認《したた》め、自ら竹島家に行って差出した。

「先般は、胡乱《うろん》の訴え、我意にまかせたる振舞いと、きつうお叱りをこうむった由で、千万恐れ入るが、この度は胡乱の訴えではないつもりでござる」

十分の皮肉をこめて言った。

竹島は、一応披見した。嫌疑者の身分から名前までハッキリと書いてあった。しかし、売言葉に買言葉だ。竹島としては言い返さないではいられなかった。

「この前は口頭のお訴え、今度は書付を以てのお訴えではござるが、唯今のところ相違するところは、それだけ。胡乱であるかないかは、この前と同じく対決して後決定いたすべきことであります。――たしかに受理いたした」

青くなって伊予入道の帰って行った後、竹島は久世を訪問した。

幸い、久世は在宅であった。早速に話にかかる。

久世はしずかに委細を聞いた。

「御面倒をかけますな」

「いや、これは拙者の職分であります。ごしんしゃくには及ばぬこと。さて、このこと、この前と同じはからいにいたしたく存じます。さように御承知ありたい」

（結構でござる）

と、久世は言おうとして、ふと不安になった。しばらく思案してそれから言った。

「勝手を申すが、その返事、暫時待っていただきたい」

「どうなされた？　この前と同じはからいでありますぞ」

竹島はいぶかしくもあれば、少し不快でもあった。

「それはよく承知しています。しかし、ほんの暫時お待ち願いたい。追っつけ、当方よりまかり出でて、御返事申し上げますれば」

竹島は、この問題については、十分の自信を持っていた。伊予入道が口惜しさのあまり、新しく言いがかりをたくらんだのだと、多寡をくくっていた。しかし、久世のこの様子を見ると、なぜとはなく自信がぐらついて来た。もし、伊予入道の言い分通りであれば、竹島も面目を失うことになる。知らず知らずに、緊張した顔色になった。

「それでは、お待ちしています」

と、答えて、辞去した。

それを玄関まで送り出して、居間にかえると、久世は家老を呼んで、家中の足軽鷹匠共のことによく通じている者を誰でもよいから呼んで来るように命じた。

「御近習《きんじゅう》のなにがしは、鷹野《たかの》好きで、よくお鷹の者の屋敷にまいりますが、その者でよろしゅうございましょうか」

「誰でもかまわぬ。あの屋敷のことに通じている者ならばよい」

近習なにがしが呼ばれた。

久世は、人払いして、問うた。

「そちは、鷹野好きにて、よく鷹の者の屋敷にまいるそうだな」

「まいります」

「瀬木権平の宅へはどうだ」

「折々はまいります。しかし、さほど親しくしているわけではございません」

「瀬木はどんな性質だ。欲深《よくふか》か、無欲か、また、荒気の男か、おとなしい男か」

「べつだんに欲深とは思いません。性質は男だてを好み、相当荒い方であります」

「それならば、バクチ好きだな、きっと」

「それは好きなようであります」

「最近、バクチに大負けに負けたような話はきかぬか」

「存じません」

「彼は、足軽海老助市郎兵衛と至極の懇意と聞いたが、どうだ」

「ずいぶん懇意にしているようでございます」

なぜこんなことを根掘り葉掘り聞かれるのか、おどろいていた。

「海老助市郎兵衛には、百姓の弟があるの」

「このほど知りましたが、ございます。新右衛門と申す由でございます」

このへんから、なにがしの顔色がかわった。あの殺人事件に関係してのこの質問であることがわかったらしかった。

「瀬木は、その新右衛門と懇意にしているかどうか」

「さあ、いかがでございますか、存じません」

「しんじつ知らぬのか」

「しんじつ存じません」

久世はしばらく考えこんだ。もう聞くべきことはなかった。彼は瀬木権平を知っている。鷹の技術がそう巧みとは言えないので、鷹野にもそう度々は召連れていないが、それでも年に四、五回は連れて行っている。この前顔実検の時に証人が言った由だが、たしかに権平の容貌は小兵で、眉が濃く、眼が鋭い。それを思い出したからこそ、不安になって、竹島に即答を避けたのであった。

今聞いた所を綜合すると、たしかに、瀬木は怪しむべきであった。ほとんど下手人と断定してよいかも知れない。猜疑《さいぎ》深く考えれば、市郎兵衛と瀬木とが仲のよい友であることを知っての、岡部方の最初からの策謀であるとも見られないこともないが、実際問題としては、それほど腹黒く出来るはずはない。

「唯今聞いたことは、他言一切無用だぞ」

久世は、その者を立去らせて、なお思案をつづけたが、また家老を呼んで、至急に瀬木を連れて来るように命じた。

# 十二

「拙者が斬ったに相違ございません」

瀬木権平は言下に答えた。昂然たる態度であった。全然悪いことをしたという意識がないようであった。

十分に予期していたことではあったが、久世はカッと激し上って来るものを覚えた。しかし、おさえて、平静を保った。

「なぜ斬った」

「非道をにくむからでございます。拙者は、佐渡における新右衛門の三年間にわたる艱苦の次第を聞きました時、胸に火が燃えました。男がかかる苦労をしているのに、ご定法を楯にとって仇《あだ》し男に嫁《とつ》ぐとは何事でござる。嫁がせるとは何事でござる。かかる非道を、拙者はそのままにしてはおけません。拙者の性分《しょうぶん》でござる。されば、新右衛門に、おやじめを斬って捨てろと申しましたが、おびえふるえるばかりで、まるでラチクチありません。そこで、市郎兵衛に、弟にかわっておぬし討つべきだと申しましたが、これもやれご定法じゃの、やれ固い約束があったのと、尻ごみするばかりであります。拙者は腹にすえかねました。エエイ！　どいつもこいつも、腰ぬけめ！　さらばおれが斬りすててくれるわ、と、乗りこんだのでございます。見事斬ってくれましたわ。かねて吟味の同田貫《どうだぬき》正国、左の肩先から右の乳の下にかけて、水もたまらず打ちはなしました。これが即ち、その正国」

佩刀をとって、前に突き立て、眉を揚げ、胸を張り、権平は得意満面だ。

やり切れない不快感がつき上げて来たが、久世はなおしずかに言った。

「その方、おのれの為《な》したことを悪いこととは思っておらぬようだな」

「いささかも思いません。男として為さではならぬことをいたしたまでと思っております」

「それならば、そのことが世のさわぎとなり、先般はその方の朋友市郎兵衛に重い嫌疑がかかったが、なぜあの時名乗っては出なかったぞ。自らのなしたことの正しさを信じている者なら、そうではないはずだぞ。それは卑怯と申すものだぞ」

権平の顔に狼狽の色があらわれた。

「拙者は……」

と、何やら言おうとしたが、久世の怒りは頂点に達した。雷のおちかかるように怒号した。

「おろか者め！　何たることをしでかしたのだ！　主の迷惑も思わず、ほしいままにおきてを破り、後悔でもすることか、その男達面《おとこだてつら》は何ごとだ！」

佩刀をつかんで、つかつかと縁ばなへ出て来た。

権平は、ぱっとおどり上った。刀をとりまわして、油断のない身がまえにかわった。

「どうなさるおつもりです。新右衛門は、殿の御領の民でありますぞ。拙者はその恨みを晴らしてやったのですぞ。殿の御意地も思えばこそのことですぞ。その拙者を、どうなさるおつもりです？」

不敵な形相《ぎようそう》だ。小兵《こひよう》なからだは、火を噴かんばかりの闘志にみなぎりたぎっている。いつでも応戦出来る身構えだ。

底の知れない馬鹿さかげんにも腹が立った。自尊心を傷つけられもした。成敗してやる、と、思った。

「黙れ！　まだ愚かなことを申しつのる。おのれ、それへ直れ。成敗してくれる」

刀をぬき、鞘《さや》を座敷に投げて、ジリジリとくつぬぎに足をおろす。

「成敗？　面白い。やみやみと斬られようか！　こうなれば、主君でも家来でもないぞ！」

権平はヤケクソな顔になって絶叫し、刀をぬきはなって飛びかかろうとしたが、とたんに、久世の半白の鬢髪《びんぱつ》がさか立ち、電光《いなずま》のように眼が光り、同時に叱咤《しつた》した。

「無礼者！」

千軍万馬の中を馳駆《ちつく》して、猛将の名の高かった威風のすさまじさであった。権平は、おぼえず全身がすくみ上った。久世はしずかに近づいた。

「推参なる下郎め」

と、つぶやくように言うと、鋭く低い矢声と共に、真向から斬りつけた。まるで無抵抗であった。権平は鼻の頭まで斬りわられてたおれた。

久世は家来を呼んで死骸を片づけるよう命じた後、入浴して衣服をかえて、竹島の屋敷に向った。注意してみればどこかに沈鬱な表情があるが、いつもの通りおちつきはらった様子であった。

竹島はすぐ客間に通して面会した。

「先刻の御返答にまいりました」

「お待ちしていました」

「貴殿の御辞去後、当人を呼び出して取調べましたところ、たしかに当人の仕業に相違なき旨、自白いたしました。誰に頼まれたのでもない、この不義を見過ごしにしては男が立たぬ故いたしたと申す。はやりの男達かぶれでござるよ。不埒とも存じたし、先般も申したごとく、伊予入道如きと、公事《くじ》沙汰になって対決すること、忍びざるものがあります。されば、たった今、当人を成敗してまいりました。さよう御承知願いたい」

竹島はおどろいた。

「御成敗されたと？」

「さよう。拙者自ら手にかけて斬りました」

竹島は黙っていた。一旦の驚きが去ると、これをどう処置すべきか、それを考えなければならない。

「自儘《じまま》のいたしようであることは、十分に承知していました。しかし、拙者としては、いたし方がござらなんだ。お咎《とが》めは十分に覚悟しております」

竹島はまだ黙っている。

久世はつづけた。

「これが、あの百姓の兄である足軽がいたしたのであれば、先般も申した通り、拙者はかばってやるつもりでありました。しかし、頼まれもせぬものを、男達面して見当違いのことをしたのみか、事が公沙汰《おおやけざた》になって人に迷惑がかかっているのを眼前にしながら、名乗り出ようともせぬ。詮ずるところ、おろかにして臆病なものが、付焼刃でしたことであります。拙者は我慢ならぬ気がいたした。かばってやる気が起きませなんだ」

竹島はまだ黙っている。久世ももう語らない。しばらく沈黙がつづいた。

その間に、竹島の思案は定まった。すんだことはしかたがない、と先ず考えた。伊予入道如きと公事沙汰になって対決するのはいやだというが、さぞかしそうであろう、自分すらあの男はイヤなのだからとも思った。久世ほどの人物の名誉は守ってやらねばならないとも思った。最後に、自分のためにも、伊予入道を勝訴にしてはならないとも思った。

実際、勝訴になったら、伊予入道は従来のこちらの態度を含んで、いつまでもねちねちと皮肉を言いつづけるに相違なかった。それを思うと、総毛立つほど不愉快な気がした。

口をひらいた。

「今さら、そのことをかれこれ申してみても、いたし方はござらぬ。その死骸、人知れぬ所へ、人知れず葬っていただきたい。そして、その者はたしかに以前家中にいたには相違ないが、数ヵ月前に浪人していると、拙者にまで文書を以て届けていただきたい」

こんなにまで竹島が自分に好意を示してくれるとは、久世は思っていなかった。彼はおどろき、よろこび、感激した。

「御芳情の段、ただ感謝いたす」

ふと、涙のこぼれるようなものを覚えながら、久世は礼を言った。

## 十三

（しかじか云々と久世から申し立てがあった故、この対決は出来ぬこととなった。たとえ、その鷹匠の仕業であったにしても、久世家を浪人後のことであるから、久世家には何の関係もないことである。その者はお上において極力探索して逮捕し、処分するであろう）

という意味の通告が、文書を以て岡部伊予に届けられたのは、その翌日のことであった。

岡部は激怒した。

「またしても、またしても、畢竟《ひっきょう》、周防めが久世に媚《こ》びてこのはからいしたに相違なし。

今に見ろ、面皮《めんぴ》をはがずにおくものか！」

そこで、属託金《そくたく》（懸賞金）をかけて、福井の町の辻々に高札を立てた。

元久世家家中鷹匠

瀬木権平

右の者の所在を知る者は、岡部伊予にまで知らせよ。属託金十両を取らせる
月日

と、いうのである。

十日ほども経った頃であった。夜であった。岡部家の勝手口へひそかに訪れて来た者があった。三十二、三の、少しにやけた感じの武士であった。おどおどして、しきりに前後を見まわしながら、名乗る。

「拙者は、久世但馬の家来堀内新三郎と申す者でありますが、当家の殿に申し上げたいことがあってまいりました」

取次に出た岡部の中間《ちゆうけん》は、この男の名を聞いて、思い出すことがあった。久世但馬の妾を金つきでもらっているというので、諸家の中間小者なかまで高い噂になっている男であった。

ハハン、と、来たので、ズバリと言った。

「お前さん、高札一件でお出でだね」

「はあ、いえ……」

「いえ、ということはねえだろう。待ってなさい。すぐ取次いで来るから」

中間は、小侍にこのことを言った。小侍は勝手口に出て、一ぺん自分の目でたしかめてから、伊予にとりついだ。

「よし、会おう」

伊予は、茶室で、大小をとりあげてから、この男と会った。

「わしが伊予だ。高札の一件で来てくれた由だな。申してくれ。さあ、これが属託金だ。申してくれれば、すぐわたす」

いつぞやと同じだ。小判十枚、杉原紙《すいはら》の上において、自分の膝の前においた。

堀内という男は、しばらくもじもじした後、口をひらいた。

「瀬木権平という鷹匠は、拙者主人が手討ちにいたしてございます」

「なに？　手討ち？　いつだ？」

「十日ほどにもなりましょうか。そう、何月何日のことでございました」

伊予は、おぼえずうなった。竹島家に行って訴状を手渡して来たその日ではないか！　怒りと喜びとが、同時におこった。おさえて、冷淡に見えるくらいものしずかに聞いた。

「死骸の始末は？」

「邸内に埋めてあります」

「知っているな、その場所を？」

「存じております」

「どこだ？」

「厩《うまや》のうしろの桐の木の下でございます」

「そうか、よくわかった。——では、それ、これは渡す」

と、杉原紙ごみに金をおしやった。相手は、カサカサと音を立てさせながら紙にくるみ、ふところに入れた。ひっきりなしに手がふるえ、青白くなったあごのあたりがピクピクと痙攣《けいれん》していた。

「そこで、この上の相談じゃが、そなたもこのようにして主人の秘密を漏らした以上、もう久世家へ奉公しているわけには行くまい。どうだな、そなた、このことが公沙汰になった場合、証人になってくれぬか。そうしたら、わしの家で召抱えてやることにするが。もちろん、とりあえずの礼金もする。二十両はずもう。どうだな」

相手は忽ち気を動かした。

「仰せに従います。何分ともによろしくお願いいたします。しかし今夜のところは帰していただきとうございます。ここへ参ることを、妻に申しておりません。一旦、立寄りまして、妻にもよく申し聞けました上、早ければ今夜中に、遅くとも明日中には参ります故」

「必ず来てくれるの」

「参る段ではございません」

「よし、さらば心にまかせる」

堀内は帰って行った。

そのあと、伊予はいつまでも茶室から出なかった。

「さあ、つかまえたぞ！　こんどこそ、逃がしはせぬぞ。さあ、つかまえたぞ！　こんどこそ……」

沈鬱な目をギラギラと光らせながら、たえずつぶやきつづけていた。

## 十四

堀内が主従の義を忘れて、忽ちにその秘匿する所を伊予入道に告げたるは、ただ属託の金にまどひたるにはあらず、その妻の怨みを報いんとの心もありしやうに思はれ候。彼が妻はもと久世の妾なりしを、寵愛衰へて堀内にあたへられたるものにて、常に久世の恩愛の薄きを恨み、をりにふれては呪ひ恨みいきどほつてやまず候ひし由にござ候。

この夕べ、妻は堀内の人目をはばかりつつ長屋を出て行くを見て、ひそかにあとを尾《つ》け、その岡部方へ入りしを見届け帰り来り、つくづくと思案いたし候へば、かつての久世の恩愛しきりに思ひ出でられ、この人を裏切ることの身を切るばかり切《せつ》なくなり候まま、本邸に駆け入り、久世が家老木村八右衛門といふに、しかじかと申し訴へければ、木村色を失ひて、これを久世に告ぐ。久世も驚き、飼犬に手を嚙まるとはこのことぞ、いかがすべきと思案をめぐらしつつあるところへ、堀内かへり来り候。

即ちこれを捕へんと、人数手配りなどするに、堀内忽ち気配をさとりて逃げ出し候。人々追ひかけたれば、逃れ難く思ひけん、久世が向ひ屋敷なる牧野主膳殿屋敷へ駆けこみ申し候。久世方にては、引き渡してくれるやう申し入れ候ひしも、牧野方にては、武家に駆けこみたる者、引き渡さざるは定法なりと、きびしく申し切りて渡さず候ほどに、久世方にてはぜひなく引きとり申し候。

元来、越前家は、七年以前、秀康卿逝去あらせられたる後、おん嫡子忠直《ただなお》卿十三歳の御幼年を以て御家督あらせられたるにて、古語にいふ「主弱《わか》くして国危し」といふ格にあたり候なれば、重臣等私なく道を守り、心を一にして幼主を輔け奉りてこそ、重臣たるの道にてあるべきに、いつか私に権を振ふを競ひ、各々相疑ひ相憎むの有様となりてありければ、この事件を機にして、人々の心益々睽離《けいり》し、つひに歴然たる両党対立の姿と成り行きしぞ是非なけれ。即ち、久世但馬方には、竹島周防、勘定奉行二千石由木《ゆぎ》左衛門、祐筆《ゆうひつ》六百石上田隼人等味方し、岡部伊予方には、当国丸岡の城代三万五千五百石今村掃部助《かもんのすけ》、敦賀城代一万二千二十石清水丹後、一万五千百石林伊賀守、三千四百石牧野主膳等味方いたす。右両党はあながちにかねての贔屓《ひいき》にまかせたるにてはこれなく、何某《なにがし》あなたに味方するならば、我はこなたに味方せんとて分れたる者最も多く、たとへば岡部に大身の重臣等の味方多きは、仕置家老として国柄《こくへい》を取る竹島周防を憎み嫉みたるために候。詮ずる所、かねての不和が現れたるまでにてござ候。

さて、岡部は、牧野主膳より証人堀内新三郎を貰ひ受け候のみならず、多数の老臣ら味方して尻押しくれ候により、鋭気百倍して、日夜に竹島方に押しかけ、久世の罪を鳴らし、久世との対決を迫り申し候へ共、騎虎の勢ひ、竹島今はひッしと久世と心を合はせたれば、かつて訴へを取り上げず、かれこれと言ひつくろふのみにて、更にそのことに構はず候ほどに、岡部はいよいよ打ち腹立ち、「竹島ははじめよりの久世贔屓なり。それを知りながら我の訴へたるは、わが過ちなりし。本多伊豆に訴へん」とて、本多に訴へ出で申し候。

本多は、当国府中（今の武生《たけふ》市）の城代にて、三万六千七百五十石を領する第一の大身にて、首席家老なれば、苟《かりそめ》にも依怙《えこ》のことあるべきにあらざる者なるに、かねて久世と親しき仲なる故、これまた埒《らち》をあけず、日《ひ》数《かず》のみ重なり行き候。

岡部又々大いに怒り、最も親しき党与牧野主膳にむかひて、「竹島、本多の両人、老臣の職にありながら、久世に贔屓して、正邪顕然のこの訴へを処置せざること、全く威に驕《おご》る圧制の所為なり。捨ておきがたし。江戸へ出て大府の直裁を仰がばやと思ふなるが、いかが」と、相談いたし候ところ、牧野「それよかるべし。我も同行せん」と答ふ。乃《すなは》ち、両人、証人堀内新三郎を召連れ、福井表を出で立ち申し候。この由、老臣らに聞え申し候へば、皆々あわてふためき、忠直卿の名を以て、召返しの使者を立つ。その使者、江州彦根にて追ひつき、上意とて、「これしきのこと、将軍家の高聴を経るに及ばず。まかり帰るべく候。久世と対決させん」と伝へ候へば、岡部は立帰ることを承諾したれども、主膳は、「一旦ほしいままに離国《たくら》せし上は、罷《まか》り帰りたりとて、よきことあるべきはずなし。賺《すか》して誅《ちゆう》せんとの企みなるべし」と言ひ切りて、引き別れて、高野山に上り候。

岡部、福井に帰着すれば、老臣等相議して、忠直卿のお名を以て、竹島を城中におしこめたる上、久世に使者を立て、罷《まか》り出でて岡部と対決をとぐべきよしを沙汰いたし候。されど、久世は、「武士の面目にかけて、罷り出づまじ」と、きびしき返答に及び候のみか、屋敷の防備をかため、武者共こめて、もし討手など来向ひ候はば、防戦すべき用意しきりなり。されば、附近の屋敷屋敷もまた軍《いくさ》支度に及び候へば、噂を伝へたる町人共、スハヤ戦さこそはじまれと、上を下へかへし、城下一統のさわぎいふばかりなく相成り候。

老臣ら、また相議して、今は久世を討たずんば、お家の武威空しきに似たりとて、討手の勢を向くるに定め、忠直卿に、「元来このことのかくも縺《もつ》れたるは、本多が久世に依怙して速かに決せざりし故なれば、本多こそ討手の将として行き向はせ、責めを取らせらるべけれ」と申し上げ候ところ、許容ありて、本多を府中より召して、討手の大将を仰せつけられ候。本多異議なくお受け申し候。このこと、世には、老臣等かねて本多を嫉み憎みてある故、本多もしお受けせずば、主命に従わぬ者としてこれを誅せん、受くれば、久世の勇武なる、本多必定討死すべし、いづれにしても本多を滅亡さすべきなりと、腹黒く思ひ設けたる謀なりと申しをり候。真偽は知らず、しきりなる風説にござ候。

## 十五

襲撃の日は、十月二十日ときまった。

本多伊豆は、府中から手勢を招きよせたが、三万二千石の多賀谷《たがや》左近と一万五千三百五十石の永見右衛門も、出動を命ぜられ、それぞれ家来を集めて武装させた。

その日、朝の八時頃であった。伊豆が軍勢をひきいて半ばまで行った頃、にわかに城内から使者が来て、忠直卿のことばをのべた。

「よんどころなき事情とはいいながら、合戦闘諍《かせんとうじよう》のことに及ぶのは、柳営《りゆうえい》への聞えもいかがと思う。つまりは久世一人に腹を切らせればよいのである。されば、先ずその工夫をしてみるように」

という口上だ。

伊豆はきびしい顔になった。

「それは御上意か」

「御上意でございます」

「そうか」

伊豆には、これが忠直の意志から出たものでないことがわかっている。つまりは自分を悪む者共が年若い忠直をそそのかして言わせたに違いないのだ。死を覚悟して、手負い猪《じし》のようになっている久世の邸《やしき》に自分が乗りこんで行ったら、十中八九までは殺されるに相違ない、彼等はそれを計算しているのだ、と、思った。

しかし、躊躇《ちゅうちょ》はほんのしばらくであった。たしかに、柳営で問題になった時、出来るだけのことはしたのだが、やむを得なかったのだと弁解の出来るようにしておく必要はあった。

「よろしい。お請け申したと申し上げてくれ」

使者は去った。

伊豆は、裃《かみしも》をとりよせてこれに着かえ、近習の者二人を召しつれて、久世の邸に向った。久世の屋敷は漏れなく防戦態勢がととのっている。塀の上には畳をならべ、その内側にも何か装置があるらしい風だ。かたく閉じた門の武者窓や塀の上から銃口がのぞいている。伊豆は門前に立って、門内に呼ばわった。

「上使として来た。本多伊豆だ」

武者窓からいく人もの目がのぞいた。家老筆頭の伊豆がこんな平和な服装で来たのが意外であったらしい。門内ではしばらくざわめいた後、奥へ駆け去る足音がした。久世に聞きに行ったらしかった。やがて門があいた。

「お入り下さい」

伊豆は入った。塀の内側に竹矢来を結い、その矢来に沿って、甲冑姿の究竟《くっきょう》な男共が、槍や鉄砲をもって、ひっそりとひかえていた。死を決し切った者の厳粛さがあった。久世は玄関まで出迎えた。黒皮縅《くろかわおどし》の鎧を着て、青地錦の陣羽織を羽織っていた。さすがに平生と少しもかわらない態度であった。

「裃にかえるひまがござらぬ。無骨《ぶこつ》なる姿、おゆるし下されよ」

客間に通って、坐るや、伊豆は単刀直入に言った。

「御辺《ごへん》に腹切らせよとの御上意です」

「なるほど」

久世はほほえんだ。どんな拒絶のことばよりはっきりと拒絶を示す微笑であった。しかし、伊豆はつづけた。

「切ってたもらぬか。切ってたもらねば、兵を動かすことになる。それでは、江戸への聞えもまことに工合が悪い。御辺とて、浄光院《じょうこういん》（秀康）様御寵愛の御恩はお忘れはござるまい。浄光院様への御奉公と思うて、切ってたもらぬか」

久世は目をとじて聞いていたが、その目をみひらき、一礼して、しずかに答えた。

「御上意なり、外ならぬ貴殿のお出でなり、その上、先君のことまで申されてのお諭《さと》しであります。お従いしたいは山々でありますが、これはもはや一人の百姓男を殺したかどうかのことを離れて、武士の意気地の問題になっています。おとなしく腹切ることはいたしますまい。久世但馬が一期《いちご》の名ごり、死に狂いの働きを見ていただきたいのでござる」

伊豆はしかたはないと思った。武勇を立前にする当時の武士にとっては、これが最も武士らしい行動《ふるまい》と思われているのだ。自分だって、この立場に立たされたら、そうするに違いないのだ。

「いたしかたないこと、さらば存分に働かれるよう。拙者、討手の大将をうけたまわっている故、とッくりと拝見いたすでござろう」

ニコリと久世は笑った。

「ほう、貴殿の御相手をいたすのでござるか。これはこれは。しかし、楽しみでござる」

伊豆も笑った。

「さらば後刻」

「さらば後刻」

伊豆の帰るのを送って、久世は一緒に歩き出したが、ふと廊下の前方に人の姿を見る

と、

「ごめん、しばらくここにおひかえ下され」

と、ことわって飛んで行った。そこには久世の家来が二人、薙刀《なぎなた》の鞘をはずして、火の出るような目で、伊豆をにらんでいた。討取るつもりであることは明らかであった。

久世は軍扇を上げて、その二人をなぐりつけながら、

「おのれら、いらざる手出しして、おれに卑怯の名を負わせるつもりか、尾籠《びろう》千万なる奴らめ！　さがれ、さがれ！」

と、どなりつけて追いやった。

戦いは、それから三十分の後にはじまった。

猛将久世の死にもの狂いの戦いだ。猛烈をきわめたが、何と言っても寡勢だ。士分の者二十数人、雑兵小者五、六十人という勢《せい》であるのに、寄せ手は伊豆の勢だけでも三百人もあり、多賀谷と永見の勢がまた合わせて三百人はあった。しだいに討取られ、数人をのこすだけとなった。久世はそれらに防ぎ矢を射させておいて、家に火を放ち、猛火の中で腹を切って果てた。

この日の戦いに、敵味方の死者合わせて五十余人、傷者は百余人にも及んだ。

## 十六

翌々月十一月二十七日（この年は閏十月があった）、越前の老臣等を召して、江戸大城西の丸にて、大御所様と公方《くぼう》様の両御所御同座にて、おん裁きこれあり、次の如くおん申渡しこれあり候。

家老　本多　伊豆　かまひなし
家老　竹島　周防　同断
家老　今村掃部助　岩城へ配流
家老　清水　丹後　仙台へ同断
家老　林　伊賀　信州へ同断
事件発頭人　岡部　伊予　能登へ同断

久世を贔屓《ひいき》したる伊豆と周防とが無罪となり、岡部に与《くみ》したる家老等が皆罪に処せられたるは、身老臣の位にありながら、家中の争ひを取鎮めんともせず、却つて党与を為して火の手を煽り立てしのみならず、伊豆を窮地に陥れて久世をして殺さしめんとせし姦謀を悪《にく》み給ひし故とぞ聞え候。さもさうず。されど、当表《おもて》にては、両御所も一人の老百姓の命《いのち》より猛将久世但馬が意地に贔屓なされ候故と、皆々申し居り候。百姓はあはれなるものにて候。

このこと、一土民のかりそめの恨み言《ごと》よりおこりて、一波万波を生み、かくの如きの大騒動となりしこと、仏説に言ふ業相をそのままに候へ共、ひとりこのことのみならんや、人間の一切の行動云為《かうどううんゐ》は、一たび発すれば連綿として輪回《りんね》し、因となり果となり、大千世界にひろがり尽未来際《じんみらいさい》に及んでたゆることなし。驚くべく、恐るべきの至りに候。南無阿弥陀仏、南無阿弥陀仏。

この大椿事の張本となり候海老助村の新右衛門は、騒ぎはじまると共に、驚き、恐れ、急ぎ佐渡へ立ちかへり候由聞き及び候。定めてさぞ候ひしやらん。

先は右、お尋ねにより、書きつけ候。取り急ぎ候まま、文は意をなさず、字は体をなさず、御判読たまはるべく候。恐惶謹言。

# 忠直卿行状記

一

越前宰相《さいしょう》忠直の隠居配流の次第については各説ある。

今日最も有名なのは、故菊池寛氏の「忠直卿行状記」に説くところだ。孤独地獄・疑惑地獄におちいっての寂寥《せきりょう》と憤りが昂《こう》じて、狂気的暴虐のふるまいを事とするようになったため、幕府の怒りに触れて隠居を命ぜられたというのだ。

しかし、これは菊池氏一流の人間哲学を忠直に仮託して表現したもので、菊池氏の都合では、「夏桀《かけつ》行状記」になったかも知れず、「殷紂《いんちゅう》行状記」になったかも知れず、「殺生関白行状記」になったかも知れない。つまり、実在の忠直には本来はなんの関係もない。

次に世に知られているのは、「藩翰譜」に伝えるところであろう。

「藩翰譜」は説く。忠直の第一の不平は、彼が二代将軍秀忠《ひでただ》の兄である秀康《ひでやす》の長子として生れたにかかわらず、単なる大名でしかなかったところにあった。

第二の不平は、大坂の陣で、その手に大坂方の勇将真田《さなだ》幸村《ゆきむら》・御宿《みしゅく》越前を討取ったばかりか、城の一番乗りをして、東軍第一といわれるほどの勲功を立てたにもかかわらず、意外に賞が薄く、従三位参議に任ぜられたにすぎなかったことにあった。

「血統上から言えば、おれは将軍となって天下を治めてもよい身分である。なんの功がなくとも、これくらいの官位には昇れたはずである。それを勧賞《けんじよう》づらして、こればかりのことを！」

と怒って、行状日々に荒々しくなった。それでも、大御所家康の在世中はいくらかは遠慮していたが、その家康がなくなると、まるで不検束《ふけんそく》になって、明けても暮れても酒と色とにふけった。

その日常のふるまいの荒々しいことは、少しでも気にさわることがあると、男であろうと女であろうと、その場で斬りすてた。

参観《さんきん》交代は大名たるものの重いつとめになっているが、忠直はその時期が来ても行こうとしない。老臣らがさまざまになだめすかして、やっと出発させても、気ままのかぎりをつくした道中ぶりで、途中で鷹狩をしたり、漁《すなど》りをしたり、気に入った土地では幾日も逗留《とうりゆう》した。それでも江戸まで行ってくれればよいが、時によると、

「病気じゃ！」

と言って帰国してしまった。

また、天下泰平の世となって、どこの大名の領国も平穏無事であったのに、忠直の領国内ではややもすれば重臣らの間に合戦さわぎがおこり、おちつく時がなかった。

秀忠将軍にとっては、忠直は娘聟だ。

「なんとかして心の改まるようにならぬのか」

と心配していたが、日にまし乱行がつのるばかりであったので、いたし方なく、元和《げんな》九年九月十二日、豊後《ぶんご》の萩原に流して、五千石の捨扶持《すてぶち》をあたえ、豊後府内の城主竹中采女正重次《うねめのしょうしげつぐ》にあずけた、というのである。

次は「続《ぞく》片聾記」という書物にある説だ。この書物は元禄頃の福井藩の武士伊藤作右衛門の著で、同人著の「片聾記」とともに、福井藩史の研究には欠くことの出来ないものとされているが、この中に「忠直卿御乱行之事」という一節がある。

それによると、こうだ。

ある夏のこと、忠直が福井城の天守閣に上って涼んでいると、風に吹き上げられた紙ぎれが、天守の窓からひらめきこんで来た。

「なんだ、ひろってまいれ」

近習に命じて、取り寄せてみると、女の絵姿である。それが実に美しい。

「絵そらごととはいいながら、はてあでやかなものじゃのう」

忠直はうっとりと見とれたが、その後もその絵姿が気になってならない。とり出しては眺めとり出しては眺めしているうちに、こんな女がほしいと思うようになった。

ついに、ひそかに側近の家臣らに命じて、似た女をさがすように命じた。家臣らは領内の三国《みくに》、金津、敦賀等の遊女屋をくまなくさがしたが、もともと雲をつかむような尋ね人だ、いるはずがない。

しかし、忠直の執心《しゅうしん》はつのる一方だ。

「広い世の中じゃ。居らぬはずはない。必ずさがし出せ」

と、厳命する。

家臣らは京・大坂まで出張してさがしたところ、ついに美濃の関ケ原でそっくりな女をさがしあてた。その地の問屋の娘であった。

そこで、金にあかせて召抱え、福井に連れて来た。

以上は続片聾記の二巻にあることだが、八巻には、この女は「おむに」という名で、忠直が大坂の陣からの帰途見染めて召抱えたのであった。髪の長さ一丈余、漆のごとく黒かったとある。おそらくこちらの方が本当であろう。絵姿云々はあまりにも小説的だ。しかし、こういうつくり話は忠直とその側近の者とがある目的を以て作為したことかも知れない。忠直の夫人は秀忠将軍の女勝姫だ。小説的な因縁話でとりつくろう必要もあったろうと思うのだ。

忠直はおむにを得て、喜悦一方でなく、日夜に側をはなさず寵愛したが、日にまし愛情がつのり、ついに、

「一国《いっこく》にもかえがたい」

というところから、一国と名づけた。

この一国がある日忠直に言った。

「わたくしは女でございますから、今日まで人を殺すところを見たことがございません。

しかしながら、こうして武将の御寵愛をこうむってお側に御奉公している者としては、さようなところも見て、魂を鍛えておくことも肝要かと存じますれば、一度見せていただきたく存じます」

忠直の武勇ごのみに媚びて言ったのか、天性残忍な女であったのか、とにかくこう言った。

溺愛している女の所望だ。

「もっともなる願い。見せてつかわすぞ」

忠直は近臣に命じて、死罪にあたる罪人がいるなら至急に召連れてまいれと、町奉行に通達させた。大名が罪人の斬られるのを見るのは、後世にはぜったいにないことであり、この時代だってめったにないことではあったが、絶無ではなかった。何せ、戦国の余風の濃厚にのこっている時代だ。紀州の頼宣《よりのぶ》が刀だめしのために自ら斬って、儒臣那《な》波道円《わどうえん》に手痛い諫言《かんげん》をされたことがあるほどだ。これはそれより前の時代であり、気の荒い忠直のことである。これまでとておりおりはあったことかも知れない。さっそく、二、三人の罪人を連れて来た。

忠直は書院の庭に罪人共を引きすえさせ、腕利きの家臣に命じて首をはねさせたばかりか、土壇《どだん》にすえて胴をためさせたり、袈裟《けさ》がけに斬らせたりして、死体がズタズタになるまで斬らせた。

忠直とならんで座敷から見物していた一国は、このざんこくむざんな情景にたいして、

少しも恐怖や嫌悪の様子はなく、美貌は益々さえて、忠直に、

「人を斬ることを殿方のお好みなさること、まことに道理でございます。さてさて、目のさめるような面白いなぐさみでございました」

と言ったという。「笑みをふくめば百の媚あって、いかなるものも心をうばはるるばかりなり」とある。興奮のためにいささか紅潮した顔はかがやくばかりとなり、目は一層みずみずしいかがやきをたたえていたのではなかろうか。信ぜられないような気もするが、鮮血のしぶき飛ぶボクシングを見て興奮のあまりに熱狂的な叫びを上げる女性の少なくないところを見ると、稀《まれ》にはこんな女もいるのであろう。

溺愛している女のためには、男はどんなことでもする。一国が何ごとにもまして悦ぶこととわかったので、忠直はしげしげと罪人を連れて来させては斬らせて見せた。恐らく二人とも一種の淫虐症におちいって、こうした残虐をした後には、無上の快楽《けらく》があったのかも知れない。

日ならず、死罪にあたる罪人は斬りつくしてしまった。それを町奉行が報告すると、忠直は、

「牢舎にあるものは、死罪にあたらぬ者であってもかまわぬ。連れてまいれ」

と命じ、これを斬らせて、一国と見物した。

こういうことをしている間に、忠直の心はさらに荒れすさんで、側《そば》近く召使う児小姓《ちごこしよう》などでも、少しでも気にかなわないことがあると、忽ち手討ちにした。

するとその度毎《たびごと》に一国は、

「さてもお見事なるお腕前」

とほめそやした。

忠直は益々狂惑して、ついには小姓らに無理難題を言いかけては、

「不届者！」

と絶叫して切り捨てることが、毎日二度も三度もあるようになった。

また児小姓をとらえては手足をおさえさせておいて、腹に百目艾《もぐさ》の灸をすえ、団扇《うちわ》であおがせ、小姓が苦痛のさけびを上げてもがくと、

「卑怯者、それで武士といえるか！」

と、一国と口をそろえてののしったともいう。

さらにまた、小姓を高い櫓《やぐら》の窓からつきおとし、転落する小姓が石垣の角にあたって頭を打ちくだいて堀の中におちて死ぬのを、一国と共に見ては楽しみとしたともいう。

はじめのうち、こんな目にあうのは児小姓の連中だけであったが、やがて近習の士《さむらい》へもおよび、歴々の者まで手討ちにされるようになったので、側近につかえる士《さむらい》らは当番の日には家族らと水盃《みずさかずき》して出仕するようになった。

この狂暴な悪虐はどう解釈すべきであろうか。この時代の徳川家に一種の狂気の遺伝があったことは歴史が証明している。家康の長男信康にはとても正気とは思われないような狂暴性があったし、六男の忠輝もそうであったし、孫の家光、忠長、曾孫の綱吉に

もおかしなところがある。忠直にもそれがあったと思われる。一国もまたその気味のある女であったのではなかろうか。その上、昼夜を分たぬ乱酒と乱淫にふけっている二人だ。ともに発揚状態にあったと考えてよかろうと思う。

二

忠直の寵愛の臣に小山田多門という者があった。この者は元来は小身な徒士《かち》で、忠直の前に出る資格もない者であったが、その出世の糸口はこうであった。

ある時、忠直が鷹狩に行く途中、城下の米橋の上を通りかかると、橋下の水面に鴨が浮かんでいた。忠直は拳《こぶし》にすえていた鷹を合わせた。鷹はまっしぐらにおどりかかったが、とたんに鴨はずぶりと水中にもぐった。鷹は水面すれすれになりながらも、すばやく翼をかえして飛びかえろうとしたが、どうしたものかばたばたと二、三度羽ばたきしたかと思うと、忽ち水中に没した。何ものかが引きずりこんだようであった。

思いもかけないことに、一同ただあわてさわいでいる時、供の侍共の中からザンブと水に飛びこんだものがあって、そのまま水にもぐり入ったが、すぐ左の手に鷹をささげ、右手に大きなスッポンをとらえて浮かび上り、巧みな泳法で岸に泳ぎついた。

それが小山田多門であった。

忠直の近臣らが走りよって、多門の手から鷹を受取ろうとすると、忠直はことばをかけた。

「その者、自ら持ってまいれ」

「はッ」

近臣らが左右にひらく間を、多門は鷹を拳にすえなおし、右手にスッポンをもったまま近づき、ひざまずいて鷹をささげた。忠直は鷹を受取った。

「あっぱれな働き、名は何というぞ」

多門は名のった。

忠直は即座に士分《しぶん》にとり立て、近習役とし、三百石をあたえた。

不思議な幸運をつかんで、一躍三百石の士分に立身出来た多門は出世欲の権化《ごんげ》となった。元来姦佞《かんねい》な性質でもあったのであろう、忠直の性質を見ぬいて、その意を迎えるためにはどんなことでもした。一国にとり入ったことは言うまでもない。加増に加増を重ねて、千石の身代、組頭《くみがしら》となり、忠直側近の第一の寵臣となった。

多門には忠源《ちゅうげん》という弟がいて、これは茶頭《さどう》として仕えていたが、これも兄の縁で側近く召され、お気に入りとなって権勢をふるった。「さればこの両人には人々心をおきしなり」と続片聾記にある。

忠直の自発的意志によるのか、多門がそそのかしたのか、斬るべき罪人がなくなると、忠直は多門に申しふくめて人狩りを行わせた。

多門は足軽共をひきつれて夜な夜な在郷《ざいごう》へ出張して、百姓の家へ押しこみ、男女老若の差別なく捕え、高手《たかて》小手《こて》にいましめ、口にさるぐつわをはめ、あるいは五人、あるいは十人、あるいは二十人と城中へ連れて来て、忠直の殺戮《さつりく》に供した。

はじめは郊外の村々ばかりであったが、後には城下の町々も犠牲になり、最後には家中の者でも身分の低いものの家へは押しこんだ。

こんなわけであったので、どこの家でも昼間寝て夜はおきて用心し、物音を聞きつけると、子供をかかえて逃げかくれするようになった。

憤懣《ふんまん》と不平はごうぜんとして湧いたが、多門がかくし目付《めつけ》（スパイ）をばらまいて、少しでも不平を言うものがあると、容赦なく召捕って、これまた忠直の殺戮に供したので、忽ちひっそくして、兄弟親戚でも全然不平をいうものはなくなった。

正続《せいぞく》片聾記の他の部分には、こうした犠牲者らは多門の屋敷に集められ、忠直はそこに一国をつれて出向いて殺戮したように書いてあるが、これはどちらか一方にかぎったのではあるまい。ある時は城中で、ある時は多門の屋敷で行われたのであろう。

こうした悪行をつづけているうちに、忠直はついに完全な乱心となった。彼の殺戮は酒の肴として行われる。大盃をかたむけてほろりとなったところで庭におりて、引きすえられた者に近づいて、その時の気分次第で、首をはね、袈裟に斬り、真向《まっこう》から割りつけては、座敷に上って来てまた酒を飲む。拭いても血がのこってなまぐさい刀はぬき身のまま膝の下にしいていたというのだ。

刺戟はくりかえされると感覚が鈍麻する。多門は忠直を飽かせないために工夫をこらした。ある時は白洲《しらす》に穴を掘って斬らるべき者をそのふちに坐らせ、首をはねれば首が穴にころがりおち、つづいてからだがころがり落ちるしかけにし、ある時は平たい巨石をまないたのように庭にすえ、その上に犠牲者のあたまをねじ伏せて大鉄槌《てっつい》をもって打ちくだき、ある時は石臼に入れてつきくだいて殺し、ある時ははりつけ柱を立てならべて数十人を一時に殺したが、その有様は鷹狩の獲物を竹竿にかけならべたようであった。またある時は孕《はら》み女を捕えて来て腹を割いて胎児をあらためたりしたという。

片聾記の忠直時代編には、「上の御意にてはこれなく、出頭の女中これあり、この女中の好事《ものずき》の由にて、かやうにいたし候」とあるから、すべて一国のなすわざと、当時の人は信じていたのである。また、この次に、「女を根来《ねごろ》（根来同心。ここではスパイ）の役として町中を歩き、見立て候て捕へ参り候」とあるから、多門のはなったかくし目付は女だったことがわかる。

これらの暴悪むざんな忠直の行状にたいして、家中の武士らはどうであったかといえば、

「太古の唐土には桀《けつ》・紂《ちゅう》とて、かかる乱行をなした王もいたと聞いているが、今目前にかかる不思議を見ることはただごとではないと、皆眉をひそめた。しかし、さすがに御先代秀康卿の頃から武を磨いた武士共だ、家来の身として、どうして主君の悪名を言い立てることが出来よう。また、御主君は武将でおわす故、たとえ御乱心、御酒狂のあまりであればとて、人を殺し給うとて諫言申すべきではないとて、日毎に父子兄弟一族が

殺されるけれども省みず、毎朝、家族と水盃して出仕した。それで、越前の士《さむらい》は水ぎわ立った者共であると上意なさった由である」

とある。

誰一人として諫言する者がなかったのである。しかも、その理由は、主君の悪名を言い立てるべきではないというのだ。また、武将たる者が人を殺すのは、つまりは勇武敢為の気性のなすことであるから、たとえそれが狂気酒乱のためであっても、家来の身としてかれこれ言うべきではないというのだ。さらにまた、このことば全体に、諫言するのは自分の殺される番がまわってくるのを恐れているようで武士らしくないといった語気がある。

現代のわれわれの考え方からすれば、まるで筋道の立たない無茶な理論構成であるが、戦国を遠からぬ武へん一方にこりかたまった当時の武士としてはこうであったのであろう。こういうところに、われわれは儒教によって整備される武士道以前の武士気質《かたぎ》がどんなものであったかを見るのである。

武士の多くがこんな非人間的な気質なのだから、一たび出世欲にとりつかれると、小山田多門のように鬼畜のふるまいをする人物が出るのも不思議はないのである。

「越前の士は水ぎわ立った者共ばかりである」

と上意したのは誰なのであろう。前後の関係から推せば忠直であると思われるが、もし忠直であったとすれば、忠直はこの悪行をほしいままにしながらも、心の底では良心のうずきがあり、家臣らのこの態度によっていささか心を安んじていたのではないかと思われる。

## 三

県《あがた》茂左衛門という武士があった。わずかに三百石の身上《しんしょう》ではあったが、大坂の陣の時忠直の供をして城中に一番乗りした十七騎の一人であった。

ある夏の雨上りの夕方、月のある夜であった。足駄ばきで、草履とりの小者ひとり召連れて友人の家に遊びに出かける途中、先方から供侍に刀を持たせ、駕籠でスタスタと来る者がある。両刀をさした供を連れているくせに、他に一人も供がいない。ふしんに思って、視線をこらしながら近づいて行くと、忠直であった。

茂左衛門ははっとおどろき、足駄をぬぎすて、ぬかるみにひざまずいて平伏していた。駕籠が近づいて来ると、忠直は声をかけた。

「茂左衛門だな」

「はっ」

「供せ」

「はっ」

茂左衛門は草履とりに目くばせして立去らせて、駕籠のあとにしたがった。ついて行きながら、茂左衛門は、今夜は自分が斬られるのだと覚悟した。

城中の忠直の住いについたので、玄関先に下座すると、忠直は自ら、

「白洲《しらす》にまわれ」

とさしずした。

いよいよ来た、と、茂左衛門の覚悟は益々きびしくなる。

路地から白洲に入ると、宵の月がほのかに白い光を投げているそこには、惨烈むざんな情景があった。一隅には五体ばらばらに斬りはなされた人の死骸が小山のように積み重なっており、正面には血に染んだ死骸をかけたはりつけ柱が野菜畑の胡瓜棚のようにいく重にも立ててあり、左右の両側には三十人ほどの人間がうしろ手にしばられて引きすえられている。

戦場に臨んでは最も勇敢な戦士として家中にかくれもない茂左衛門も足がすくみ、胸がふるえた。おさえて、縁側近く寄って、ひざまずいていると、警《けい》ひつの声がし、燭台《しよくだい》をささげ持った者が出て来、つづいて忠直と一国とが出て来て、正面の席についた。

忠直は大盃をあげ、一国に酌をさせながら言った。

「茂左衛門、おれが慰みに、そのからめてある者共を、一々斬って見せい」

「はっ」

茂左衛門は、下緒《さげお》をといてたすきにかけて立上った。

「案に相違してわが身ののがれたるがうれしさに、むごきことも思はばこそ」とある。

現代の人間はこういう心理――君命であればとて自分のいのちが助かるために他人を大量虐殺することは最も恥ずべきこととするが……、いや、現代といってもついこの敗戦までは日本の軍人の大多数にはこうした倫理観念はなかった。まして、江戸初期の武士だ、人を斬ることに感情が鈍麻している。武士たるものは武勇が第一、そのためには人を斬るくらい平気でなければならないと皆思っている。この習慣と、いのちが助かるというよろこびとが一緒になれば、この場合の茂左衛門のような心理になることに不思議はなかろう。

茂左衛門は、下人どもに罪人を引き出させては、手ぎわよく三人の首をおとした。

忠直は酔眼に見て、「見事だぞ」と賞して、一国の耳に口をよせて何かささやいた。

一国は小姓の手から忠直の刀を受取ると、縁に出て、刀を茂左衛門にさし出した。

忠直は言う。

「こんどはそれでいたせ。そちの刀は少し味がにぶったようじゃ」

「はっ」

茂左衛門には気のきいた返事などする余裕はない。両手をさし出して受けた。

以後は、斬り方を一々忠直が所望した。

「袈裟にきれい」

「首をはねよ」

「肩から真直ぐに斬り下げい」

「真向《まっこう》を割れい」

「胴斬りにせい」

所望に応じて、茂左衛門は斬った。

犠牲者は一ことも口をきかなかったが、うらめしげな目で忠直をにらみ、茂左衛門をにらんだ。

茂左衛門はしだいにものぐるわしい気持になった。一刻も早くこの残忍な作業をおわりたいと、呼吸をはずませ、目を血走らせ、機械的に刀をふるった。いつの間にか返り血を浴び、全身血に染んでいた。

ついに全部を斬りつくした。

忠直は坐っているにたえないほど酔っていたが、機嫌は上々であった。

「さても見事に斬ったな、茂左衛門。久方ぶりに手ぎわを見たぞ。その刀、そちにとらす。帰って休息せい」

言いすてて、一国に扶《たす》けられて、よろめく足どりで奥へ入った。

茂左衛門は鬼の窟《いわや》を脱した気持だ。急いで帰宅してみると、家では草履とりの報告で、茂左衛門は殿に斬られたものと思いこんで、家族一同仏間に集って念仏しつつあったという。

茂左衛門がもらった刀は近江下坂《しもさか》の住八郎左衛門入道の作で、無類のもの切《ぎれ》（よく切れる刀の意）であったが、こういったいきさつから拝領したものとて、祟《たた》りをおそれて家来にくれてしまった。彼自身は後に入道して道甫居士《どうほこじ》と号したが、以上の話は彼の直話であると、片聾記の筆者は注記している。

## 四

忠直の乱行暴悪は所詮《しょせん》は彼を破滅させずにはおかないものではあったが、一挙に破滅におしおとしたのは、正夫人勝姫との不和であった。そのことについて、続片聾記はこう伝えている。

忠直には一国のほかに多数の寵妾《ちょうしょう》があり、これを皆二の丸の山里くるわに置いていた。いつの年であったか、参観交代の期が近づいた頃、忠直は弟の大和守直基《なおもと》を呼んで、いつになくねんごろに饗応した後、席を改め、

「父君黄門卿（秀康）御逝去の後は、われら兄弟は各国にばらばらになったが、おことは結城《ゆうき》の系図をついで、当所にお住いのこと故《ゆえ》、格別親しく思う。この上ともに疎意なくいたしたい。これはその証拠に進ぜる」

といって、貞宗の刀を引出ものとしてあたえた。直基は涙を流さんばかりに感激して、礼を言った。忠直はまた言った。

「わしの心底は唯今申した通りであれば、おことの方もそれに応《こた》えてもらいたい」

「…………」

「つまり、おことおことの御母堂から、わしの身の上にどんなことがおこっても決して見捨てぬとの誓紙をいただきたい」

「やすいことでございます」

直基は、帰るとすぐ自分も誓紙をしたため、母品量院《ほんりょういん》にもしたためさせて、送りとどけた。

数日の後、忠直は気に入りの家来長谷川縫殿《ぬいの》助《すけ》と忠源坊（小山田多門の弟）とを、直基のもとにつかわして、こう言わせた。

「わしは近々に江戸参覲にまかり立たねばならぬが、それについて、寵愛の十六人の女どもをおことにあずけて行きたい。その子細は、わしはこのところ将軍家のきげんをそこねている故、江戸に行けば、ひょっとして遠国《おんごく》へ配流されるかも知れぬ。もしそうなったら、十六人のうち七、八人を早速にその土地へ送りとどけていただきたいのだ。のこりの女共の処置は重ねてさしずする。あるいは最悪の場合は切腹を命ぜられるかも知れんが、その時は一人のこらず刺し殺してもらいたい」

思いもよらない依頼であったが、直基は、

「すでに先日誓紙をさし上げた以上、おことわり申すべきではない。たしかに引受けました、とさようにお答え申してくれい」

と答えて、使者らを返した。

直基は心から引受けたのではなかった。ことわっては狂暴な兄がどんなことをしでかすかわからないので、こう答えたのであった。それで、使者をかえすと、母にむかってなげいた。

「かようかようなことを宰相様から御依頼がありました。せん方なく承諾の旨を返答はいたしましたが、このことがもしお公儀へ聞えましたなら、拙者にもおとがめあるは必定であります。また、口さがない世間は、直基は兄の妾の奉行《ぶぎよう》をしたなど言わぬものでもありませんが、そうなれば故黄門卿の御名前を汚《けが》すことになりましょう。といって、一たん引受けましたからには、今さら違変もできませぬ。所詮は腹切るよりほかないことになりました」

「あれまあ、何としたことを申される宰相様であろうぞいの」

品量院《ほんりょういん》はおどろきなげいたが、ややあって言った。

「本多忠左衛門は、宰相様お気に入りの忠源坊と日頃じっこんであるよし聞いています。相談してごらんになれば、いい工夫があるかも知れぬと思いますがのう」

そこで、本多に使いを走らせると、さっそくにやって来た。母子で訳を話して相談すると、本多はしばらく思案して、

「一応違変を願い出てごらんになるがようござる。てまえ、案文《あんもん》をいたしましょう」

と答えて、筆を取った。その文案。

「御命令をこうむりました御寵愛の女中衆おあずかりの件でありますが、その後思案してみますに、拙者の老母のところへは、いつも北の方の許《もと》から女中衆がしげしげとお使

者として参ります。されば、御寵愛の女中衆をおあずかりしていることは、忽ち北の方へわかること必定であります。とすれば、北の方は拙者を不快にお考えになるにちがいありません。まことにこまったことになります。また、御配流になられましたら、その場所へ女中衆を送りとどけよとの仰せでありますが、これまたよくよく考えますと実行不可能なことでございます。先般誓紙をさし上げました通り、われら母子はいかなるお身の上になられましても、そむき申すことは絶対しないことは誓いますが、女中衆のことについての御命令だけは、宥免《ゆうめん》していただきとうございます」

本多忠左衛門がこんな文案をし、直基母子がこれをよしとしたところを見ると、暴悪な忠直も北の方には一目も二目もおいていたことが想像される。北の方を引合いに出すのが最も効果的だと、本多も直基母子も思案したのであろう。

「他筆ではいかが。自筆で書こう」

直基は自ら筆をとって写した。

本多はそれを受取って、直基から頼まれたといって、忠源坊の屋敷に行き、わけを話して手紙をさし出した。

「何と仰せられるか、骨をおってはみましょう」

忠源坊は本多をかえしておいて、早速に登城、このことを言上《ごんじょう》した。

忠直は顔色をかえた。

「何だと？　ことわると？　その手紙というを読んでみい」

手紙が読み上げられると、忠直はギリギリと歯がみしてうめいた。

「和州め！　なにごとも違背はせぬと、あれほどかたい起誓《きしよう》を立てながら、一旦引受けたことを、はや破るとは、言おうようなき腰ぬけめ！　よし、この上はおれにも覚悟がある」

手紙に北の方を引合いにしてあることが、一層忠直の怒りをかき立てたにちがいない。忠直は強いということを至上のこととしている人だ。彼の暴悪ももとをたどればそのあまりと言えないことはない。その忠直が将軍の娘だというので夫人だけには憚《はばか》らなければならないのは、相当くやしいことであったに相違ない。恐らくそれを彼は自分の弱点と思っていたであろう。手紙はその弱点に触れていたのだ。怒りは一通りや二通りのものではなかったろう。

お気に入りの忠源坊にも、こういう時の忠直はこわい。何をやり出すか見当がつかない。ただ平伏していた。

忠直は言う。

「察するところ、このことは三好十右衛門の細工に相違ない。やつが和州にさかしらを申し立てて、この運びにしたにきまった。そちはこれから長谷川縫殿助が宅に行って、すぐ出仕するよう申せ。今日はもうそちには用事はない。帰宅して、明日早朝にまいれ」

三好十右衛門はかねてから直基の屋敷に親しく出入りしている人物なので、このけんぎをかけたわけであろう。忠源坊には、この事件には三好は関係ないことがわかっていたが、烈火の怒りにある今の忠直にそんなことを言ったとて、受けつけられないばかりか、こちらに飛火するは必定だと思案したので、

「かしこまりました」

とだけこたえて退出し、長谷川縫殿助の宅に行き、命を伝えた。

縫殿助はとるものもとりあえず出仕した。

忠直はなんの理由も説明せず、命じた。

「明晩、三好十右衛門をその方の宅に呼びよせておけい。そして、三好が来たらば、おれに注進せい。それまでは登城は無用であるぞ」

忠直が何やらおそろしく不機嫌でいることはすぐ縫殿助にはわかったが、こんな場合に問いかえして飛ばっちりを受けるようでは、忠直のような主君の寵臣にはなれない。

「かしこまりました」

とだけこたえて、退出した。

## 五

翌早朝。

忠源坊が登城すると、忠直はすでに起き出でて、大杯をあげていた。血走った目できっと見て、

「来たな」

と言った。

「はっ」

平伏する忠源坊の前に、侍臣が筆紙を持って来てそなえる。

「おれが言う通りに書けい」

「はっ」

忠源坊は墨をすり、紙をひろげ、筆をかまえた。

忠直は口授《くじゅ》する。

「起誓文《きしょうもん》のこと」

忠源坊は書いた。

忠直はつづける。

「一つ、三好十右衛門こと長谷川縫殿助宅にて手討ちにすべく候こと。

二つ、それより大和守宅へ行き、大和守を手討ちにし、大和守母はいのちは助くべきも、耳鼻をそぎおとして、長きなげきをさすべきこと。

三つ、それより山里曲輪《くるわ》に入り、寵愛の女中ら残らず刺し殺したる上、本丸に入り、北の方と仙千代（忠直の子）を刺し殺し、本丸に火をかけ、炎上の火中にて自害すべきこと」

いずれの個条も大へんなことだ。忠源坊は胸がふるえたが、遅疑《ちぎ》する様子を見せては、わざわいは即座に自分におよぶ。せっせと書きつづける。

「右少しも相違これあるにおいては、神罰仏罰ともにてき面たるべく候」

と、忠直はつづけて、年月日、そして自分の名を書きつけさせた。

同文のもの二通を書かせて、自から小柄《こづか》を取って血判をすえ、一通は守袋に入れて首にかけ、一通は焼いて灰として水でのんだ。

その後、忠直は黄銀三百匁（七十五両）を出して忠源坊にあたえて、

「そちを見るも、これまでであるぞ。なごりおしくは思うが、まかり立て」

と言った。

原文にはないが、恐らく忠源坊は涙をこぼし、悲しみにたえぬもののような風をしたろう。その程度の芝居が出来ないようでは寵臣にはなれない。

さて、忠源坊は忠直の前を立つと、あわてふためいて本多忠左衛門の屋敷に行き、このことを告げた。

本多忠左衛門にしてみれば、火元は自分だ。仰天して、忠源坊とともに直基の屋敷にとんだ。

二人の狼狽と恐怖とを見て、直基も恐怖した。

「ど、ど、どうすればよいのじゃろう」

と、ふるえる声で相談する。

「この上はいたし方はござらぬ。女中衆お宿のことを、御承諾下さい。さすれば、拙者

何とかごきげんをつくろい申すでございましょう」

と、忠源坊は答えた。

「よいとも、つとめる段ではない。何分ともに頼む。ごきげんをおつくろい申してくれい」

直基は拝まんばかりだ。

一旦は切腹とまでいさぎよい覚悟をきめていた直基にしては醜態というべきだが、初一念の覚悟がゆるむとこうなるのは人間のあわれさであろう。

忠源坊は登城して忠直の前に出て、直基が意をひるがえして、愛妾らをあずかることを承諾したと報告し、ことばをつくして宥《なだ》めたので、忠直の怒りもやっとおさまった。

きげんをなおした忠直は忠源坊を相手に酒をはじめたが、夜になって長谷川縫殿助から、

「三好十右衛門唯今参りました」

と報告があると、

「では、行こうか」

と、忠源坊を連れて長谷川の屋敷に行った。先方では、どういう御用であろうと、夫人の縫殿助も三好十右衛門も、緊張して待っていた。

忠直はいきなり三好に言った。

「十右衛、そちは和州にいらぬ知恵をつけて、にくいやつじゃ」

きげんをなおして来ているから、語気はおだやかであった。三好には何のことを言われているのかわからなかった。しかし、相手は主君、ことに暴悪狂気の忠直だ。おどろき、またおそれた。

「はっ！」

と平伏し、それからおずおずと顔を上げて言った。

「大和守に、てまえがいかがしたと仰せられるのでございましょうか」

「おれは知っているぞ」

「し、しかし……」

「だまれ！　おれが知らぬとでも思っているのか！」

忠直はどなりつけた。おだやかであった顔が見る見る険悪になった。三好はもう口がきけず、また平伏した。

わきから、忠源坊が事情を説明した。その説明は忠直の推察と怒りをのべただけのもので、それが忠直の思いちがいであることには全然触れない。この際としては、忠源坊にもそこまでは触れられないのであった。

三好はいよいよ恐れ入って汗を流した。

その恐怖の有様が忠直のきげんをなおした。ニコリと笑って、首にかけた守袋から今朝方の忠源坊に書かした起誓文をとり出して、忠源坊にわたした。

「これを読んで聞かせい」

おそろしい内容だ。三好はおどろき、また恐れた。長谷川縫殿助にしても、そんな手はずになっていたとはまるで知らない。これも驚愕《きようがく》した。

忠直は益々上機嫌になって、声を立てて笑いながら言った。

「十右衛門にしても、和州母子にしても、無事ですんだのは、ひとえに忠源坊のとりなし故じゃ。その方共にとっては忠源坊は生八幡《いきはちまん》よ。拝むがよい」

その夜、亥《い》の半刻というから、今の時刻にすれば十一時だ、忠直は忠源坊と長谷川縫殿助とを供にして直基の屋敷へ行き、夜半すぎまでいて、相談をまとめた。

その結果、直基の屋敷はあまり広くないので、隣屋敷の住人を他へうつし、これを直基の屋敷にとりこみ、ここに寵愛の女中らをおくことになった。

以上は、続片聾記の一説であるが、ひょっとすると、これは忠直と忠源坊がしめし合わせて打った芝居であったかも知れない。姦佞だと言われている忠源坊がいい子になりすぎている。

## 六

さて、このことが忠直夫人に聞えると、夫人は直基の変心を怒り、彼が大名の誇りを忘れて妾の奉行役など引受けたことを「散々に誹謗《ひぼう》せられしとかや」とある。嫉妬からの雑言でもあったろうし、また将軍家姫君たる自分にたいして全藩の人々の尊敬の情が厚かったらこうではあるまいとの怒りもあったろう。

直基にたいする夫人のこの怒りの根柢が、忠直にたいする怒りにあることは言うまでもない。奥方は早打ちをもって、幕府にこれを訴えた。

幕府では、評議が行われた。これが世間には、加賀家に命じて征伐させると伝わった。これは単なる風説にすぎなかったが、隣国のこと、あり得ないことではなかったので、加賀家では前もって用心して、家中一統に陣触れして、命令が下ったらすぐ打ち立てるように支度したという。

忠直の生母清涼院は人質として江戸屋敷にいたが、このうわさを聞いて、一方ならず胸をいため、思案の末、秀忠将軍に謁して、

「わたくしの帰国をおゆるし下さるなら、忠直殿に会って、おとなしく配所へ行くよう教訓を加えます。もし聞き入れず、わたくしを害するようなことがありましたら、母親もわからず真に狂気しているのでありますから、それを合図にお攻めつぶし下さいますよう」

と、願った。

秀忠にとっても、忠直は娘聟だ。しみじみとした会話があったと思われるが、とにかくも、願いはゆるされた。

清涼院は夜を日についで越前に馳《は》せ下り、福井城に入った。

忠直はいつもの通り血刀を膝もとにおき、大杯を傾けては慰み斬りをしていた。清涼

院はその席に進み入って、忠直の前に坐り、

「この酒乱悪行はなにごとでありますか。これらのことがお公儀へ聞えて、隣国に仰せつけ、攻め潰すべき御評定であるとのことを聞きましたので、わたくしはしばらく待っていただくようにおわびを申して、こうして馳せつけてまいりました。どうか、この上は穏便に配所へおうつり下さいまし、さすれば、そのうちにはお上のお怒りもなぎましょう故、おわびを申してておゆるしいただくおりもありましょう。先殿《せんとの》以来のお家の武辺に疵《きず》をおつけにならぬよう、ひとえに御思案なされよ。もし御承引下さらぬなら、そのお刀でわたしをお斬りなされよ」

膝を進めて、忠直の膝に手をかけゆりうごかし、涙ながらにかきくどいた。

忠直は狂気と酔に血走った目をすえて、母を見つめていたが、やがてその目からはらはらと涙を流し、膝の刀をつかんで二、三間向うに投げて言った。

「悪うござった。どこへでもまいりますぞ」

「ああ、御本心におかえりか」

と、清涼院が言うと、かねて用意されていた駕籠が縁先にかきよせられた。

「それへ」

清涼院が言うと、忠直はおとなしく乗った。

駕籠はそのまま舁《か》き出され、配流の地豊後へ向ったという。

一国も、小山田多門も豊後へ供して行ったが、その最期はわからない。

忠直乱行の間に彼が殺した人数は、一万余人におよぶという。

以上の話は、早崎善右衛門とて、忠直の児小姓《ちごこしょう》をつとめ、後に忠直のあとをついで越前の主となった弟忠昌に三百石でつかえた男の直話であると、続片聾記は注記する。

しかし、同書の他の項には、一国の墓は福井の一乗寺にあって、その墓には蛇が多く棲《す》んでいると記し、さらに他の項には、忠直が配所に赴いた後幕府は使者をつかわして、越前家の後の仕置をさせているが、その日、何者かが駕籠の中で一国を殺し、金をそえて一乗寺の門前に捨ておいたので、一乗寺で葬った。法名を理性院真如観月大姉といい、今に至るまで大きな石の祠《ほこら》があり、毎年越前の大奥から弔いがあると記している。

恐らく、越前で殺されたというのが真実であろう。忠直夫人の怨みは一国にあったのである。一国の身が安全であろうはずはない。

## 七

以上は越前家側の記録によって記述したのであるが、隣藩の加賀家側の記録には、また違う記録がある。

加賀の殿様らの言行を集めた「夜話抄」という書物があるが、その一節にこうある。

越前宰相忠直卿は狂気じみて気があらく、側近く召しつかっている児小姓《ちごこしょう》らにたいしてさえ、ほんの少しでも気に入らぬことがあると、天目茶碗《てんもく》ほどの大きな灸をすえて折《せっ》檻《かん》した。

ある年、江戸参観の途中、関ケ原に泊った時、児小姓の一人を折檻して、ひざに大きな灸をすえた。じりじりと火の燃えて行くにつれて、児小姓の美しい顔は青ざめ、ひたいに汗がにじみ、唇をひきつらせて必死にこらえる。

忠直は快《こころよ》げにながめていたが、ふと聞いた。

「熱いか」

児小姓はうらめしげな目で忠直を見て、

「かほどの灸が熱くないということがござろうか!」

とさけぶや、脇差《わきざし》をぬいて斬りかかった。小腕ではあるが、忠直は油断しきっている、左のまぶたから頬へかけて傷を負うた。飛びすさって、狼狽しながら叱咤した。

「無礼もの! 主に何たることを!」

「なにが主!」

児小姓は死物狂いに斬り立てて行く。

「これなにをする!」

「気が狂ったか!」

近侍の家臣らはおどろきうろたえながらも、刀をぬき、よってたかって、児小姓を斬り伏せた。

忠直の負うた傷は、まぶたは大したことはなかったが、頬はかなりに深い。ザクリとざくろのようにわれて、皮膜一重で歯が露出せんばかりだ。おつきの医者がいく針もぬった。旅行をつづけることは出来ない。江戸へは病気と届け出て、関ケ原にとどまって治療につとめた。

数ヵ月滞在して、年が新たになり、傷口もふさがったが、紅い利鎌《とがま》を見るような傷あとが頬を真直ぐに走って、相貌まことに険悪で見苦しくなった。江戸へも行けず、といって帰国するわけにも行かず、滞在をつづけた。

忠直は傷あとをかくすためにひげを剃らずにもしゃもしゃとのばしたが、自分一人ひげ面をしていたくない。

「その方どももひげを剃ることならぬ」

と、近臣らにいいわたした。

そのために、近臣らもまた皆ひげをのばした。「側衆一同蝦夷《えぞ》人などのごとくにありし」とあるから、ずいぶん奇観であったろう。

やがて、忠直は無聊《ぶりょう》にたえかねて、わずかな供まわりで、ひそかに福井にかえった。「児小姓立ち（出身）にて何某《なにがし》の多門という出頭人ありしを連れられ」とある。小山田多門のことにちがいない。前述したように、多門は徒士《かち》上りで、児小姓の出ではないが、他藩のことなので聞き違えたのであろう。

福井に帰った忠直は、多門の屋敷に入り、そこから多門を城内の大奥へ使者としてつかわした。福井にかえって来ているということは秘密にして、関ケ原に逗留しているものとしてつかわしたのであるから、口上もそのふくみをもってこうだ。

「そもじの側に召しつかっているそれがしという女を身が許《もと》につかわしてもらいたい。病中のつれづれを慰めたいと思う」

それがしという女とは、もちろん一国のことであろう。武家の規制では大奥の主人は奥方ということになっている。そこに仕えるかぎりの者はすべて奥方の権力下にある。当主の愛妾でもそれはまぬかれない。しかし、これは原則である。越前家の場合は愛妾らはすでに大和守直基にあずけられている。この必要はないのである。おそらく誤伝であるが、加賀にはこんな工合に伝わったのであろう。

とにかくも、もう少し加賀側の記録に聞こう。

奥方は口上をきくと、老女をして返答させた。

「いかにもやすいこと。すぐにもつかわしたいとは存ずるが、そなたの口上だけでつかわすはあまりに軽々しい。中納言様（忠直は参議即ち宰相だ。忠直の父秀康の官を誤ったのである）のお墨つきをいただいてまいるよう。さすれば、即座につかわすであろう」

「さようでございますか。それではお墨つきをいただいてまいります」

多門はわが家に帰り、忠直に復命した。

「めんどうなことを申す。が、いたし方ない」

忠直は自ら筆を取ってしたためた。

翌朝、多門は再び大奥へ行った。取次の女中が墨つきを受取って奥へ消えると、すぐ老女が出て来た。

「御前様《ごぜんさま》の御諚《ごじょう》を申し伝えます」

居丈高《いたけだか》な態度だ。多門はかすかに不審に思いながらも、両手をついて平伏した。老女は調子を張ったりんりんとひびきわたる声で言う。

「関ケ原は当地より三十里にある所であるのに、一夜で往来するとは、まことに合点の行かぬこと。多門なる者は天狗か魔物ではないかと疑わしい。さような奇怪《きっかい》なものを、中納言様お留守の間にお城内に入れることはならぬ。早々に立去りませい。猶予するにおいては、その分には捨ておかぬ！」

記述はないが、襖《ふすま》の陰から薙刀《なぎなた》や鞭《むち》を持った女中等が立ちあらわれたのではないかと思う。

多門はすごすごと退出した。

忠直は多門の復命を聞いて腹を立てたが、どうしようもない。そのまま多門の屋敷にとどまっていたが、そのうち、遊女で能の上手な者が大坂にいると聞いて、人を派して招きよせた。原文通りに解釈すれば大坂から招きよせたことになるが、あるいはどこか近くに来て興行していたのを招きよせたのかも知れない。この時代は歌舞伎遊女大盛行で、諸国を興行して歩いているのが多かったのだ。多くは歌舞伎おどりを演ずるのだが、能を演ずる者もまたあったことは、当時の古書に散見している。

さて、その遊女は中々の美女でもあり、また演技も巧みであったので、忠直は大いに気に入り、相手にして日夜に遊楽していた。忠直も、またその周囲のものも満面ひげだらけだったのだから、その中に天女にまごうばかりの美女が一人まじって酒宴している情景は、ずいぶん異様なものであったろう。

このことが忠直夫人に聞え、夫人は江戸に報告した。秀忠将軍はついに最後の断を下すことにしたが、狂暴な忠直がかねてから、

「大坂の秀頼はいくじのない男じゃ。女房（千姫。忠直夫人の姉にあたる）を敵方にとりかえされ、たたきつぶされてしもうた。おれにもしものことがあったら、おれは女房子供、胴斬りにして馬じるしの先きにおし立て、思うさまに戦うぞ」

といっていると、忠直夫人から言って来ているので、めったなことは出来ない。思案をこらして、忠直の生母清涼院を呼んで、

「忠直乱心のよし。が、家断絶にするもあわれ、何とかしておとなしく配所へ行くようにしてたもらぬか。さすれば、あと目は弟の忠昌に申しつけることにする」

と言ったので、清涼院の越前くだりとなった。忠昌もまた清涼院の腹である。

## 八

「夜話抄」の記述はなおつづく。

忠直の寵愛したこの遊女の評判を加賀の利常《としつね》——加賀三代目の太守、わざと鼻毛をの

ばして阿呆づらをつくり、徳川家のけんぎをさけたというあの人だ――が聞いて、大いに心をそそられた。

「そいつ、見たい。呼んでまいれ」

と命じて、家臣を越前につかわしたところ、すでに両三日前に大坂にかえってしまっていた。

「おしいことをしたのう」

と、利常が言うと、家臣は言った。

「その者のワキをつとめた女はまだいました。なかなかの美女でございます」

「美女だと？　それでよい。連れてまいれ」

その女が連れて来られた。中々の美女だ。利常はすっかり気に入り、寵愛の家臣横山式部の家におき、夜毎に城を出て通った。式部は当時十六歳の少年であったが、お気に入りであり、また父山城は前田家の家老であったので、別に屋敷をもらっていたのだ。

間もなく、山城の耳に、利常が式部の家に遊女をあずけておいて、夜毎に通って酒宴しているといううわさが聞えた。

「奇怪な風評がある。真実かどうか、取調べろ」

と、家来共に命じて調査させてみると、事実だ。

「ふうむ」

考えこんでいたが、やがて家来を呼び、式部つきの老臣なにがしを呼んで来るように命じた。

「かしこまりました」

家来が出て行ったあと、山城は刀かけから刀をおろし、すらりと抜いて裏表をかえしてとっくりとしらべて、わきにおいた。「快き体《てい》なり」とあるから、何やらほくほくときげんよげにしていたのだ。家臣らは、

「あの刀をなにがし殿に下さるらしいの」

「そうらしいの。ごきげんよげに見える。あれは備前もので、中々に味のよい刀じゃとて、御秘蔵のものなのじゃ」

「うらやましいわい」

と、ささやき合っていた。

やがて、なにがしが来た。

「ここへ来い、ここへ来い。もそっと近う」

山城はきげんよく自分の前に呼びよせたが、相手が間近くいざりよって平伏すると、いきなり、火の出るようにどなりつけた。

「聞けば、式部は上方《かみがた》から遊女を呼びくだし、夜毎に酒宴遊興にふけっている由。殿のお側近く仕える者として、さような放蕩《ほうとう》をいたすということがあるものか。万一にもこれが殿のお耳に入って見ろ、お怒りあるは必定じゃぞ。汝《われ》を式部につけおくのは、さようなことがあったら、諫《いさ》めてやめさせるであろうと思うたればこそのことじゃ。しかる

に、とめもせいで、その分《ぶん》におくとは、不埒《ふらち》千万、沙汰のかぎりなるやつ。後来のいましめ、成敗する！」

同時に、刀をとりあげ、抜く手も見せず、斬り殺した。

このことが、利常の耳に聞えると、利常は、首をすくめ、

「こわいおやじ」

とつぶやき、遊女をそっと大坂に送りかえした。

当時、家中では、

「山城のいたしかた神妙である」

と批判したという。

今日のわれわれの考え方からすれば、式部の老臣なにがしこそいい迷惑だ。ことは利常の意志に発している。陪臣《またもの》たる式部の老臣などが諫められるものではない。おそらく、利常の前に出る資格もなかったろう。方法があるとすれば、式部に知恵をつけて式部から諫めさせるよりほかはないが、式部が十六の少年にすぎないとあっては、それも実際には出来ることではない。つまり、なにがしには罪はないのである。

しかし、当時の武士の考え方はちがう。陪臣の人権などてんで認めない。大の虫を助けるためには小の虫を殺すことはかまわないとする。その小の虫を殺すことによって、利常を感悟させた機略は称讃さるべきものとされたのだ。

家中の武士らが称讃しただけでなく、利常夫人珠子、これも秀忠将軍の女《むすめ》だが、大い

に感心して、江戸へ報告したという。

山城がこの思い切った手段をとったのは、利常夫人の嫉妬によって主家が徳川家のきげんを損《そこな》うことを案じたからに相違ない。当時の将軍家から嫁をもらっている大名らの立場がわかるのである。忠直の暴虐乱行も、はじめはそれにたいする抵抗であったかも知れない。

武家時代はおそろしい。忠直のような君主のいたこともおそろしいが、小山田多門にいたってはさらにおそろしい。

しかし、多門のような人間は、いつの時代にも絶えないであろう。間近くはヒットラーの配下やスターリンの下僚にいた。自由主義諸国にだって、形こそかわれ、いるにちがいない。人間に権勢欲、出世欲のあるかぎり、それはあとを絶つことはない。

もっとおそろしいのは、横山山城によって代表される当時の武士らの「大の虫を助けるためには小の虫はひねりつぶしてもかまわない」という精神だ。これは現代でも世界を蔽《おお》うて存在している。国際関係にも、国家の法律にも、経済政策にも、この精神が支配的である。かなしいことだが、おそらくは人類社会のつづくかぎり、永遠にそうであろう。

# 坂崎出羽守

# 一

千姫事件で有名な坂崎《さかざき》出羽守《でわのかみ》成正《しげまさ》は本姓は宇喜多《うきた》氏。関ケ原役の敗将秀家《ひでいえ》のいとこだ。秀家の父直家の弟に忠家入道安心《あんじん》というのがいる。兄直家を助けて、宇喜多家を赤松家の陪臣の家から中国における大々名に仕上げた人物であるが、この安心入道の長男が成正である。つまり、秀家とはいとこ同士なのだ。だから、彼ははじめ宇喜多左京といった。坂崎と改めたのは、関ケ原役後である。本家である秀家が徳川家の敵となったので、憚《はばか》ったのである。

こういう家柄なので、宇喜多家のさかりの頃は、彼はその家中で中々の羽ぶりであった。老臣等さえ、

「左京様」

と、様つきで呼んでいた。彼は驍勇無双《ぎょうゆうむそう》の名があり、武功もずいぶんあったから、門閥の出身でなくても、相当には尊敬されたにちがいないが。

慶長四年の冬の一日。

成正は豊臣家の臣桑島次右衛門の宅に馬を見に行った。桑島は秀吉在世中から豊臣家

の馬奉行《ぶきょう》であったので、馬好きな成正は仲がよかったのである。この日も、桑島が数日前に馬を手に入れたというので、それを見せてもらいに行ったのであった。二人の交情については、「武功雑記」にこんなことが出ている。

ある時、桑島が成正に向って、

「拙者は家来の中に成敗《せいばい》したい者がひとりいるのでござる。中々に手の利《き》いた奴であります。小身《しょうしん》のかなしさには見事にしとぐべき腕の家来がおりません。といって、多数からせてもいたずらに損害ばかり多いことがわかっていますので、無念ながらむなしくこの数年を送っています」

と、余儀なきていで打ちあけた。

成正はこれを聞くと、

「われらが成敗して進ぜる故、われらが許《もと》に使いとしてつかわされよ」

と言った。桑島がしぶると、やっきになって、

「必ずつかわされよ。そこまでのことを打ち明けられながら、聞き過ぐしにしては、拙者の男が立ち申さぬ。もし御同心なきにおいては、今後の御交際はいたしかねる」

とまで言い出した。桑島はあきれながらも承諾して、日取りなど打ち合わせ、某日の朝六ツ時（六時、日出時）と定めた。

いよいよその日になると、成正は未明から起きて、家中の者共に、何事がおこっても門外に出てはならぬと申し含めておいて、定めの時刻前に、十五、六の小姓一人を召し

つれて門前に出て、駒止めの石に腰かけて待っていた。

六ツ時になると、一人の男がやって来た。たくましい体格の、いかにも剛の者らしい風貌の壮漢だ。文筥《ふばこ》をたずさえている。

来たな、と、思いながら、成正はことばをかけた。

「当家に用か」

「はい。桑島次右衛門が書状を当家のご主人宇喜多左京様へ持参いたした者でございます」

「おれが左京だ。その状これへ」

「ああ、殿様でございますか。失礼いたしました」

男は近づいて来て、文筥を捧げた。

成正は書状を文筥から取り出して一読して、巻きおさめてから言った。

「返答申し聞かせる。近う寄れ」

「はっ」

相手は近づいて来てひざまずいた。成正はその顔をじっと見て、しずかに口をひらいた。

「この書面には、その方は不都合者ゆえ、成敗してくれよと書いてある。よって、成敗する！」

成正は立上り、抜く手も見せず斬りつけたが、さすがに相手は手利《てき》きであった。

「御無体！」

　とさけんで飛び退り、そのまま逃げようとした。

「神妙にせい！」

　成正は追いかけて斬りつけた。みごとにきまって、肩を割りつけたが、相手は斬られながら成正の足許にころがりこんで来て足をすくった。成正がたおれると、相手ははねおきて、刀を抜いて斬りつけた。あお向けになりながら受けたが、相手はすき間もなく斬りつけて来る。鋭い太刀さばきだ。成正は薄手ながら二ヵ所負うた。

　危いところを、小姓が刀を抜いて飛びこんで来て、無二無三に相手に挑《いど》みかかった。その間にやっと起き上り、ふみこんで斬りつけ、どうにかしとめることが出来たという話。

　片意地で、剛強で、いささか思慮にとぼしい成正の性格がかなり鮮明に出ている話であるが、ともかくも、桑島とはこういうなかであった。

　桑島のもとめた馬はなかなかみごとなものであった。成正はたんのうするまで見せてもらって、座敷にかえり、茶の接待など受けていると、桑島の家来が来て、今お屋敷から御家来衆が使いに見えたという。成正は庭先に呼んでくるように頼んだ。

　使いの家来はすぐ庭に入って来た。側近く召しつかっている若者である。

「何の用だ」

「恐れながら、これまで」

やく。

家来は、秘密の用件だということを目に見せて言った。その耳許へ口をつけるようにして、家来はささ

「戸川肥後守様、岡越前守様、花房志摩守様《はなぶさしまのかみ》、おそろいにて、御家来衆をも引きつれて、いらせられましてございます。具足櫃《ぐそくびつ》、槍、鉄砲など御持参でございます」

成正は縁へ出て行って、しゃがんだ。その耳許へ口をつけるようにして、家来はささ

成正は胸のひきしまるのを覚えた。

「よし、すぐ立帰ると申せい」

家来をかえして、桑島に、急用がさしおこったから失礼するとあいさつして辞去した。

（そうか、とうとうはじまったか）

風はややうそ寒いが、よく晴れた初冬の日の午下《ひる》りである。成正は高麗橋《こうらいばし》の自邸へ馬をはやめながら、胸の中につぶやいた。

二

宇喜多家には、先代直家の時代から四天王と呼ばれる武功ある老臣が四人あった。長《おさ》船《ふね》越中守、戸川肥後守、岡豊前守《ぶぜんのかみ》、花房志摩守の四人だ。

この中の岡豊前守が、朝鮮役の最中、かの地で病気になり、次第に重態に陥《おちい》り、今をかぎりとなった。秀家は病床を見舞って、言いおくべきことはないかと聞いた。豊前守

はなんにもないと答えたが、秀家がさらに、

「宇喜多の家のために心づいたことがあるなら、何なりとも申してくれい」

と言うと、豊前守はしばらく思案するていに見えたが、

「さほどまで仰せられるのでありますなら、一つだけ申し上げます。お人ばらいを願いとうござる」

といって、人をはらわせた上で言った。

「殿は長船越中がせがれをきつうお気に入りのように見受けますが、拙者の見る所では、あの者は父に似ぬ姦佞《かんねい》な性質でござる。ただ御寵愛なさるのはさしつかえござらぬが、政事向きのことにはあずからせなさらぬがようござる。必ずや私曲専横《しきょくせんおう》のふるまいをなし、不平を抱く者が御家中に多くなり、ついにはお家のさわぎとなるに相違ないからでござる」

「心得た。よく申してくれた。必ずそなたのことばにそむくようなことはせぬであろう」

と、秀家は答えた。

数日の後、豊前守は死んだ。秀家はその子又左衛門にあとをつがせ、老臣の一人とし、越前守に任官させた。

一両年の後、長船越中守が病死した。秀家は豊前守の末期《まつご》のいましめを忘れたもののように、その子を老臣とし、紀伊守に任官させた。

秀家の料簡はわからない。紀伊守はなかなかの才人であったので、その才気を買ったのかも知れない。寵愛におぼれたのかも知れない。豊前守の言ったほどの悪い性質とは思わなかったのかも知れない。すでに豊前守のあとにその子越前守を立てている故、長船家だけ別の処置をするわけに行かないと思ったのかも知れない。

ところが、越前守は、末期における遺言《ゆいごん》のことを父から聞いて知っている。戸川肥後守も、花房志摩守も知っている。二人は越前守から聞いたのだ。三人は紀伊守が武功といっては何一つとしてないくせに弁口《べんこう》達者で才気走った人物であることを、以前からきらってもいる。秀家のこの処置に大いに不平であった。

「殿は紀伊が弁口にまどわされ給うて、豊前守との御約束をお忘れになったらしい」

と、互いに語り合っていた。

しかし、このことを正面切って秀家に言うわけに行かない。遺言は秀家以外には知っている者はないことになっている。

三人は事毎に紀伊守と合わなかった。

秀家は秀吉の猶子《ゆうし》となっている所から、在韓日本軍の総司令官になっている。その幕《ばく》僚《りよう》が事毎に一致を欠いてにらみ合っているとあっては、影響するところまことに大きい。秀家は紀伊守を留守家老として内地に送りかえすことにした。

三人にとっては、これも満足すべき措置ではなかったろうが、とにかくもいやな人物が眼前から消えたので、一応がまんすることにした。

さらに数年経って、秀吉が死んで、戦争はとりやめとなり、諸軍帰還した。宇喜多勢も引上げたが、内地には三人にとって一層不愉快な事象《じしょう》が待っていた。留守家老として宇喜多家の家政を一手にとりさばいていた紀伊守の勢力は、この数年の間におそろしく強力なものになっていたのだ、藩政の要路はすべて紀伊守の息のかかったものに占められている。これまで名を聞いたことすらない者が要路に立って羽ぶりを利かしているのが多数あって、それはすべて紀伊守の引立てによる者共であった。中にも中村次郎兵衛という男は、前身は徒士《かち》（下士官）であったのに、紀伊守の引立てによってうなぎのぼりの昇進をして、今では二千石の高禄を食《は》んで、重役の一人となり、飛ぶ鳥も落す勢いだ。藩政は紀伊守とこの成上りものとによって、思うがままに運営され、三家老は返り新参の形で、何一つとして口出しすることも出来ない有様だ。

三人は腹を立てて協議した末、成正に訴えた。

「長船紀伊守がこと、左京様はいかが思召《おぼしめ》されますか」

「えらい羽ぶりじゃな。おりゃおどろいたよ」

成正も朝鮮から帰って来て以来、相当ににがにがしく思っている。男の資格は武勇にしかないと信じ切って生きて来た彼は、人目に立つ武功一つなく、弁口と才気だけの目立つ紀伊守のような人物が好きではないのである。

三人はひざを進めて、また言った。

「仰せの通り、今ではお家のことは紀伊守がとりしきって切りまわしていますが、あのやり方でお家のおためになるとお考えでございましょうか」

「なるまいな。依怙《えこ》わがままのうわさもずいぶんと聞く」

「なるまいとお考えになりながら、黙って見ていらせられるおつもりでございましょうか」

成正はキラリと目を光らせた。

「おれに斬れというのか」

「いやいや、そこまでのことはなされずとも、方法はございましょう。左京様はまさしく御連枝《ごれんし》でございます。中納言様へ諫言《かんげん》を奉っていただきたいのでございます。紀伊がことについては、故岡豊前守が朝鮮にて病死いたしました節の末期《まつご》に、中納言様にくれぐれも遺言を奉ったのでございます」

と、その話をした。

「おれに諫言させる前に、なぜそなたらは諫言せんのだ。そなたらは家老ではないか。かかる場合の諫言はそなたらのつとめであろう」

「ごもっともな仰せでございます。しかしながら、拙者らはそれをいたしかねる立場にございます。そのわけは、紀伊は拙者らと同じく家老であります。中納言様は必ずや、拙者らがねたみ心から申し上げているとお考えになるに相違ないからでございます。しかし、左京様はちがいます。御連枝でございます。私心なき御諫言とお考えになるであろうと存ずるのであります」

「よし。わかった。申し上げよう」

成正は承諾して、早速秀家の前に出、人ばらいを願って言った。

「長船紀伊はわがまま専横の者でござる。高麗から帰って来ますと、家中の要所要所の役人にはすべておのれの気に入りの者をすえています。家中の者共は皆、〃紀伊殿に志を運びさえすれば、当家では立身出世出来るのじゃ〃と申しております。つまり、家中一統、中納言様を尊しとなさず、紀伊を尊しとしているのでござる。これでは家中がおさまる道理がござらん。速かに紀伊をおしりぞけあって然《しか》るべしと存ずる」

角立たないように、やんわりとなどは言えない男だ。単純に、率直に、歯に衣《きぬ》きせず、ずけずけと言った。

秀家は大家の若様育ちである上に、幼年の時に秀吉の猶子《ゆうし》になって人に立てられ甘やかされて、人に苦《にが》いことを言われたことがない。カッと激した。

「わしはそなたに誰がそういうことを言わせているか、よう知っているぞ！」

と叫んだ。

「誰が言わせようと、拙者は道理と聞いたればこそ、こうして申し上げているのでござる。紀伊は悪人でござる。早速に腹切らせるがようござる」

成正もまた激して、一足とびなことを言った。

「わしは紀伊を悪い者とは思わぬ。紀伊なればこそ、ただひとりで数年の間家中の仕置をすることが出来たのだ。得がたい者とさえ思っている。しりぞけるなど、思いもよらぬ。誰が何と申そうと、わしはきかぬぞ」

と言いすてて、秀家は奥へ入った。成正もまた憤然として退席した。

秀家がかしこい人間だったら、こんな話は胸一つにおさめて何知らぬ顔でいたにちがいないが、わがままに育ったお坊っちゃんかたぎだ、無暗に家老らがにくくなり、無暗に紀伊守が可愛ゆくなり、紀伊守を呼んで、このことを告げた。

「三人が拙者に悪意を抱いていることは、拙者も心づいていましたが、左京《さきよう》様までそうなのでありますか」

と、紀伊守は悄然《しようぜん》として見せた。

秀家は元気づけてやらなければならないような気になった。

「左京がどうあろうと、わしはあくまでもそなたの味方だ。決してそなたをやつらに見かえるようなことはせぬぞ」

と言い、誓書までしたためてわたした。

これがまた筒抜《つつぬ》けに成正らにわかったからたまらない。宇喜多の家中は真二つにわれて、互いにいがみ合った。

ところが、それから数ヵ月の後、この夏のことだ。紀伊守が一夜はげしい腹痛をわずらい、吐瀉《としや》数十回にわたった後、あっけなく死んだという事件がおこった。

三家老と成正はことの意外にあきれつつもよろこんだ。

「天道はあるものだ。これでお家は安泰でござる」

と、祝福し合った。

しかし、時が時、こんな死に方をしたので、毒殺のうわさが立ったのはきわめて自然なことであった。

「家老衆に頼まれて毒を盛った者が屋敷内にいるに相違ない」

と、邸内の者共を厳重にとり調べた。

犯人をつきとめることは出来なかったものの疑いは晴れたわけではない。中にも、紀伊守が股肱《ここう》と頼んだ中村次郎兵衛は憤懣《ふんまん》やる方なく、

「紀伊守殿の急死には容易ならぬ事情が伏在しているやに思われます」

と、秀家に訴え出た。

秀家もまた世間のうわさを聞いている。

「知っている。毒飼《どくが》いであろう」

と、さけんだ。

「仰せの通りでございます」

次郎兵衛は疑惑の数々をのべた。その言うところはすべて推察の範囲を出ない。確証的なものはなんにもなかった。しかし、秀家の憎悪をつのらせるにはそれで十分であった。

「証拠がほしい。証拠をさがせ。証拠さえあれば」

と、秀家は叫んだ。

次郎兵衛は必ず証拠をさがし出すであろうと誓って、秀家の前を退って、一層精を励まして証拠さがしにつとめた。長船家の者をさらに徹底的に取調べる一方、しのびの者を三老臣や成正の家に入れて探索にかかった。

いつか四人にこれがわかった。

「われらは、宇喜多家にさる者ありと、かくれなく天下に知られている者だ。いかに紀伊が憎かればとて、毒飼いなどしようか。あらぬことを申し立てて、中納言様をまどわし奉る。にっくいやつ！」

と激怒して、打ちそろって秀家の前に出て、次郎兵衛儀、しかじかの由申し上げました由、われらの手にて成敗いたしますと、とどけておいて、高麗橋の成正の家に参集し、軍勢を集めた。

これを聞くと、当時の武士だ、次郎兵衛の方もおとなしくはしていない。自分の息《いき》のかかっている者にふれをまわして人数を集めた。

大坂市中でのことだ、合戦のうわさがぱっと広まり、市民は驚きおびえた。

秀家が途方にくれていると、乗り出して来たのは五奉行の一人大谷刑部少輔《ぎょうぶしょうゆう》吉継であった。大谷は当時徳川家康の勢力が天下を圧して、天下のこと万事家康によって決する有様となっていたので、家康の重臣である榊原康政《さかきばらやすまさ》を訪ね、

「お聞きでもござろう、宇喜多家のさわぎを。宇喜多中納言殿は五大老のお一人として、天下の政務にもたずさわっているお人でござる。あるまじきことでござる。何とか、早

く、とりしずめようではござらぬか」

と、相談をかけた。

「まことに仰せの通り。骨をおりましょう」

と、康政は答えた。

両人うちそろって宇喜多家へ行って、秀家に話をすると、意外に大きくなったさわぎに弱り切っていた秀家はよろしく頼むという。

そこで、二人はとりあえず双方の戦さ支度を解《と》かせた上で、色々とあっせんにかかった。

次郎兵衛の方は身分が身分であり、被告の立場にあるので、

「御家老方が無理な申し分をお引きこめなさるのであれば、拙者に何の遺恨がござろう。いつなん時なりとも和解いたしましょう」

というのだが、三老臣と成正の方がなかなかうんと言わない。いや、老臣らは天下のさわぎになりそうになったのに恐縮して、ほどよいところで折れ合いをつける気になっているのだが、成正が強硬だ。

「非は先方にある。ましてや、男が心を決して一旦ふみ出した以上、初一念を貫《つらぬ》かいでなろうか。しっ腰のないことを申しては、向後《こうご》男とはいわれんぞ。おれは一人になってもひかぬ」

と、老臣らを叱咤《しった》激励して、仲裁者らに、

「ことは簡単至極でござる。中村次郎兵衛をお引渡し下さればそれでよいのでござる。当方は先代直家以来武功を積んで来た老臣三人と連枝たるわれらでござる。たかの知れた徒士《かち》上りの次郎兵衛風情、当方の申し条をお聞き入れあって、お引渡し下さるのが当然と存ずる」

と、主張して、一歩も引かない。

こんな風であるから、中々うまく行かない。大谷も榊原もあぐねながらも、何とか形をつけたいと思い、榊原は交代帰国の時が来ているのに、なお留まってあっせんをつづけること、すでに一月以上に及んでいるのであった。

だから、三家老が再び兵をひきい、武器武具を携《たずさ》えて成正の屋敷に来たのであれば、事は完全に決裂したと思うよりほかはないのであった。

## 三

門内には半具足した兵士らが思い思いの集団をつくって、方々に焚火《たきび》して、声高に談笑していた。総勢では百人以上もあった。成正の帰って来たのを見て、緊張した様子を見せ、一斉に立上っておじぎした。ものものしかった。成正は答礼しながら、馬を玄関先まで乗りつけて、下馬した。

「御書院の間にお待ちでございます」

迎えに来た家来が言う。これもひきしまった顔をしている。

「む」

うなずいて、そのまま書院へ向った。

広々としつらえた庭を前にした書院の間をあけ放ち、三老臣は鼎坐《ていざ》して、茶を喫していた。黒の小袖に陣羽織だけ着た姿だが、それぞれに具足櫃と手槍を身近に引きつけて、いつでも打立てる用意をしていた。

縁側を近づいて来る成正の足音に、一斉にそちらを見た。

成正は縁側から座敷に入ると、あいさつもなしに叫んだ。

「手切れだな！」

上座にいた戸川肥後守が答えた。

「仰せの通りでござる」

「どう手切れだ。中納言様がわれらに長のいとまをくれるとでも申されたのか」

むずと坐って、成正は言った。太い眉がもう上って、剃りあとの青い精力的な顔には、荒々しい表情があった。

「いやいや、そこまでのことはまだござらぬ。しかし、刑部少輔殿も、榊原殿も、このことから手を引いてしまわれたのでござる」

と、岡越前守が言った。

「そりゃあまたなぜだ。あれほど、まかせい、まかせい、と言うて、無理に割りこんで来られたくせして」

「江戸内府様のごきげんが悪いのじゃそうでござる」

と、花房が嚙んではき出すように言う。前名を助兵衛といって、小田原陣の時秀吉が陣中遊楽しているのを直言罵倒して危《あやう》く打首になろうとしたという前歴の所有者だけに、五十を越えた今となっても、荒い気性の男だ。

「内府様がまた、どうして？　くわしく聞きたい」

「くわしく聞きたいといわれるが、左京様がおせきになって、言わせなさらぬのでござるよ」

笑って、三人はかわるがわる説明した。

つい一昨日のことだ。家康は侍臣等にこう言ったという。

「小平太にはとっくの昔に帰国の暇くれたに、まだ当地にとどまっている由でないか、何をしているのかの」

侍臣は答えた。

「宇喜多家のさわぎを仲裁して、大谷刑部殿と骨をおっていなさるのでございます」

「ふうん……」

家康はしばらく考えているようであったが、不服げに言った。

「礼物でもほしいのかの。あれはわしが家では指おりの大身故、不自由はないはずじゃに、人の欲にはかぎりのないものと見える」

このことを、すぐ康政に告げてくれた者があった。康政はおどろきおそれ、早速に大谷家へ使いを立て、

「拙者が貴殿のおすすめによって宇喜多家中のさわぎの仲裁に乗り出したのは、一つには天下のおん為《た》め、二つには宇喜多家のためと存じたからでござるが、主人かように申しました由。主人に貪欲《どんよく》と思われましては、拙者の立つ瀬がござらん。向後、拙者はこのことから一切手を引きます。さよう御承知願いたい」

と申しおくっておいて、即日出発して関東に向ったという。

「するとでござる。刑部少輔殿も、江戸の内府様のごきげんを損ずるようでは、わしも手を引くよりほかはないと、中納言様へ申し上げられ、われらの方へもそう申してよこされたのでござる。されば、もはや仲裁は手切れとなったわけであります」

と、戸川が言うと、

「ことは振出しにもどった。されば、われらこうしてまたまいったのでござる」

と、花房は結んだ。

江戸内府のような人がそんなことを言うなどいつものようでもないと、成正はいぶかしく思ったが、今さらそんなことに不審を立ててみたところで、はじまることではない。

「よし、わかった！　どうでもこれは血の雨が降らねばすまぬことであったのだ！」

とさけんだ。

彼等は再び直接秀家にたいして中村次郎兵衛引渡しを要求する書面をつきつけると同

時に、邸の内外にわたって竹柵を結い、土塁を築き、さらに家来共を市中の要所要所に潜伏させた。秀家が承知して次郎兵衛を引渡すならよし、怒って討手の勢をよこしたり、五大老の一人としての職権を以て諸大名に命じて兵を向けたりしたら、市中潜伏の者共はそれぞれの場所において火を放つことになっていた。

「大坂市中炎の海とし、その中で斬り死にする」

と、覚悟したのであった。

市民等はまた恐怖のどん底にたたきこまれた。避難さわぎまでおこった。

五奉行の前田玄以《げんい》と増田《ました》長盛《ながもり》とは心配して、宇喜多邸に行って、善処をもとめた。

秀家は老臣らと五奉行とに責め立てられ、困惑しきって、重臣の一人明石《あかし》掃部助《かもんのすけ》と相談して、

「次郎兵衛は事があまりにも大きくなったのを恐れて、逐電《ちくてん》してしまった」

と返答しておいて、次郎兵衛を呼び、どこへか立ちのくようにと命じた。

ところが、次郎兵衛も当時の武士だ。

「ことここに至って逐電などいたすは卑怯でござる。あの方々は常々拙者が徒士《かち》より身を起したをおさげすみであります。逐電などいたしては、それ見よ、徒士は徒士らしいことしか出来ぬわと、お笑いになること必定でござる。恥辱この上はござらぬ。拙者はこの場において切腹いたします。拙者の首をお渡し願いたい」

と言い張って、頑として出奔を承諾しない。

秀家は弱って、掃部助に命じて、散々に説得させ、多分の手当をあたえて、やっと立ちのかせた。

秀家は口惜しくてならない。譜代の老臣や連枝ならば、普通に幾層倍する忠誠心があるべきが当然であるのに、おのれの意地を立てつらぬくためわがままを言いつのり、おれに恥を見せたと、腹が立ってならない。五奉行に訴え出た。

「わが老臣共のこの度の不臣の所行は、各々もすでに御承知のことである。公儀のお許しを得て、誅伐《ちゅうばつ》いたしたい」

兵を以て伐《う》つことを許してくれとの意味だ。

増田と前田玄以は、家康に上申した。家康は報告を聞くと、四人を西の丸に呼び出した。

家康は今ではもう天下様を以て自ら任じ、大坂城の西の丸に移り住んでいるのであった。

出頭命令を受けて、四人は一時途方にくれた。出頭すれば、どんな運命が待っているかわからない。といって、拒《こば》めば早速に討手が向うことは明らかだ。ずいぶん向うみずでもあれば、意地ッ張りでもある四人ではあるが、家康を敵として戦うのは気がひるんだ。

「はっ……」

といったまましうつ向いていると、使者が言った。

「悪いようにはせぬ、案ぜずまいるようにと特におことばをそえられています」

成正はむくりと顔を上げた。

「誓言《せいごん》をうけたまわりたい」

使者はにこりと笑った。

「御念の入ったこと。誓言申す」

そこで、四人は承知の旨を答え、西の丸に出頭した。

家康は四人を引見し、終始上機嫌で、くわしい申し立てを聞いて言った。

「武士の意気地として、その方共のいたしたことは、一応もっともに聞える。しかし、その方共を助けて、中納言殿を仕置に行うというわけには行かぬ。それはわかっていような」

四人は平伏した。やがて成正は少し顔を上げて言った。

「恐れ入りまする。しかしながら、いかに主従の間の争いとは言え、悪を助けて善を罪するなどのことは、天下の御政道にはあるべからぬことと存じます」

三老臣も同じ思いではあったが家康ほどの人に、こうまで言う成正の大胆さに、ひやりとして、身をかたくした。家康は笑った。

「はは、はは、案ずることはない。わしは悪うはからわぬと言って、そなたらを召した。二枚の舌は使わぬ。決して処置はせぬ。しかしながら、しばらく大名あずけにする。宇喜多左京と戸川とは前田玄以に、花房と岡とは増田にあずける。さよう心得るよう」

言いすてて、立上った。

前田徳善院玄以の居城は伊勢亀山《かめやま》、増田の居城は大和郡山である。それぞれにその地に送られて行った。

# 四

翌年六月半ば、家康は上杉景勝《かげかつ》が会津で叛逆の企てをしているというので、諸将をひきいて大坂を出発、東に向ったが、それから一月目に石田三成を主謀者として西にもことが起り、天下は破《わ》れるようなさわぎとなった。

このさわぎに乗じて、四人はそれぞれの場所を脱出して、まっしぐらに東海道をはせ下った。家康の見参《げんざん》に入って出陣し、一手柄立てて身をおこそうと心組んだのであった。

東軍と西軍の勝敗の数は、もちろん明らかでない。むしろ、東西策応の形はとっているし、味方する大名の数は多いし、秀頼様おんためという名分《めいぶん》の正しさはあるし、逸《いつ》を以て労を待つ立場にあるし、西軍の方に分がありそうに思われたのだが、そんな計算は、この際、四人には用事はない。西軍の中心に怨み骨髄に徹している宇喜多秀家がいる。一泡ふかしてやりたいのであった。

四人は野州の小山で家康にお目見えして、従軍を願った。家康は愛想よく迎えて、

「よく来たな。さすがは武辺のほまれ高いその方共だ。しっかりと働けい。働きの次第

では、取立てて得さすぞ」

と、激励した。

四人とも勇み立ったが、中にも成正は、

「備前中納言に目にもの見せる時が意外に早くまいりました。拙者は必ず備前勢と戦うでございましょう。世にかほど快いことがありましょうか」

と、心《しん》からうれしげに言ったのであった。

四人は自分らを慕って追って来た家来共を部署して、それぞれ百人内外から成る手勢をひきいて、福島正則、黒田長政、加藤嘉明《よしあき》等の先鋒《せんぽう》部隊と共に西に向い、岐阜城攻略戦を手はじめとして、杭瀬《くいぜ》川の合戦にも出て、それぞれに功名を立てた。

関ケ原の大合戦は九月十五日に行われたが、この日の成正の働きはとりわけ目ざましかった。

戦闘はおりからの微雨と濃霧で敵味方の所在もおぼろにしか見えない午前八時、福島正則の隊が宇喜多秀家の隊に鉄砲八百梃をつるべ撃ちに撃ちかけたところからはじまって、全線一斉に最初から激戦となった。

宇喜多勢はおそろしく強かった。猛将福島の猛烈をきわめた突撃をぐッとこらえたばかりか、押しかえしさえした。正則は歯がみをして憤り、将士を叱咤して再び突撃に出て、押しつ押されつ、両軍の旗が入りまじりもみ合いつつ、三度も交互に進退したほどであった。

成正の隊はわずかに百人の小部隊だ。最前線には布陣をゆるされなかったが、彼の狙《ねら》いは一筋に宇喜多勢にある。福島隊と宇喜多隊との衝突がはじまったと見るや、全員を鉄丸のように密集させ、真先きかけて真一文字に宇喜多隊に突進し、楔《くさび》がものを裂くように、無二無三、グイグイと押しこんで行った。

黒皮縅《くろかわおどし》の具足、銀の半月《はんげつ》の前立《まえだ》てを打った桃形《ももなり》のかぶと、黒地に銀糸で紋をぬい出した陣羽織、烏黒《からすぐろ》の駿馬《しゅんめ》にまたがり、青貝ずりの三尺にも及ぶ大身の槍をふるう成正の働きは、さながらに黒旋風であった。あたるを幸い狂いまわり、あれまわった。

宇喜多勢ではこれが成正であることを皆知っていた。

「左京様だぞ！　余人は討たずとも、これを討たねば、お家の恥だぞ！」

と、皆激怒してきそいかかって来るが、成正はちっともひるまない。

「にくい敵め！　にくい敵め！　思い知ったか！　思い知ったか！……」

と、憑《つ》かれたように同じことをどなり立てながら、奮闘し、目立つ敵を突き伏せては、家来に首を上げさせた。

こうして三十分ばかりのうちに、冑首《かぶと》三つ上げると、兵をひきまとめて、さっと引上げ、自らその首を持って、桃配山《ももくばりやま》の家康の本陣に向った。

雨はやんだが、霧はまだ晴れず、視界のきかない広い戦場の至る所に銃声が炸裂《さくれつ》し、喊声《かんせい》が湧き、どよめきが聞え、合戦は今やたけなわであるが、勝敗の決はまだわからない。

味方の苦戦する時、無我夢中、血の出るばかりに指をかむのが、家康の若い時からのくせだが、今家康は、その指をかんで血を流しながら床几《しょうぎ》の上にのび上りのび上り、よく見えない戦場を見まわしていた。

成正はそこに来て、家康の近習《きんじゅう》の者を呼んで取りつぎを頼んだ。

「しばらく待たっしゃい。今お急がしいところでござる」

と言って、近習はなかなか取次ごうとしなかったが、そのうち、ふと、家康がこちらを向いて、自分を一心に見ている成正に気づいた。忽ち愛嬌のよい微笑をふとった顔に浮かべた。

「やあ、出羽。すばやいところをやったな。来い、来い、実検するぞ」

と、呼び立てた。

成正は側近の者に楯《たて》をかりて、携《たずさ》えて来た首を三つならべて家康の前におき、片ひざついてそれから言った。

「宇喜多家にさるものありと知られたなにがし、なにがし、なにがしでございます」

「あっぱれじゃ。たしかに手柄のほどは見とめたぞ」

と、家康はいかにもうれしげな声で言って、

「合戦はまだ峠《とうげ》にかかりもせぬ。なお一層の奮発してくれい」

「かしこまりました。粉骨をつくして、必ず更によき手がらを立てるでございましょう」

「そうしてくれい。そうしてくれい」

成正は一礼して、足早やに遠ざかり、馬に近づくと、ひらりと飛びのり、前線へかけもどった。「武功雑記」には、この時のことを、こう伝えている。

御近習衆、あまりにも御結構すぎたるおことばのやうに存ぜられ候と申しければ、あのやうなる者にはこのやうに言うておきたるがよきぞと、御意なり。

この合戦に勝利を得るまで、家康は外様《とざま》の大名等におそろしく鄭重《ていちょう》だ。きげんを取って味方に引入れるためであったわけだが、成正に対してはまた別な含みがあったのであろう。思慮のいささか浅い、直情径行のこの荒武者をうまくあやつっていたのであろう。

五

この合戦がすんで、成正は功によって、石州津和野で三万石の大名となり、出羽守に任ぜられた。同時に宇喜多の苗字《みょうじ》は御敵《おんてき》の苗字であれば恐れありとて、坂崎と改めた。

十年経って、慶長十五年の春、成正の家に奉公を願い出た少年があった。

関ケ原役でほろんだ小西行長の家中で物頭《ものがしら》をつとめていた印東《いんどう》なにがしの子で、名は志津馬《しづま》、まことに美しい。ふと伏目になった時など、匂わしいばかりの風情がある。年は十六になるという。

一目見て、成正は気に入った。

「児小姓として召しかかえてとらせる。奉公ぶりがよければ、成人の後もしかるべき役をあたえて引きつづきとどめおくぞ」

と、申しわたした。

児小姓は花のさかりの間だけを召しかかえて、年がたければひまを出すのが普通なので、特にこう言いそえたわけであった。こうして召使ってみると、性質もなかなかよいかしこくもある。成正の寵愛は一方でなくなった。

数ヵ月経って、夏の一夜のことであった。その日志津馬は風邪気味であるとて、昼頃から暇をもらって、自分の部屋に引きこもった。

夕方かけて客があったので、成正は相手をして少し酒をのんだ。客は一刻ほどの後辞去した。成正はこれを送って玄関まで出、居間にかえりかけたが、途中、志津馬の病気を見舞ってやる気になった。

「志津馬を見舞ってつかわしたい。その方共は来るに及ばぬ」

供の侍臣らに言ってただひとり志津馬の部屋に向った。

鉄網をかぶせた廊下行燈《あんどん》がほの暗い光を投げている廊下に立って、成正はしのびやかに声をかけた。

「志津馬」

戸の内側は静まりかえっている。

「寝ているのか、起きているのか、わしだ」

と、また呼んだ。

同時にざわざわと人のけはいが立った。しのびやかではあるが、いそがしげであった。

「は、はい。……今すぐに……」

あわてている声だ。

寝ていたところを思いがけず主人に来られて、起き上って迎える支度をしているのだと思われた。

「そのままでよい。起きんでもよいぞ」

やさしく言って、成正はさらりと戸をあけたが、おぼろな行燈の光のひろがっている室内には、志津馬の外にもう一人いた。甥の左門であった。

左門は成正の弟の子で、今年二十二になる。強壮な体力で、肝太いうまれつきだ。関ケ原以後合戦がないので戦場の経験はないが成正は末頼もしく思い、五百石をあたえて、家臣の一人にしている。

(どうしてここに左門がいるのであろう?)

と、驚きながらも不審に思ったが、とたんハッとした。密通しているのではないかと思ったのだ。

突ッ立ったまま目を光らせて見下ろしていると、左門は伯父を見上げてニヤリと笑った。お察しの通りでござる、どうなと御処置願おうといった感じの、不敵な態度であった。

成正はその目を志津馬にうつした。両手をつき、うつ向いて、恐縮しきっている姿だ。白く長い首筋におくれ毛が乱れているのが、女よりも艶冶《えんや》な風情であった。それを見た時、成正は胸が波立ち、血が頭にのぼった。ドウ！　と畳を蹴ってさけんだ。

「何のざまだ！　これは！」

「いたし方なき仕儀。覚悟はいたしています」

と、左門が言った。うそぶくような風であった。

「どいつもこいつも恩知らずめ！　よくもおれが目をかすめたな！　言おうようなき……」

はじめのうちは斬ろうとは考えていなかったのだが、言っているうちに怒りは火のように燃え上って来た。

「不義者！　成敗する！」

と絶叫し、すえものを斬るように、腰をおとし、志津馬に斬りつけた。志津馬は抵抗せず、かわそうともせず、おとなしくけさがけに斬られて、うつ伏せにくずれた。

斬るまでのことはしないだろうと、左門は思っていたのであろうか。

「お斬りなされましたな！」

と絶叫して、おどり上った。両刀を胸にかかえ、右手をそのつかに食いこませていた。

「不届者！　はむかうつもりか！」

いきなり斬りつけた。左門は飛び退った。やぶれかぶれのおそろしい形相になった。今にも抜き合わせそうな顔であったが、とたんに足を飛ばして行燈を蹴返した。真の暗《やみ》になって、成正がためらっている間に障子を蹴はずし、縁側におどり出た。

「卑怯者！　逃げるか！」

成正は追いかけたが、もうその時には、左門は庭に飛びおりていた。

「卑怯者！　卑怯者！　出合え、左門を討取れい！」

成正も飛びおり、追いかけながらどなったが、左門はふりかえりもしない。見る見る木立の中にかけこみ、やがて行くえ知れずになった。

肉親の甥に寵愛の小姓を寝取られ、殺さねばならない羽目になり、ついに殺してしまった成正の悲しみと哀惜と口惜しさは、日を経れば経るほど深く激しく強くなった。

「左門め！　やわかそのままおこうか！　八ツ裂きにしてくれる！」

と、いきり立って、執拗に行くえをさがした。

成正の父宇喜多忠家入道安心《あんじん》はまだ生きていた。江戸に住いし、成正からの仕送りと成正の妹で伊予板島（今の宇和島）十一万石の領主富田左近将監《しようげん》知信に縁づいている者からの仕送りを受けて、のんびりと余生を楽しんでいるのであった。

この富田知信の妻は非常な美人でもあったが、なかなかの勇婦でもあった。関ケ原合戦の頃、知信は伊勢の阿濃津《あのつ》（今の津）の城主で、東軍に味方して城にこもった。西軍は一もみにもみつぶそうとして、三万余の軍勢を以ておしよせて来た。知信は伊賀上野の城主分部《わけべ》光嘉《みつよし》と共にわずかに二千五百の兵を以て防戦してしばしば敵をなやましたが、ついに三の丸を乗り取られ、二の丸もまた危《あやう》くなった。すると、本丸の門を駆け出して来た花やかに鎧った武者があった。縦横に馬を乗りまわして九尺柄の槍をふるっての奮戦ぶりがまことに見事だ。

このおかげで敵が少し引退《ひ》いたので、知信と分部とはやっと息をつぎながら、健闘をつづけている武者を見ていると、冑の吹返しにさえぎられてよくわからないが、どうやら容貌美麗の少年のようだ。そこで、分部に言った。

「あれは貴殿の小姓衆でござるか」

「いや、拙者はまた貴殿の小姓衆と思っていましたに」

「はて、誰であろう。年若に似ず、まことに見事な武者ぶり」

と、感嘆していると、若武者は敵を追い散らして、知信の前に馬を寄せて、

「うれしや、わが君、御無事でございましたか」

というや、さめざめと泣き出した。

よくよく見ると、それは知信の妻であった。

「やあ、おことか！」

おどろいて叫んだ。妻は、三の丸陥り、二の丸また危く、知信はすでに戦死したと聞いて、自分も死ぬつもりで武装して出て来たのだと語った。

そのうち、二の丸にも敵が多数こみ入って来て、とても防戦出来なくなったので、相伴って本丸に入り、自殺しようとしていると、高野山の木食《もくじき》上人が来て開城をすすめた。いずれは今明日のうちに落ちる城だ。知信はついに城を開け渡して高野山に上った。最後まで守り通せなかったとはいえ、この奮戦の功を買われて、知信は本領五万石を安堵《あんど》した上二万石を加封せられ、さらに四万石を加封せられて、伊予板島十一万石に転封されたのである。

さて、左門のことがあってから一月ほどの後、安心入道が成正の屋敷に来た。めったに来ない人が来たので、なにごとが起こったかと思いながら迎え入れると、世間ばなしの後、安心はゆらりと言った。

「左門が来てな」

「あ！　やつ、父上のところにいるのでありますか」

「今はおらん。数日前にちょいと来て、またどこかへ往《い》んだわ」

「どこへ行ったのでござろうか」

成正はせきこんだ。自分で自分の顔色がかわったのがわかった。

「どこへ往《い》んだか知らんな」

すまして言って、

「ところで、万事のことは左門に聞いた。左門はきつう後悔していた。そちも腹は立とうが、ゆるしてやってくれまいか」

左門のために命乞いに来たのだと知って、成正はもう口をきかない。猛牛のような顔に沈鬱な表情を浮かべておしだまっていた。

「左門はわしがためには孫、そなたのためには甥だ。宇喜多の家は先《せん》中納言が先年の美濃の合戦で徳川家のおん敵となって亡んでから、その血筋を伝えるものは、まことに少なくなった。男ではわしとそちと左門の三人、女では富田に嫁《い》っているあれだけしかない。その数少ない一族が、どんなことからにしても、せめぎ合いにくみ合うということは、わしのような年寄にはまことにかなしくあさましい気がしてならぬ。聞けば、小姓一人のことであるという。胸をさすってくれるわけにはまいらんであろうか」

老人の涙もろさで、安心入道は涙声になってかき口説いた。

成正は一筋に自らの思念を追うている。父のこの熱心なことばが聞えないのであった。

父のことばがたえたので、口をひらいた。

「左門はどこにいるのでござる。父上はきっと御存じなのでござろう」

入道は情なさそうな顔になった。

「知らぬといっている。わしはただ一族のためを思うが故に……」

成正はさえぎった。

「いや、父上は御存じのはずでござる。教えて下され」

「知らぬ。それより、左門をゆるしてくれるかどうか、それを聞きたい」

入道もけしきばんだ顔になっていた。

「ゆるしませぬ。にくいやつでございます。八ツ裂きにしても飽き足りませぬ。やつは拙者にはむかい斬ろうとして、刀のつかに手をかけたのですぞ」

「そのことは左門も言っていた。つかに手をかけたまではしたが、まさしき伯父と思うたので、そのままに逃げたのだという。武士には脇差心《わきざしごころ》というがある。急に臨んでは、抜く抜かぬは後の分別として、一旦はつかに手をかける。武士の心掛の一つだとわしは思う。わしは手をかけはしても、抜かずに逃げた心をしおらしいと思う。左門は臆病で逃げたのではない。そちに礼儀と肉親の愛情があればこそ逃げたのだ。そう解《と》ってくれい。わしはそちの父だ。そのわしがこれほどことをわけて頼むのだ。聞きわけてゆるしてやってくれい」

「ゆるしませぬ。伯父に礼儀と愛情を存じている者が、伯父の寵愛の者を奪うことがありましょうか。恩を仇でかえしたのでござる。にくいやつでござる」

安心入道は腹を立てて帰って行った。

## 六

成正は父の屋敷の周囲に家来共を張りこませて探索をはじめたが、手がかりは杳《よう》としてなかった。

数ヵ月経って、成正は左門が妹の縁づき先、富田家にかくまわれているのではないかと思いついた。そこで、それとなく調べてみると、富田家の領地伊予に送られて、その居城にかくまわれているらしいとわかった。

事実そうだったのである。左門は成正の家を逃げ出すと、真直ぐに祖父の家に行った。安心は相当きびしく左門を叱ったが、可愛い孫のことだ、ほっておくわけには行かない。

「しばらく富田へ行っているよう。わしが出羽をなだめるから」

といって、富田家に駆けこましておいて、成正のところへ説得に行った。

しかし、その結果は上に書いた通りだ。そこで、富田夫婦とも相談の上、伊予に落したのであった。

このいきさつも、成正にわかった。

「父といい、妹といい、おれをふみつけにしている」

と、激怒した。すぐ富田家に使いをさし立てた。

「拙者家来宇喜多左門は罪あって当家を逐電《ちくてん》したものでござる。右《みぎ》左門、貴邸におかくまいおられる由、確聞しています。すみやかにお引渡し願いたい」

富田知信は自ら使者に逢って口上をきいたが、

「左門は数月前に確かに当家にまいったに相違ないが、数日滞在の後、いずれかへ立去って、当家にはいぬ。行き先も知らぬ」

と、答えてかえした。

返事を聞いて、成正は一層腹を立てた。

「人を愚にするにもほどがある。その儀ならば、左門ごとき木ッ葉若者が相手ではない。予州板島十一万石、富田左近将監こそ相手だ」

と、戦さ支度をはじめた。これは家来共が、

「将軍家お膝もとでございます。いかなるお咎めがあるかわかりませぬ」

と、必死に諫めて、やっと中止させた。

せきとめられて、成正の怒りは募《つの》るばかりだ。おりから駿府に隠居していた家康が江戸に出て来たので、成正はこれを家康に訴え出た。

「わしはもう世をゆずって隠居の身だ。将軍の御裁断を仰ぐがよい」

と、家康は逃げた。

そこで、秀忠に訴え出た。

秀忠は成正と富田知信とを呼び出して申し条を聞いたが、成正はたしかに知信が国許にかくまっているといい、知信は一向に覚えなきことでござるというばかりで、いずれも証拠がない。

「これは下世話にいう水掛論というものじゃ。黒白のつけようがない」

と言って、秀忠は訴えを却下した。こんなことに意地を張っての争いをくだらんと思ったのかも知れない。

この時から三年目、慶長十八年の秋、成正の許へ左門の元家来と名のって来た者があった。家来がとりつぐと、成正はどなった。

「何？　左門が家来？　左門の使いで来たのか」

「そうではないと申します。ごく内密に申し上げたいことがあるとのこと」

暗殺するために送ったのかも知れないと思ったが、そうなら一層会わずにいられない性質だ。何ほどのことがあろう、一太刀に斬って捨てるまでのことと、決心は即座であった。

「会う。書院の庭に通せ」

成正は寸のびのわざものをえらんで腰におびて書院に出た。

その男は庭にひざまずいて待っていた。みすぼらしい服装の三十年輩の男であった。

成正はいつでも飛び下りて行けるように縁近く席をうつさせて坐った。

「その方か、左門が元家来というのは」

「さようでございます」

「伊予から来たのだな」

「いえ、日向《ひゅうが》からまいったのでございます」

「日向？」

「日向の高橋右近将監元種殿の居城宮崎に、左門様はおられるのでございます。高橋殿と富田殿とはごく御懇意の仲でございますので、富田殿が高橋殿にお頼みになったのでございます」

成正はおぼえずうなった。よくもこうまで念入りなことをしたものと思った。新たな怒りに胸がぐらぐらと煮え立った。

「ほんとだな、それは？」

「なんでいつわりを申しましょう。てまえは証拠の品まで用意しています」

あまりの調子のよさに、成正はちょっと気になった。

「その方は左門が家来であるというが、どうしてそう左門の不利になることをすらすらと打ちあけるのだ。おれが左門を討取ろうとしていることを知っているのか」

「存じております。それ故、こうして参ったのでございます。左門様はてまえにとっても敵《かたき》なのでございます」

衆《おお》くの人の前で左門に折檻されて、男として人前に立ちがたい恥辱を受けた。それでその復讐を決心して、左門の許から逃亡して来たのだという。

「証拠の品とはなんだ」

「それはごらんになればおわかりでございます。しかし、いかがでございましょうか。てまえも遠い九州路からはるばるとまいったこととて、尾羽《おは》打枯らしてしまいました。その証拠の品をお買上げ願いたいのでございます」

「役に立つ証拠ならば、もちろん金子《きんす》をつかわそう。とにかく見せろ」

「富田家から左門様へは年毎に三百石の米を合力《ごうりき》しておられるのでございますが、手前はその送り状を持参しているのでございます」

のっぴきならない証拠だ。

「よし！　三十両つかわそう」

成正は用人を呼んで、三十両の金子を持って来させて、男にあたえた。男はふところから、大事そうに取り出した書きつけを渡した。

まさしく米の送り状だ。あて名も左門の名になっている。

天にも昇る心であった。成正は翌日早速訴え出た。

富田は成正と対決したが、一言の言いひらきも出来なかった。

一瀉千里《いっしゃせんり》に判決が下った。左門は死罪、富田はいつわりを申し立てて公儀をあざむいたという名目で家断絶、十一万石没収、その身は森伊予守（一説では鳥尾左京亮《さきょうのすけ》）にあずけられた。高橋元種も家断絶、五万石没収、一身は一族の立花宗茂にあずけられた。

気の毒であったのは下野《しもつけ》佐野三万九千石の領主、佐野修理大夫《しゅりのだいぶ》政綱であった。この事件には何の関係もなかったのに、富田知信の実弟であるというだけで、家断絶、所領没収、身柄は小笠原兵部大輔《ひょうぶだゆう》秀政にあずけられたのである。

坂崎出羽守を語って千姫救出事件に及ばないのは、トンカツをつくってソースを忘れるに似た感があるが、これはまたこれで長い物語になって、紙幅がゆるさない。しかし、これも世に伝える所と実説とはまるで違う。ただ、彼の偏執狂的執拗さ、戦国武士的強猛一点ばりは、伝説の千姫事件にも失われていない。

村山東安

# 一

西暦一五七〇年、日本の年号では永禄十三年（後に元亀元年）の春の一日、肥前の国彼杵《そのき》郡大浦郷の神崎《こうざき》ノ鼻をまわって、一隻の巨船が、狭く長い湾に入って来た。

二、三千石積みは優にあるその巨船は、まことに異様な形をしていた。竜骨《りゅうこつ》つきの長い船首、高い舷側、高い櫓《やぐら》、三本帆柱、そして、その船首には鼻高く、眼くぼみ、ちぢれて波立った髪をした美しい女人の面部を彫りつけ、三本の帆柱にはいく本もの横木を十字にとりつけ、四角、梯形《ていけい》、三角等の形をした帆をいくつも張り、舷側には青銅製の大砲《おおづつ》をそなえていた。

後に長崎湾と呼ばれるようになるこの湾の周辺は、当時は半農半漁の寒む寒むとした村が方々に散らばっているだけであったが、それらの村から出て来た人々は、皆おどろいて、この異様な船をながめた。

彼等は、この船が南蛮船《なんばんぶね》であることは知っていた。湾の西側の半島の外側に、福田湾というのがある。ここに二、三年前から、南蛮船が出入りして、領主の大村氏の保護の下に、貿易を行っており、そこにはキリシタン宗のバテレンもいて、人々に宗門を説きすすめ、ここの村々にも相当な帰依《きえ》者《しゃ》があったから。

「どぎゃんしたとじゃろな。あん南蛮船は？　だんだん奥の方へ来よるばい」

この湾はおそろしく水深が深いので、海の色が真青だ。海岸線には平地が至って少ない。青い山が海にせまって屹立《きつりつ》して、ぐるりととりまいている。どちらから来る風も、ほとんど当らない。さながらに、山間《やまあい》の湖《みずうみ》のようであった。

南蛮船は、このしずかな湾を、一枚一枚帆をしぼりながら、至ってゆるやかに入って来た。

近づくにつれて、船上の様子がわかって来た。船首には、長剣をつり、黒く広く長い布を肩にかけ、端を背中にはね上げた三人の南蛮人が立っていた。三人とも一、二尺の細長い筒をたずさえ、時々その端を目にあてては、お互い同士で話し合っている。

船尾には、つば広の山のある黒い笠をななめにかぶった南蛮人が二人立っていた。一人は縄を高い舷側から海にぶら下げており、一人は高脚《たかあし》の台にとりつけた広い板にむかって筆をかまえていた。縄番の男が、いそがしく縄をくり下げたり、くり上げたりしては、なにやら大きな声で叫ぶと、もう一人は板に向って急がしげに筆を走らせるらしいのであった。

船は帆をすっかりしぼって、両舷の中途からムカデの足のように幾本もならんで出ている長い櫂《かい》を以て入って来て、西側の岸に沿って、立神《たちがみ》、飽《あく》ノ浦、稲佐《いなさ》等の村の前を通り、稲佐からは水深が浅くなるので東に向い、長崎の前まで来ると、ややしばらくそのへんをウロウロしていた。進んだり、退《さが》ったり、右したり、左したりして、錨を入れる場所でもさがしているようであったが、やがて湾の中ほどに出ると、そのまま帆を上げて出て行った。すっかりしぼっていた帆が、一つ一つひらいて、ついには三本帆柱の全部が帆だらけになった。満開の花の木か、無数の白鳥がとまったように見えた。魔術めいた見物《みもの》であった。

二

これが、南蛮船が長崎に入って来た最初であった。南蛮船は、これまで入港して来た福田港が港としてあまり適当でないので、領主大村氏の諒解を得て、その領内の方々に良港をさがし、ついにここをさがしあてたのであった。

この湾は、大へん彼等の気に入った。水深も適当であれば、風波の難もない。たった一つの難は、海岸に平地が少なく、市街の発展に不便であろうと思われることであったが、それでも長崎郷には、山と山との間に相当な平地が切れこんでいるから、かなりな市街地となり得るであろう。

南蛮人共は、領主大村純忠《おおむらすみただ》に会って、福田にかえて、ここを入津地《にゅうしんち》としたいと願った。

「いいとも、いいとも。おことらの気に入った港なら、どこでもよいぞ」

と、一議におよばず、純忠は許した。南蛮船にかぎらず、唐船にかぎらず、外国の貿易船が来てくれることは、領主の非常な利益になったので、当時の大名でこれを欲しなかった者は一人もないのであった。

こうして、長崎は貿易港となり、翌年から南蛮船が入って来るようになった。利のある所に人の集るのは、砂糖のかけらに蟻が集ると同じだ。さびしい漁村であった長崎郷には、八方から人が集って来た。博多《はかた》あたりから一儲けをたくらんで来た町人、罪あって領主から追放された者、戦争に負けて領地を失った武士、冒険者、職人、キリシタン宗の信者、等々々。それぞれの財力に応じて、原住者の家に間借りしたり、掘立小屋のような小屋を建てたり、相当な構えの家を建てたりして、日を追うてにぎやかになったので、領主の大村家では、地割をし、道路を通じて、およそ五、六町の市街とした。

この後も、長崎は年々に発展をつづけ、数年の間に倍以上にひろがったが、天正七年、佐賀の龍造寺《りゅうぞうじ》氏との戦いの軍資に窮した大村氏は、長崎と茂木とを羅馬《ローマ》教会に売渡してしまった。同時に、長崎と隣接している浦上《うらがみ》も、その領主有馬《ありま》氏によって、羅馬教会に売渡された。つまり、野母《のも》半島の中部地帯全部が羅馬教会領となり、遠く西欧から羅馬法王が支配する土地となったのであった。

羅馬教会領となって、長崎の繁栄は拍車がかかった。経済的には南蛮船がたえず入って来、民生的には明けても暮れても戦争ばかりの日本国内における唯一の平和郷であり、宗教的には神の福音《ふくいん》を宣《の》べ伝える壮麗な会堂が建ち、学林《コレジヨ》が開かれているのだ。商業の利をもとめる者、生命の安全を欲するもの、神の福音にあこがれるもの、ひきも切らず集って、数年のうちに二十三の町数を持つ大都会となり、なお底止《ていし》することを知らない勢いであった。

羅馬教会領となって八年目、天正十五年、豊臣秀吉は九州を征伐し、遠く薩摩まで入ったが、帰途博多に滞陣している間に、長崎地方が羅馬教会領となり、その地ではキリシタン宗以外の宗教が禁断となっていることを聞いて、激怒した。

「けしからんバテレン共、ほしいままに日本の国土を削っておのれのものにするとは何ごと！　バテレン共が宗門を手だてにして国土を奪わんとしているとは、以前から聞かんことではなかったが、今こそ証拠が見えたわ。奪いかえせ！　そして、キリシタン宗門は禁断にせよ！　日本国中、どこの土地でも、また何人たりとも、信奉することは許さん。バテレン共は、一人のこらず追いかえせ！」

と、持ち前の雷霆《らいてい》のような声でどなり立て、藤堂高虎《とうどうたかとら》に命じて事にあたらせた。

高虎は長崎に出張し、土地をとりかえして公領とし、キリシタン宗を禁じ、会堂や学林《コレジヨ》を破壊し、宣教師を追放し、町の制度を改めた。

秀吉のこの改革はキリシタンに対しては厳格であったが、南蛮船が貿易のために入港することは禁止せず、かえって奨励策さえとったので、町の繁栄は少しもおとろえなかった。

# 三

この頃か、この少し前あたりに、芸州の浪人で、村山なにがしという男が、この土地に流浪して来た。年頃二十二、三、大へん異色のある人物であった。

第一、容貌がかわっている。高い鼻筋、くぼんだ二重瞼の大きな目、薄い唇、ひきしまった無髯《むぜん》の頬——つまり、南蛮人によく似た顔をしていたが、さらに誰やらに似ているようであった。

「誰ぞに似とるたいなあ、あン浪人もんは」

「ほんのこつばい。誰ぞに似とる。誰じゃったかのう」

と、人々は首をひねり合ったが、やがてわかった。

南蛮船の船首についている女人の顔、ワントウニョウというのだそうだが、それにそっくりなのであった。

「ワントウニョウに似とるとばい」

「そうじゃ。そうじゃ。ワントウニョウじゃ。そっくりばいな」

そこで、あだ名がついた。ワントウニョウと。

「ワントウニョウさんが、今通って行かしたばい」

「ワントウニョウさんば呼んで来ようたい。あん人でなかにゃ出来やせんばい」

と、言った工合である。

しかし、当時の日本人には、この西洋語の発音は相当むずかしかった。いつか、「和《わ》奴《ぬ》唐《とう》」となまって来た。

村山は、このあだ名を甘受し、呼ばれれば返事し、自らもそう名のり出したが、和奴唐ではあまりだと思ったのだろう、文字をえらんで、「安東《あんとう》」とし、これを本名として名のり出した。

第二に、目から鼻にぬけるような才気があり、弁口が達者であった。気のきいた諧謔《かいぎやく》を弄《ろう》し、酒席などに呼ぶと、大へん座がにぎやかであった。

第三に、天性器用で、諸芸に達し、礼儀作法、和歌、連歌、謡曲、茶の湯、おどり、庖丁、すべて一通りのわきまえがあったばかりでなく、長崎に来ると間もなく、南蛮料理の調理法、南蛮菓子の製法までおぼえこんでしまった。

貿易による俄《にわ》か成金の多い新興都市だ、こんな人物が重宝《ちようほう》がられるのは言うまでもない。安東は町の重立った家々に出入りを許され、宴席のとりもち、茶の湯や連歌の会の世話方、走り使い等、つまり一種の幇間《ほうかん》として、愛せられるようになった。

長崎が公領となって五年目、文禄元年、朝鮮役がはじまって、秀吉は肥前名護屋《なごや》まで来て、ここを大本営とした。

この報《しら》せがとどくと、町の長老らは、集って、

「お礼言上に、行かんばならんな」

と、相談した。

なんにしても天下様が、同じ国のつい目と鼻の土地にお出でになったのだ。格別な御恩は蒙《こうむ》らなくても、お礼言上という名目で御機嫌うかがいに行くのが礼儀であるのに、長崎は、地子銀《じしぎん》免除じゃ、なんじゃと、色々特別な優遇を蒙っている。どうしても行かなければならないのであった。

ところが、行かねばならんという相談はすぐまとまったが、では誰が行くかという点になって、中々決しなかった。

長老と言っても、いずれも俄か分限者《ぶげんしゃ》にすぎない。高貴な方の前に出ての礼儀作法などまるでわきまえがない。関白殿下は活気な御性質であるというから、さぞ様々な御下問をなさるに相違ないと思われるが、それに対して淀みない受けこたえなど、とてもとても出来そうもない。

「こまったばいの。どうしようぞいの」

「今さら礼法諸式など習うたって追いつくこつじゃなかけんのう」

「早うせんば、御前の首尾は悪うなるばかりばい」

こんな時のしきたりで、席には酒が出ている。その酒を、思案投首《しあんなげくび》で、一ぱいのんではポツリ、ポツリと言っては一ぱいのみ、煮えない相談をつづけていると、末席のからかみを開けて、にじり出して来た者があった。

「へい、いずれさまも、ごめん下さりませ」

安東であった。現代だったら美男といわれるにちがいないが、当時は異風な女面《おんなづら》とし か考えられない顔を、おそろしくのど仏の目立つ長い首の上にシャッキリとのせて、 人々を見ていた。ちょいと垣根ごしに隣屋敷をのぞこうとする雄鶏《おんどり》めいた感じであった。

いつもの通り庖丁役を頼まれて台所で立働いていたのであった。

「ヤア、安東、御苦労御苦労。今日の肴《さかな》、いつにもまして、味よう出来とるばい。盃を くれる。こっちに来い」

と、一人が声をかけた。

「ありがとうございます。お気に召しまして結構でございます」

安東は、いざりよって来て、人々から次ぎ次ぎに盃をもらった後、改まった様子にな った。

「さて、皆々様、あちらで、給仕人衆から、皆々様の御相談のことについて、チラリと 聞きましたが、名護屋御陣へまいるべき人について、おこまりの由、いかがでございま しょう、てまえがまいりましょうか。引受けて、御前体《ごぜんてい》首尾よろしく相調《ととの》えてまかりか えります。日頃、皆々様の一方ならぬお引立てにより、飢えず、こごえず、毎日を送っ て来ることの出来ました御高恩の万が一でもお返ししようと思うのでございます」

持ち前のさわやかな弁舌であった。

なるほど、こいつなら最適任だ、と、皆思った。夜が明けたような気持であった。

「安東はああいうてくるるが、皆様の御意見はどうでござす。わしは安東に気張って貰うがよかと思うのでござすが」

と、先ず上席の者が言うと、次が賛成した。

「ようござっしょうたい。安東ならば、礼儀作法にも明るかし、弁口も達者でござす。首尾ようやってのけてかえって来ましょうたい」

その次も賛成した。

「わしも異議はござっせん。考えてみると、わしらの中から人を選ぼうというのが、出来ん相談でござしたわい。第一、わしらは上方弁《かみがた》がサッパリ出来んですたい。ところが、安東はペラペラですけんのう」

四番目、五番目、六番目、皆、異議ない旨を、それぞれの言い方で表明した。

「そいじゃ、安東どん。おぬしに頼むたい。行ってくるるな」

と、上席の長老が言った。

安東は、雄鶏めいた首を持った上体を、うやうやしく折った。

「引受けました。必ず御前をつくろうて帰って来ます。しかし、皆様の総代として行きます以上、浪人村山安東では、上《かみ》を軽んずるに似て、殿下の御思《おんおも》わくもいかがと存じます。町年寄の一人という格式をお許し願えましょうか」

人々は顔を見合わせた。これはそう軽々しくはあつかえないことであった。故例格式を重んずることによって、社会の秩序の立っている時代である。新興都市とはいえ、町年寄となっている家は、それぞれの由緒《ゆいしょ》があってなっているので、単に豪富であるとか、町に一時の手柄があったとかでは、資格にならない。まして、幇間かせぎの素浪人など、されるものではない。してみたって、町民等が納得するはずはなかった。

人々のちゅうちょを見て、安東はその毛唐女じみた顔をほほえました。

「お使いの間中だけでござりますよ。ほんの一時の便宜のためで。てまえごとき素浪人が、どうしてほんとのお年寄になることを望みましょう」

人々の疑いは晴れた。そうあるべきはずと、満足であった。

しばらく沈黙があって、上席長老は口をひらいた。

「わしはよかと思いますが、皆様はどうでござす。一時の便宜のためじゃ。道理至極の願いじゃと思いますたい」

皆、異議はなかった。

「一時の便宜のためですたい。道理至極の願いですたい。よかろうじゃござっせんか」

と、皆言った。

話はきまった。人々は安心して、飲めや唄えの大饗宴となり、安東もまた大いに浮かれ、腕によりをかけて、人々を楽しませた。

## 四

一両日の後、安東は、様々の珍奇な献上品をたずさえ、町年寄の格式をそなえて出発した。

名護屋につくと、安東は蒲生《がもう》飛驒守《ひだのかみ》氏郷《うじさと》の許に行った。かねて引立てを蒙っている長崎奉行寺沢志摩守からの紹介状をもらって来たからであった。

安東の異風な容貌を見て、氏郷はおどろいたようであった。

「汝《われ》か。長崎から来た町総代というのは」

「さようでございます。おとりつぎまで申し入れました村山安東でございます。よろしくお引きまわしのほどを」

「うむ。志摩の頼み状を持って来たとあっては、骨を折らんわけに行かんて。つまり殿下にお目見えさせればよいのじゃろう。よしよし、引受けた。今日は退って、沙汰を待て」

「なにぶんにも、よろしく」

安東は、蒲生家のかかり役人に、宿所を告げて帰った。
二、三日の後、氏郷から通知があった。れいの謁見《えっけん》のこと、明日取り行わせらるるにつき、辰《たつ》の刻《こく》（午前八時）までに、上下《かみしも》着用の上、身が陣所に来よ、という。
謁見は、巳《み》の刻（午前十時）から、秀吉の本陣において行われた。

陣所とはいいながら、豪奢《ごうしゃ》好み、雄大好みの秀吉が、朝鮮、大明《だいみん》一呑みにせんとの大外征の本営として構築させたものだ。楼閣、殿舎、城郭、すべてあって、壮麗、華美、目をおどろかすものがあった。

氏郷につれられて、謁見の間に通った。一段高くなった座敷が正面にあり、そこに墨一色の雄渾《ゆうこん》な筆触で老松を描いた大からかみが四枚立っているのが威圧的であった。氏郷は適当な位置に坐り、少し退った所に、安東を坐らせた。

ほとんど待つ間はなかった。不意にからかみの向うにカラカラと哄笑する声が聞えたかと思うと、老松のからかみが左右からサラサラとあいて、入って来た者があった。花のように美しい女中を七、八人したがえた、色の黒い、やせた小男であった。だらしなく裾長に着た唐織《からおり》の単衣《ひとえ》の裾をふみしだきそうな足どりで入って来て、厚いしとねの上に、大あぐらで坐って、なお、女中共を相手に、あたりはばからない大声でしゃべりつづけた。まるで、こちらを無視していた。

氏郷にならって、安東も平伏したまま動かなかった。考えていた。

(なるほど、殿下は小男の醜男《ぶおとこ》で、猿に似た顔をしてござると聞いていたが、その通りだわい)

やがて、突然であった。秀吉はこちらを見た。

「飛騨！　そいつか、長崎の町総代というのは」

一段大きな声であった。安東はキモをひやしたが、氏郷は冷静にこたえた。

「御意。長崎の町総代、村山安東と申すものでございます」

「ウム、ウム、——これ、そこのやつ、面《つら》を上げい」

安東は、おそるおそる顔を上げたが、これだけおそろしく鋭いかがやきを持っている相手の眼にあうと、すくみ上って、また平伏した。

「もっとよく見せい。許す、近うよれ、近うよれ」

安東は動かなかったが、わきから氏郷が近くよるように言うので、三尺ほど膝行《しっこう》した。

「もっと寄れ。もっと寄れ。面《つら》を上げい」

安東は、なお三尺ほど進んで、秀吉を仰ぎ見た。

秀吉は、つくづくとその顔を見て、腹をゆすって笑い出した。

「ハッハハハハ、汝《われ》は奇妙な面をしているのう。てもなく、南蛮絵にある南蛮女の面でないか」

そして、背後に居並んでいる女中共をふりかえった。

「見ろ！　そうじゃろう」

女中等はざわめいた。微風に吹かれる花叢《はなむら》のようであった。クスクス笑う声が聞えた。

安東は侮辱を感じたが、顔色一つかえなかった。ただ、心の底で、人の顔の詮議《せんぎ》どころか、御自分はどうじゃい、猿そっくりな顔をしているくせに、と、思っていた。

愛嬌よく微笑して、

「飛驒守様まで申し上げます」

と、氏郷の方を向くと、秀吉は笑いながら言った。

「直答ゆるす。おれの方を向いて言え」

安東は平伏した。

「ありがとうございます」

と、礼を述べて、また微笑づくって、

「唯今、殿下は、てまえの顔が南蛮女の顔に似ていると申されましたが、実は長崎でもそう言われているのでございます。しかし、この顔が大へん役に立つこともあるのでござります。御承知の通り、長崎には南蛮の交易船がよくまいるのでございますが、この顔のおかげで、南蛮人共は同類のような親しさを覚えるのでござりましょう。てまえの言い分《ぶん》をよく聞いてくれまして、得分《とくぶん》の多いとりひきをすることがよくあるのでござります。てまえにとりましては、大事な顔で」

秀吉は、小さいからだをゆすって笑い上げて、

「同類のような親しさか、同類のような親しさか。ものは使いようのものだの」

と、言ったが、また、まじまじと見て、

「おい、汝《われ》、ちょいと真直ぐに居直ってみい。首をしゃんとのばして、――ウム、ウム、そうだ。そこで、そのまま横を向いてみい」

言われた通りに、からだを真直ぐにおこし、顔を横に向けた。

とたんに、秀吉はまた笑い出した。

「似とる、似とる」

と、膝をたたいて言って、女中共をかえりみた。

「見ろ！ ああした所、雄鶏《おんどり》そっくりじゃろう。ほら、雄鶏が牝鶏《めんどり》を呼び集める時、コ

ーッ、コーッ、ココココ、と、鳴くじゃろう。あの時の姿そっくりじゃろう」

花のような群《むれ》ははげしく揺れた。ほんの少しだが、たまり切れなくなった笑い声がおこった。

安東は、一層の侮辱を感じたが、こんども顔色をかえなかったばかりか、いっそのこと、羽ばたく真似をして見せようかとまで思った。しかし、それはしなかった。人の気をとりなれた彼は、度をこした褻戯《せつぎ》は権力者の不興をまねくことをよく知っていた。

彼は言った。

「まことに、殿下の仰せの通りでございます。実は、てまえどもに飼っています鶏どもが、てまえが庭先に出て行きまして、ト、ト、ト、ト、と呼びますと、われ先きにと駆け集ってまいるのでございます。大方、同類と思うているのでございましょうな」

効果をはかって、至ってきまじめな顔で言っておいて、安東は横を向き、首をのばし、あごを突き出して見せた。それが鶏そっくりであったので、女中等はドッと吹き出して、しばらくやまなかった。一陣の狂風に見舞われた花園のようであった。

秀吉は、もちろん哄笑した。

「面白いやつ、面白いやつ」

すっかり、気に入ったようであった。

秀吉もじょうだんばかり言っているわけではなかった。長崎のことについて、昔のこと、今のこと、色々と質問した。

安東は、一々、答えた。さわやかで、しかも要領を得ている弁舌であった。なみなみならぬ才気がうかがわれた。

秀吉はますます気に入った様子であったが、あまり淀みがないのが、少しばかり面《つら》にくくもなったらしい。ニヤニヤ笑いながら言う。

「汝《われ》の名は安東というのじゃな」

「さようでござります」

「妙な名じゃの。これが東庵というなら、世間並みじゃが、なぜ逆なんじゃ。いわれがあろう、聞こうでないか」

安東は、かしこまった。そして、命名の次第を言上しようと思ったが、口をひらきかけたとたんに、ふと胸にひらめくことがあって、口をつぐんだ。肩をたれ、平伏した。にわかに悄然《しょうぜん》となった態度が、問いに応じ、ことばに応じて、流れるように流暢《りゅうちょう》で、かつ溌剌《はつらつ》としていたこれまでと、奇妙な対照をなした。

秀吉は、快げに笑って、

# 五

「大儀であった。長崎の者共のお礼言上、おれは満足だ。また来い。見てくれる」と、言うと、ゆらりと立上った。女中共が左右にわかれ、からかみが左右から開いて、秀吉は奥へ消え、女中共が次ぎ次ぎに立ってつづいた。かかり役人も、氏郷も、安東も、平伏して送り出した。再び顔を上げた時には、上段の間にもう誰もいず、老松のからかみがピタリとしまっていた。

氏郷はきいた。

「どうやら、御前体《ごぜんてい》首尾よう行ったようじゃが、汝《われ》、なんで名前のことには御返答しなかったのじゃ。よも、由来のないことはあるまいが」

安東は、恐縮げに肩をすくめた。

「由来はございますが、御威光におびえまして、にわかに口がきけなくなったのでござります」

「フウーン」

氏郷は、しげしげと、安東の顔を見た。おれは信ぜんぞ、といいたげな目つきであったので、安東は弁解した。

「実は、てまえの名前は、かようかようしかじかで、あだ名をもじってつけましたもので、あまりにもふざけた由来でござりますので、申し上げかねたのでござります」

氏郷は笑った。

「面白い由来でないか。申し上げるべきであったな。殿下も面白がられたに相違なかったぞよ。おしいことをしたな」

「さようでござりましょうか。でも、あの時は、にわかに心がすくんで、舌が動かなんだのでござります」

「そうかのう。おしいことをしたな。おしいことをしたな」

と、氏郷はくりかえした。

退出して、氏郷とわかれて、自分の宿所にかえりながら、安東は薄笑いして、つぶやいた。

「蒲生飛騨守殿は、智勇兼備のお大名というが、武勇のほどは知らず、智略はまだまだ。この安東に遠くおよびなさらんて」

宿所にかえりつくと、安東は南蛮菓子の製造にかかった。最も主要な原料である砂糖は、それぞれの向きの役人に贈るために持参した、南蛮船載の最も上品《じようぼん》の白糖の残りが、まだふんだんにある。小麦粉や、鶏卵は供の者を近在の百姓家に走らせて、値段かまわず買わせた。

およそ三日、早朝から深夜まで働いて、ついにつくり上げた。

径二尺ほどの島台《しまだい》の上に、つくり立てられたそれは、西洋の城をかたどったものであった。切り立てたような断崖を持って、峨々《がが》として聳《そび》え立つ数峰の山を半隅にきずき、それらの山に倚《よ》り、深谷に臨んで、城壁あり、尖塔あり、櫓あり、門あり、橋ある壮大な城があしらってあり、山はいただきに白糖の雪をいただき、断崖は黒糖の飴を流してその色に通わせ、中腹には緑の色粉をまぜた砂糖菓子で樹木をつくって植えてあり、城には所々に南蛮鎧《よろい》を着て長い槍をたずさえた人形《ひとがた》をあしらい、尖塔や、櫓や、城壁の上には吹きなびくポルトガルの旗がかかげられてあった。

われながら、見事な出来ばえであった。

安東は、十分な注意をもってそれを検査して、遺漏ないと見きわめがつくと、秀吉の陣所に持ちこんで、献上の手つづきをとった。

かかりの役人共には、最初のお目見えに先立って十分なつかいとどけをしてあるが、さらにまたたっぷりと贈った。しかも、献上のものが献上のものだ。殿下のお気に入ることは間違いないと思われる。

早速に、披露された。

「ホウ。それはめずらしい。あの鶏首《にわとりくび》の女毛唐面《づら》は、そんな芸当が出来るのか。見よう。持って来い」

秀吉は、女中共を引きつれて、広間に出、そこでそれを見た。

「ヤア、ヤア、これは奇妙！　これがみな菓子で出来ているのか？」

女中等の間から、感嘆の声がたえず上るので、機嫌はますますうるわしい。

「皆呼べ、皆呼んで見せてやれ」

女中等はもとよりのこと、男役人から大名衆に至るまで、本陣に出仕している者にはのこらずフレがまわって、拝観をゆるされ、そのあげく、あの女毛唐面を呼べ、と、なった。

　呼び出しの使いが来た時、安東は、魚類を主にした南蛮料理を一揃いと、南蛮の酒一樽を用意して、待っていたので、それらをたずさえてすぐ参入した。

　謁見は、南蛮菓子のおいてある大広間で行われた。

「ヤア、来たか。汝《われ》がくれたこの南蛮菓子、おれは気に入ったぞ」

　秀吉は、安東の姿を見るや、大音に声をかけた。

　安東は、広ぶたに、南蛮料理と南蛮酒とをのせ、高くささげて出て来たが、

「ハッー」

　こたえて、なお数歩進んで、ひざまずき、広ぶたを捧げながら言った。

「村山東安《とうあん》、村山東安、お礼申し上げまする」

　ことさらに三度も名のり、声高に、ハッキリとした声であった。

　秀吉はカラカラと笑った。

「小気のきいたやつめ。おれを名つけ親にしようというのか。よしよし、名つけ親になってやろうわい。近う寄れ、近う寄れ」

　たった今、名を改めた東安は、ささげ持った広ぶたを秀吉の近侍にわたして、近く寄った。

「それは何だ。またまた、何をくれようというのだ」

　と、秀吉は前におかれた広ぶたの上を見た。

「てまえ丹誠して調理いたしました南蛮流肴と、南蛮船載の酒でござります。南蛮菓子御嘉納と、名前下されましたお礼のため、献上いたしたいのでござります」

「ホウ、ホウ、そうか、そうか。汝はめずらしいものばかりくれるの」

と、言って、秀吉は調子をかえて、

「さて、名つけ親としての引出ものに、おれも何がなくれずばなるまいが、汝から望め、望むものをくれてやろう」

東安は平伏して、

「ありがたき仰せ。――先般も御説明申し上げましたが、長崎の地は二十三町ござりまするが、この二十三町の外の在家の支配を仰せつけ下さりましょうなら、ありがたき仕合せに存じまする」

「唯今の二十三町の外の在家の支配だな」

「はッ」

ニコリと秀吉は笑った。

「よかろう。くれてやろう。――さて、さて、そちは知恵者だの」

## 六

気まぐれで、強力な独裁者の治下に、気まぐれな所に幸運がころがっているのは、当然だ。中年以後のトントン拍子の成功に心おごっている上に、乾坤一擲《けんこんいってき》の大決心でころみた大バクチが好調に行っている時だ。大いに気をよくすると共に、退屈もしている秀吉であった。その退屈を、ちょいとばかり東安はまぎらしてくれた。ウイットに富んだ応対と、南蛮菓子とで、長崎外町《そとまち》の支配権はチョロリと東安の手中にころがりこんだのであった。

数日の後、東安は、外町支配の朱印状をもらって、帰途についた。

もちろん、この支配権には条件がついている。年額二十五貫目の銀を献納するという条件が。しかし、それくらいの献上は安いものだ。二十三町の内町《うちまち》は、桝《ます》に入れられたようにこの上発展の余地はないが、その外側の発展はどこまで行くかわからない。現在すでに、そのきざしが見えるのだ。

「フフ、フフ、フフ、これまでだって、おれは知恵者だとは思っていたが、こんなにも知恵があったとは思わなんだなあ。えらい男だぞ、このワントウニョウは。フフ、フフ、フフ。底知れない知恵だぞ、このワントウニョウの知恵は……」

道中ずっと、ホクホク笑いがとまらなかった。

かえりつくと、早速に、長老連に集ってもらって、無事に使命を果して来たことを告げた。

「おお、おお、御苦労じゃった、御苦労じゃった。わしらが行ったでは、とてもそぎゃんうまか工合には行かんわな。おまえなればこそのことたい」

長老連は、口々にねぎらって、さて、どぎゃん礼ばしたならよかろか、と、相談をはじめた。

東安はおかしくてならない。知恵のある人間と、知恵のないやつは、こんなにもちがうものかと思う。今にも吹き出しそうな気になったが、それをこらえて、きまじめな顔で、口をひらいた。

「さて、ここに、皆様方に御披露しなければならないことがございます。それは、てまえの一身上に、大へんな変動のあったことでございます」

いつになく固い調子だ。長老連はあっけにとられて、目をぱちつかせる。おちつきはらって、それを見かえしながら、東安は語りついだ。

「その一つは、てまえの名前が、東安とかわったことでございます。これは、太閤殿下の仰せによって改名いたしましたので、つまり、太閤殿下が名付親となって下さりましたのでございます」

長老連は、ますますおどろく。口さえあいて、東安を見つめた。

東安は、ノド仏の飛び出した長い首をしゃっきりとのばし、それこそ雄鶏がトキをつくるような形になって、声を張った。

「ほかならぬ殿下の仰せではあり、ありがたく拝受いたしましたところ、殿下はごきげんうるわしく、名付子へは引出ものをつかわさねばなるまい、そうじゃ、長崎内町二十三町以外の在家の支配をその方にまかせよう、とかように仰せおかれました。高貴の方の賜わりものは、辞退なくお受けするが礼法でござります。天涯無禄の浪人ものの身に合う役でないとは存じましたが、ともかくも、お受けしてかえってまいりました。まことに、まことに、おそれ多いことで……」

長老連の顔こそ、見ものであった。アングリと口をあいている者、ひたすらにあごのあたりを撫でている者、身動き一つせず放心し切って東安を見つめている者、等、等、等。

が、忽ち、一時にしゃべりはじめた。

「ほんとかのう？」

「そぎゃんばかなこと！　汝《わり》ゃさすらいの流れもんじゃなかか！」

「和奴唐が外町代官！」

ワヤワヤ、ガヤガヤ……

おちつきはらって、東安は手を上げて制した。

「おしずかに、おしずかに。ことばをつつしんでいただきましょう。拙者は今は外町代官であります。格式から申せば、皆様より上のはず」

東安時に二十七であったという。

# 末次平蔵

## 一

長崎外町《そとまち》の代官となった村山東安《とうあん》は、日の出の勢いで繁栄して行った。内町《うちまち》は重箱の中みたいなもので、広がり得る範囲がきまっているが、外町には限界はない。いくらでも広がり得るのだ。西日本における最大の外国貿易港として発展の潮先《しおさき》にあることとて、外町の拡大と繁栄は文字通りに「日にまし」であった。刻々に人口がふえ、日々に戸数がふえた。昨日まで田圃《たんぼ》か畠であった所に、ポツンと家が建ちはじめたかと思うと、一月の後には五、六戸にふえ、数ヵ月の後にはもう町をなすという勢いで、見る見るうちに、北へ、東へ、南へと、ひろがって行くのだ。

この拡大は、そのままに東安の繁栄であった。彼は町なみの住民にはすべて地子銀《じしぎん》を課し、村々の百姓には年貢《ねんぐ》を徴したが、彼自身が公儀にたいして納付するのは、秀吉との約束によって、年額わずかに二十五貫目の運上銀だけであったので、差額は全部彼の収入となった。しかも運上銀の額は一定して増額はされないのに、地子銀は戸数の増加につれて日毎に年毎に増加して行く。きまり切った領地をもらって、物価の騰貴につれて増大する支出に四苦八苦し、しかも時々戦争に駆り出されて生命《いのち》を的《まと》に働かねばならない義務を負わされている大名なんぞより、はるかに結構な身分だ。濠《ほり》をめぐらし、長屋を建てつらね、城郭にまごうばかりの宏壮《こうそう》な邸宅が営まれ、婢僮《ひどう》数百人、出るにも入るにも乗物または乗馬、供の者二、三十人という生活がはじまった。何せ、外町代官様だ。

はじめのうちは、

「あン異人女面《いじんおなごづら》の和奴唐《わぬとう》めが、いかに運に乗ればとて、殿様面《づら》ばしくさって、胸くそン悪《わる》かばいの」

と、人々は言っていたが、一年経ち、二年経ち、三年経つうちには、普通の人はなんにも言わなくなった。単なる好運から得たものにしても、富は富だ、代官職は代官職だ。富も代官職も民にとってはオーソリティだ。オーソリティには拝跪《はいき》せざるを得ないのが民の通性だ。

ただ、昔からの内町の年寄《としより》等だけはそうでなかった。古いオーソリティは新しいオーソリティの出現を好まない。それが自分等以上のものになりつつあるとあってはなおさらのことだ。

「乞食同然にしてうろついて来たくせばしおって、あん威張りくさりようは何事《なんごと》ばいの」

「わしらが履物ばそろえおったやつじゃ。言いつけさえすれば、サカとんぼじゃろうが、使い走りじゃろうが、女《おなご》の世話じゃろうが、何でもしたとばい、奴は」

と、眼下に見下す気持を捨てかねた。

しかも、いくら見下げても、相手が日の出の勢いであり、一般の尊敬が加速度的に高まりつつあると来ては、その軽侮を表面に出すわけには行かないので、内攻する気持は次第に険悪にならざるを得ない。ついには憎悪感情にまでなった。

最もそうだったのは、末次平蔵《すえつぐへいぞう》であった。末次家はもと博多の町人で、父の興善《こうぜん》の時代に長崎が開港されるとすぐここへ移住して来て、一町をひらいて支配者となったのだ。町年寄としては最も古い家柄だ。その上、海外貿易を営み、その持ち船は安南・シャムロ・南支等に盛んに往来して富有でもある。古いオーソリティの代表者だ。事毎に東安のすることが癪《しゃく》にさわる。打てばひびくのが人間の感情の微妙さだ。東安の方でも面白くない。とり立てていうほどの事件があったわけではないが、両者の間は次第に尖鋭化して来た。

## 二

東安が意外な出世を拾ってから二十九年目、元和二年の春のことであった。平蔵は古つづらの中から意外なものを発見した。村山東安が平蔵の父興善に入れた銀十五貫目の借用証文である。天正十三年の年号が書いてある。東安がこの土地に流浪して来て、幇《ほう》間《かん》かせぎをしていた頃のものだ。

「フウン、妙なものがあったばい」

平蔵は、大いに興味を感じて、しばらくひねくりまわしていたが、利子計算をしてみる気になって、算盤《そろばん》を持って来させ、日当りのよい縁側に出て、パチパチとおいてみた。

利息は月一割五分となっている。複利の計算で行くと、三千二百五十九億五千万兆貫という想像も及ばないおびただしい額になり、単利の勘定で行っても八百二十八貫目という数字になる。

「ホウ、えらいもんたいのう。利ちゅうものは」

平蔵はおどろいていたが、ふとこいつを利用して東安を困らせてやろうと思った。もとより、金をとりかえそうとは思っていない。あの高慢ちきな東安が弱り切ってわびでも入れて来たら、大いに愉快だろうと思うだけのことだ。

しかし、まだ決心したわけではない。空想だけを楽しんで、また算盤を入れなおしていると、手許に人影がさして、声をかけられた。

「旦那さん、何しとんなさります。えらいニコニコしていなさりますな。なんかおもしろかことばしあッとですか」

かねて出入りの六蔵という小商人であった。

「おお、六蔵かい。面白かもんば見つけての。ホラ、こればい」

六蔵は、証文をとり上げて、しげしげと見た。

「村山安東ちゅうのは、外町《そとまち》代官さんの昔の名前ですたいな」

「ああ、あれがうちの先代に借銀ばして入れた証文たい。ぬしらは年が年じゃけん話に聞いとるばかりじゃろうが、わしは子供心に少しおぼえとる。東安ちゅう男は、今こそあの勢いじゃばってん、他所《よそ》から来た浮浪人での、町の年寄衆の家に出入りして走り使いしたり、酒盛の料理ごしらえしたり、座興をそゆるために唄ばうとうたり、つまり幇《ほう》間《かん》じゃったとばい。わしが家にもよう出入りして、台所の先きで飯ばもろうて食うとった。そん頃の借用証文たいな」

「話にはよう聞いとりますたい」

「どうじゃい、算盤ばいれてみんか。元利合計すると、えらい額《たか》になるばい。単利でやってみいや。閏月をのぞいて三百六十八ヵ月経っとるけん」

六蔵は、パチパチといれた。

「ホウ、こらたまげた。こげんなりますかいな」

「大きいもんじゃろ。こんどは複利の勘定で行ってどうなるか、入れてみいや」

普通の小商人である六蔵には、この計算は出来ない。

「そんなら、わしが入れてみする」

平蔵ははじき出してみせた。

「ええかい。おどろくなよ。三千二百五十九億五千万兆貫ちゅう額《たか》になッとばい」

六蔵は仰天した。

「三千……？　何でござすて？」

「三千二百五十九億五千万兆貫たい」

「……そげん仰山の銀、わしゃ見たこともござっせん」

六蔵は気が遠くなったような声を出す。

「誰じゃて見たことのあるかい。じゃが、おれはそんだけの銀ば、東安に貸しとるわけたいな」

と、平蔵は笑った。

「……そうですたいな。借用証文が入っとるとですけん」

溜息とともに六蔵の言うのを聞くと、平蔵は急に決心がついた。

「六蔵」

「はい」

「ぬしにこの証文ばやろか」

「へえ？　どぎゃんするのでござす？」

「東安のところに行って、元利そろえてかえしてもろうて来るなら、ぬしにやるばい。複利じゃ無理じゃけん、単利でよかたい。八百二十八貫目なら、今の東安なら返す気があるなら返せんことはなか」

六蔵の目が見る見る燃えて来た。

「どうじゃ、もらうかい」

「ほ、ほ、ほんとに下さりますかい」

「ああ、やる。しかし、一匁でも引いちゃいかんばい。八百二十八貫、耳をそろえて受取らんばいかんばい」

「そげん莫大な銀ば、東安さんが下さりまっしょうか」

「こっちには証文があるとばい。東安にはあの莫大な財産《しんしょ》があるとばい。ぬしの腕たい。どぎゃんする？　もらうか」

「もらいまっしょ！」

「負けちゃいかんとばい。承知か」

「承知でござす」

「よし！　そんなら証文ば書け。決して一匁も引きまっせんちゅう証文じゃ」

平蔵は面白くてならない。硯箱《すずりばこ》と料紙を持って来させて、六蔵にあてがった。六蔵は、ふるえる手に筆をとり、たどたどしい手蹟ながらしたためた。名前の下に拇印《ぼいん》もした。

「これでようござっしょうか」

「よか。——ほら」

黄色く変色し、糊気《のりけ》がぬけて今にもボロボロになりそうな古証文は、フワリと六蔵の手にわたった。

## 三

数日の間、六蔵は躊躇《ちゅうちょ》した。気おくれがしたのである。金高が大きすぎて、うまく行きそうになかった。

「せめて百貫くらいだったら、東安様も応じなさるじゃろうばってん、八百二十八貫目なんて、話にも相談にもなったもんじゃなかばいな。東安様は腹ば立てなさるにちがいなか。何しろ代官様じゃけんなあ、おこりなさったら、どぎゃんことになるかわからんばい……」

と、とつおいつ、思案してすごした。いっそのこと、証文を平蔵に返してしまおうかとも思ったが、それもおしかった。八百何十貫という銀子は、六蔵風情が一生飲まず食わずに働いたって、出来っこない大金だ。案外、ひょっとしてもらえるかも知れないのである。

落ちつかない気持でグズグズと日を送っていると、平蔵から使いが来た。行ったか、首尾はどうだったか、知らせろという口上だ。

決心せざるを得ない。

「とにかく、行ってみようたい。この証文に間違いはなかのじゃから。それにはねられたって、もともとばい」

出かけて行ってみた。

東安は五十六歳になっていた。若い頃の女唐人《おんなとうじん》に似ていたノッペリ顔も、今は皺深くたたみ、彫《ほり》の深い顔は、尖った鼻梁《びりよう》といい、おちくぼんだ二重瞼の大きな目といい、唇の薄い大きい口といい、のど仏の飛び出した長い首といい、猛禽類《もうきんるい》のような猛々しい感じになっていた。

とりつぎの者から、おり入って御目通りを願いたいと、六蔵が言っていると聞くと、庭先きにつれて来させ、自分は書院の間に坐って引見した。いきなり言った。

「おれは御用で急《いそ》がしい時だ。手短かに用件を言えい」

席をあたえない。

六蔵は、出ばなに手強い一撃を食った感じであった。腰をかがめながら、

「へえ」

と、言った。急には言葉がつづかない。こんな相互の位置と姿勢で言うには不適当なことがらなのである。

東安は鷹のような目をギョロギョロと光らせた。

「今も申した。御用繁多じゃ。早う言えい」

「へえ。――実は」

ふところをさぐって、れいの借用証文をとり出して、へどもどしながら、

「代官様は、この証文におぼえがござりまっしょうか」

「証文？　なんの証文だ？　見せい」

　東安は六蔵を案内して来た召使いに目くばせした。受取って持って来て見せよという目くばせだ。召使いは近づいて、手を出した。

　六蔵は、何心なく渡そうとして、ハッと気づいた。

「恐れながら、大事な品でござすけん、お手渡しで願いとうござす」

「よし、手渡しゆるすぞ」

　六蔵は、小腰をかがめながら縁端に近づき、

「真ッ平おゆるし下さりまして」

と、ことわってにじり上り、敷居際からさし出した。

「へい。この証文でござす」

　東安は、受取って点検した。たしかに記憶にあった。しかし、平然たる顔をこしらえて言った。

「ほう、これはめずらしいものがあったのう。これは昔わしが末次屋の今の平蔵殿の父君興善殿に借銀した時に入れた証文じゃが、どこで見つけたかの。なつかしいのう。わしも、その頃は当地に来たばかりの旅烏《たびがらす》で、きつい難儀をしたものであったよ」

　言っているうちに、次第になつかしげな表情さえ浮かべて来た。

　六蔵は、しめた、と、思った。こりゃ払うてくれるばい、と、思った。八百何十貫という銀は鉅額《きよがく》なものにはちがいないが、もし東安がその身代の四分の一か三分の一を犠

牲にするつもりなら、払えない額ではないのである。末次屋と東安との対立関係や東安の平生の性格を考えれば、こんな甘い希望が起るはずはないのだが、欲に駆られている時の人間の思案は希望的なのが常だ。

東安は、また言う。

「どうじゃ？　これをいくらでゆずってくれる？　今のわしには格別用事のないものながら、昔をしのぶよすがだ。ゆずり受けておきたい」

オヤ、と、六蔵は思った。勝手が違う。急に壁が目の前に立ちふさがった気持であった。しかし、もう退けない。武者ぶるいに似たものを覚えながら、

「失礼ですばってん」

と、先ず証文を東安の前からとりかえしておいて言った。

「代官様、これがたしかにあなた様のお入れになったものでござすなら、元利をそろえてお支払い願いたかのでござす。複利の勘定で行きますと……」

と、懐ろから心覚えの書付を出して、それを見ながら、

「……ええと、三千二百五十九億五千万兆貫になります。しかし、これでは御無理でござりまっしょうから、単利の勘定に負けさせていただきまっしょ。八百二十八貫目となります」

見る間に、東安はけわしい顔になったが、相手が言いおわる頃には、おかしくてたまらないような顔になっていた。いきなり、カラカラと笑い出した。

「汝《われ》は一体、誰にだまされてそんなことを言うのだ。子細《しさい》を言うて聞かせるから、よく聞け。この証文はたしかにわしの書いたものだ。また、たしかに銀も借りた。しかし、それはもう済んでいるのだ。その頃、あることを興善殿に頼まれて、わしがそれを果して上げた。そのお礼にその借銀には棒を引くということになったのだ。その時、興善殿はその証文をわしに返そうとなされたが、どこぞへ納《しま》いわすれられて、どうしても見つからなんだ。そこで、済んだという一札をわしに入れられた。古いことだが、さがせばわしの家のどこぞにあるはずだ。どうじゃ、わかったか。そういう事情があるとも知らず、誰にだまされたか知らんが、そんなものを持ち出して来て、そんなことを言うて来るとは、カタリの所業だぞ。おきてをおそれぬ者だ。おきてをおそれぬは上を恐れぬのだ。あくまでも言い張るにおいては、代官職という手前もある。その分《ぶん》には捨てておかんぞ！」

生来の雄弁だ。はじめおだやかに出て、にわかに調子をかえてキッとなり、最後に強くおごそかにきめつけた。抑揚頓挫《とんざ》、効果を測って巧妙をきわめた。

六蔵は恐れ入ってしまった。ふるえ、青ざめ、平伏した。

ここで、東安の様子はまたかわる。

「なあ、六蔵、わしも罪人をつくるのは本意ではない。しかし、そのようなものが人の手にあればこそ、何かと欲をかわいて、つまらんことをたくらみもする。汝は今の話でよく事情がわかったこと故、再びくりかえすことはもうあるまいが、他の者はどうか知れん。つまり、その証文は罪のもととなるものだ。わしにさし出せ。つまらんものではあるが、わしにとっては昔の思い出になるもの故、タダでは引きとらぬ。応分のものはとらせよう。どうだ、銀五貫目では」

六蔵は東安の説明を信用していた。いかにもありそうなことであった。だから、大いに心を動かした。しかし、肯《き》くわけには行かない。平蔵との約束がある。元利合わせて八百二十八貫目が一匁欠けても渡してならないと、平蔵はくれぐれも念をおしたのだ。しょうぜんとして答えた。

「へえ、仰せのことは一々道理とお聞きしましたばってん、この証文ば手前におくれなさりました方との約束がござすけん、手前の一存ではどうもならんとでござす。へえ、まことにおそれ入りましたことで……。それでは、ごめんなさりまして」

すごすごと立去った。

東安はニヤニヤ笑いながらそれを見ていたが、相手の姿が視界からなくなると、きびしい顔になった。

彼には、誰が六蔵の背後にいるか、よくわかっていた。面倒なことになるという予感があった。その人の面影を思い浮かべながらつぶやいた。

「平蔵め！」

# 四

六蔵の報告を、平蔵はその日のうちに受取った。どうせ、いたずら心からはじめたことだ。

「ふうん、そぎゃんことを言いおったか」

と、はじめは微笑して聞いていたが、六蔵が東安の弁解を信じているのを知ると、いきなり、猛烈に腹が立って来た。

「汝《わり》ゃ、東安が言うこつば、ほんとじゃと思うとるのか。わしが、無実の言いがかりば汝《われ》にさせたと思うとるのか。つもっても見るがよか。東安の家は、やつが外町代官になる少し前、火事で焼けて無《の》一物になっとるばい。そげん証文をわしが父《とと》さんがくれなさったからち、焼けて無うなっとるはずばい。じゃのに、やつは家ン中ンどこかばさがせばあるはずちゅうとるじゃなかかい。やつが言うたことが嘘であることはわかっとるじゃなかか。ばかたれめ！」

と、どなり立て、

「そぎゃんボヤ助には、もうくれん。証文ば返《かや》せ。何が何でも、わしが取り立つる！」

と、証文をとりかえし、すぐ番頭を呼び、証文を見せて、村山家への交渉を命じた。

番頭にしてみれば、それはもう単なる古証文ではない。儼然《げんぜん》たる債権である。八百二十八貫目の現銀とかわりはない。

「ようございます。早速にかけ合いますでございます。しかし、先方では多分、負けてくれと申すでございまっしょうが、その時はどのへんまで負けてやったらようございまっしょうか。おおよそのところばお示し下さりとうございます」

「一匁もひかん。ひいてはならん。実を言えば、奴の口上がしおらしければ、そのままくれてやってもよかと、わしは思うとったのじゃが、もう引かん。一匁も引くことはならん。複利勘定でかけあいたいくらいじゃ」

平蔵の剛愎《ごうふく》は、番頭はよく知っている。言い出したら決して聞かないのである。

「かしこまりました。それでは、そういうところで、かけあいますでございます」

交渉がはじまった。

東安は、六蔵に言った通りを言い張る。そんなら、興善が入れたという証文を見せてもらいたいと要求すると、それはよく考えてみると、先年の火事で焼けてないという。なければ証拠にならないではないか、当方には歴然たるこの証文があるのだ、ぜひ支払ってもらいたい……

交渉は月余にわたって行われ、ついに決せず、長崎奉行に訴え出たが、奉行も黒白を決することが出来ず、ついに江戸へ移牒《いちょう》され、原告被告ともに江戸へ呼ばれた。

暑いさかり、六月末、両者は、前後して江戸に向った。いずれも長崎切っての富豪である。多数の従者と、美々しい旅装いをつくしていた。

江戸では、江戸城の大手門わきの評定所が法廷となり、老中土井大炊頭《おおいのかみ》以下の諸役人列座の上、厳重な審理が数回にわたって行われた。

平蔵の主張は、いつも、

「証文がございます。本人がすでにこれを自筆のものとみとめ、これを入れて借銀したことを認めている以上、理非は明白と存じます。この上、何を証拠として上げ、何を申すことがございましょう」

の一本槍だ。

これにたいして、東安は言う。

「証文を入れたことは認めます。銀を借用したことも認めます。しかし、これはもう済んでいるのでございます。借用いたしまして間もなく、ポルトガルの船が長崎に入港いたしました節、拙者の口利きによって、興善は大へん利分《りぶん》の交易《こうえき》をすることが出来ましたので、そのお礼として借銀に棒を引きくれたのでございます。その時、拙者が証文を返してもらわなんだのは不覚ではありましたが、興善がそれをどこぞにしまい忘れていましたため、興善から証文一本もらいまして、それですませたのでございます。これは、下々のものにおいては、かかる場合いつもいたしますことで、あながちにめずらしいことではございません。

その証文を火事のために失いましたのは、不覚と申せば不覚でございますが、人間の身にはまぬかれがたき災難で、どうともいたしようのないことでございます。

考えても見ていただきとうございます。もしそういうことがないならば、その後、数年ならずして、拙者は外町御代官の職に任ぜられて、相当に富有なる身となったのでございますから、興善が返済を迫らぬはずがなく、拙者が返済せぬはずはないではございませんか。年経た今日なればこそ、元利つもってかかる莫大な額となっていますが、当時ならば言うに足りぬ些少《さしょう》の銀でございます。どうして、拙者が吝《お》しみましょう」

持ち前の雄弁を、いとも篤実な調子にアレンジして、じゅんじゅんと説くのだ。条理があり、しかも人情の機微《きび》をうがって、いかにもしおらしく聞えた。

幕閣では、長崎奉行所に牒して、記録をとり寄せて見た。なるほど、東安の言った年月にポルトガル船が入港しており、末次興善がこれと一手ぎりの交易をしている。東安の住んでいた町に火事のあったことも載っている。東安の申し立ては益々道理と聞えた。

幕閣の平蔵を見る目は次第に冷やかになって来た。平蔵はあせったが、彼には新しい言い立てなどあろうはずはない。ついに、幕閣では平蔵にたいしてこう言った。

「一体、このことは、たとえその方の申し立て通りであるにしても、その方の父がこれを東安に請求して返済させなかったのが手落ちであるとは思わんか。また、そちが東安に請求するにあたっても、興善の死亡した時までの分を請求すべきで、今日までの分をはたり取ろうとするのは、剛欲《ごうよく》にすぎることとは思わんか」

これにも、平蔵は答えることが出来なかった。

攻守は今や立場が逆になった。しかも、問題がここまで来て敗訴でもしたら、結果は、単に銀がとれないというだけではすまない。誣告《ぶこく》の罪に陥り、内町年寄の職をはがれ、家産は没収《もっしゅ》され、一家は追放になるに相違ないのである。

もとはといえば、面白半分の悪戯《いたずら》から出発したことだ。

「由《よし》ないことをした！」

平蔵ほどの男が寝られない夜がつづいた。

彼はこの窮地を脱するために、思念を凝らし、ついに一つの結論に達した。

「この訴訟《くじ》はわしの負けだ。たしかな証文がありながら、まことに残念千万なことじゃが、今はもういたし方がなか。しかし、ここでおめおめと負けては、末次家は破滅だ。しかし、何かのことで、東安のやつを破滅にさせることが出来たら、この窮地を脱することが出来る。よし、それをさがそう！」

名家の生れではあるが、海外貿易家として盛んな活動をつづけ、しばしば自ら万里の外へ渡航もしている男だ。とりわけ、場合が場合だ。決心がつくと、躊躇はない。

供人の一人として召しつれて来ている番頭の一人を呼んで、

「汝《われ》はこれから大急ぎで長崎へかえって、東安がことばさぐって来い。やつは天正十五年以来二十九年も外町代官ばつとめとる。人間がそぎゃん長か間、あぎゃん勝手の出来《でく》る職にいて、悪かことばせんでおらるるはずがなか。みっしり調ぶれば、きっと何か見つかる。それれば調べて来い。おれが家の立つか亡ぶるかの境目ばい。しっかり、そして急いで調べて来い」

番頭も、平蔵の現在の立場の重大さは十分にわかっている。

「かしこまりました」

その日のうちに出発して、帰国の途についた。

五

費用をおしまず急いだので、普通なら一月《ひとつき》以上はかかる途《みち》を、二十日ばかりで長崎にかえりついた番頭は、末次家の全力をあげて探索にかかった。
四、五日の間は何にも嗅ぎ出せなかったが、ある日、末次家の持舟の水手《かこ》の一人が、こんな話を聞き出して来た。
村山家の料理人をしていた者で三九郎という男がいるが、去年の秋村山家から暇をとって、今では丸山の遊女屋の料理人になっている。どんないきさつがあるのか、この者がひどく東安をうらんで、ある時、バクチなかまのひとりに、酔ったまぎれに、

「おれの口一つで、外町代官の和奴唐《わぬとう》めは、身の破滅になる」

と、言ったという。

はじめて得た故ありげな情報だ。番頭は、かたく水手《かこ》に口どめしておいて、三九郎の家に使いを立てて、こう言わせた。

「商売上で客ばせんならんが、そのお客様がある時、『二、三年前、外町代官の村山家

に呼ばれて行ったが、その時御馳走になった南京料理がきつううまかった』と、言わしたことがある。二、三年前というと、そなたがまだ村山家にいて庖丁とっていた頃じゃ。多分、そなたの料理がお気に召したものと思う。いそがしかろうばってん、今日一日でよかけん、手伝いに来てくれるまいか」

多分の金を持たせてやったことは言うまでもない。

三九郎は、奉公先から一日だけの暇をもらって、庖丁や鍋などを持参して、末次家へやって来た。年頃、四十二、三、ちょいといい男ぶりだが、小バクチでも打つだけあって、少しくずれた感じの男であった。

「おお、おお、よう来てくれたたいのう。まあ、こちらに来てくれや」

番頭は、如才なく奥まった座敷に通して、酒をすすめた後、銀子十貫目を杉なりに積んだ広蓋《ひろぶた》を持って出て、三九郎の前にすえた。

「なんですかいな、こりゃ」

三九郎はおどろいた。少し気味悪げな顔になった。

番頭は席を退って、両手をついた。

「実はな、三九郎どん、おぬしに来てもろうたのは、おぬしの庖丁の腕ばふるうてもらうためではなか。おぬしにあることば聞きたかためばい。もし、おぬしが話してくるればい、もっとお礼ばする。ここにある銀子は十貫目じゃが、この四倍の礼ばする。どうか、かくさず教えてもらいたかのじゃ」

三九郎は、銀子と番頭の顔とを見くらべていた。銀子には気を引かれているらしいが、何を聞かれるかと不安げであった。

「聞きたかというのは、ほかでもなか。おぬしはいつぞやある者に、村山東安殿のことば、『おれの口一つで、あの人は身の破滅になるのじゃ』というたと、たしかな人から聞いた。そのことば、聞かしてもらいたかのじゃ」

末次家と村山家の訴訟事件のことは、長崎中の評判になっている。三九郎も知っている。忽《たちま》ち合点が行ったらしい。ニコリと笑った。

「何のことかと思えば、そンことでござしたか、易《やす》かことでござすたい。東安のやつめには、わしは深いうらみのあっとです。わしが娘は、あンやつがために、斬りころされたとですけん」

なにか荒々しい感動にゆりうごかされたらしく、三九郎は盃をひろい上げてグイとあおり、さらに手酌で立てつづけに三、四杯あおりつけた。

六

わしが娘は、お仙と申しました。

わしが口から言うてはおかしゅうござすが、よか器量でござした。先ずたけがすらりとして、よか姿でしたたい。そいから、色が白うて、ふっくらとした頬ばして、口許の左側に深《ふか》かえくぼが入るのが、何と言えず可愛《もぞ》かと、皆さんが言うて下さりましたたい。

去年の夏でござした。わしが奉公しとりました縁で、東安のやつが邸に、奥使いの奉公に出しましたところ、あろうことか、東安のやつ、うぬが年にも恥じず、娘に恋慕《れんぼ》しおりましてからに、ちょこちょこといやらしかことばしおりましたそうで。

盆の宿下りで帰って来ました時、

「父《とと》さん。わたしゃお屋敷に奉公するのはいやじゃ。なんにも不足はなかばってん、旦那様のお寝《やす》みの時、やれ腰ばもめの、肩ばたたけのといわんして、そのあげくには手ばにぎったり、胸に手ば入れようとしたりして、いやらしかことばかりしなさるけん」

と、泣きながら言うたのでござす。

そん時、思い切って暇とらしてしまえばよかったのですばってん、娘が奉公に出ます時ちょいと都合のありまして、東安のやつに給金の前借りばしておりまして、それを返すあてがなかもんですけん、

「もうちいっと辛抱しとれ。そんうち折ば見て暇もろうてやるけん」

と、なだめたのでござすが、それから間もなくのことでござした。

東安のやつ、いつもの通り、寝間で腰ばもました後、刀ば引きぬいておどかし、娘が言うことば聞かんもんでござすけん、とうとう斬り殺してしもうたとでござす。

そのくせ、言うことが憎かじゃござっせんか。

「寝間に忍びこんで盗みを働こうとする者があるけん、抜きうちに斬ってすてた。折あ

しゅう灯が消えていたけん、誰じゃかわからざった。お仙であるとわかっていたら、斬るじゃなかったに」

と、こう言うじゃござっせんか。

わしゃ悲しいやら、腹が立つやら、ならんとでござすばってん、証人のなかことではござすし、死人に口はなかし、相手は代官でござすし、主人でござすし、何とも言い立てようがござっせんけん、胸ばさすって、わびば言うて、娘は病死ちゅうことにして、死骸ば引きとって葬式ばすませたのでござす。

こんなわけでござすけん、わしももうやつが家に奉公しとる気がしまっせん。暇ばとって、今の家に奉公しなおしたとでござす。

にくかやつでござす、あんやつは！

ありがとうござす。ありがとうござす。

へえ？　それだけでは、やつの身の破滅はならんと？

ごもっともでござす。わしもこんことだけじゃ、やつが痛うも痒《かゆ》うもなかことは、よう知っとります。

ござすとも！　立派にやつば破滅さするだけのもんがあるのでござす。わしが、恐れながらとお上《かみ》に訴えて出れば、やつの身の破滅になることは受合いでござすばってん、もう少しくわしゅう調べまっせんと、お奉行所の役人方と懇意しとるやつでござすけん、かえってこちらが危《あぶな》かので、ひかえているのでござす。

へえ、申しますとも！　知っているだけのことは、みんな申し上げますたい。

最初に江戸と大坂とが手切れになりました年のことでござすから、一昨年《おととし》でござすな。あのちょいと前に、キリシタン宗門の者共ば、公儀でお召捕りになって、どうしても転ばん者共は、南蛮《なんばん》の船にのせて南蛮の方に送りつけておしまいになりましたな。

あん時、東安のやつの三男で三左衛門というのが、かたいキリシタンでござしたによって、南蛮送りになったことを、覚えておいでござすか。

東安のやつは、あん時、あん南蛮船《ぶね》のカピタンに仰山な金銀をくれて、船が野母《のも》崎の沖にさしかかった頃、しめし合わせてハシケば漕ぎつけて、三左衛門ばおろしてもろうて、連れてもどって、しばらく邸にかくもうていたらしかのでござす。

いいや、見はしまっせん。見はしまっせんばってん、わしにかぎってわかることのあるとでござす。三左衛門というやつは、南京料理でトンポイヨちゅうのが好きでござした。こりは豚の三枚肉といいまして脂と肉とが三つ重なったようになっているところば豆腐のごつ四角に切って、黒砂糖と味噌のタレでトロトロトロトロ煮た料理でござす。

えろうまかもんでござすが、脂が強うござすので、好かん人もござす。東安のうちでも、三左衛門だけが好きで、ほかのもんは誰も好きなもんはござりまっせんでした。ところが、南蛮船が出て行ってから四、五日しますと、時々、東安のやつが、

「おりが食うのじゃから、こしらえい」

と言いまして、こしらえさせたのでござす。

そん時は、わしも深うは考えまっせん。妙なこともあるばい、と、軽う考えただけで、言いつけられればこしらえて出しておりました。

それから間もなく、関東と大坂の間がおかしゅうなって、あの戦さになったのでござすが、戦さになる少し前でござした。東安のやつ、かねて南蛮船《ぶね》から買い入れておりました石火矢《いしびや》や玉薬《たまぐすり》を船で三ばいほども積みこみまして、関東の公方様に献上するのじゃと言うて、上方《かみがた》の方に積み出して行ったのでござす。

すると、その時から、パッタリと、トンポイヨの注文が無《の》うなってしまいました。これも、その時はそれほど不思議とは思いはしまっせん。あとになって奇妙なことじゃったと気がついたのでござす。

あなた様、このことをばどぎゃんお考えになります？

わしが考えでは、三左衛門はその三ばいの船と一緒に上方の方に行った、そして、あの船の荷物共は関東の公方様に献上したとではなか、大坂の秀頼《ひでより》様に献上したにちがいなかと、思うとでござす。

多分、三左衛門は大坂方の一人として、入城したのではなかでしょうか。

まだござす。去年の五月、大坂が落城して、秀頼様が死になされた後、東安の家から時々京へ金や物を送っとります。これも、わしゃ、大坂の落城の時、三左衛門は城ばのがれて、京都のどこやらにかくれて、家からの仕送りで暮らしているのではなかかと思うとるのでござす。

わしは、娘のかたきば討つために、一ぺん京都に行って、このことばようく調べて、動かん証拠ばおさえて、それから訴えて出ようと思うとりますばってん、御承知の通りの貧者でござすけん、思う通りになりまっせんで、いつも歯ぎしりしとるのでござす。こぎゃん工合にして、当家の番頭さんが、わしをわざわざ呼んで、こげんことば聞いて下さるのは、何のためかちゅうことは、わしにはようく推察のついとるつもりでござす。

お願いでござす。どうか、御当家のお力ばもちまして、ようく調べて、かたきば打って下さりまっせ。

……お願いでござす。お願いでござす……

## 七

江戸を出てほぼ二ヵ月の後、番頭は江戸にかえって来た。途中彼は京都に立寄って、人と入費をおしまず探索して、東安の三男三左衛門のかくれがをつきとめ、それとない監視の者をとどめてから江戸に来たのであった。

この二ヵ月の間、平蔵は病気を言い立てて、宿舎にこもり、裁判を避けていた。出頭すれば、敗訴の判決の下ることが明白であったからだ。

番頭の報告を聞いて、平蔵は喜んだ。彼はその報告にもとづいて訴状をしたためて、幕府にさし出した。三左衛門を洋中でとりもどして連れかえった顚末《てんまつ》、大坂に入城させたこと、大坂に武器弾薬を献上した顚末、三左衛門が京都にひそんでいて東安の仕送りによって生活していること、そのかくれがに至るまで、すべて認《したた》めた。

訴状を見て、幕閣では驚愕《きょうがく》した。すぐ平蔵に出頭命令が下った。平蔵は番頭を従えて出頭し、尋問に応じて一々明白に答えた。

幕府では、京都所司代に牒して、三左衛門の逮捕を命じた。一月《ひとつき》経たないうちに三左衛門は逮捕されて、江戸に到着した。

銀子貸借に関する訴訟の裁判であった事件は、意外な大転換を行った。

勝訴を信じきって、安心しきっていた東安に対する幕府の尋問は峻烈《しゅんれつ》をきわめた。三左衛門が捕縛されて来ているのだ。快弁も機智ももうどうすることも出来なかった。歯ぎしりしながらも、すべての罪状を承認せざるを得なかった。

数日の後、東安と三左衛門は、江戸で死罪に処せられ、その家族十三人は、国許に移牒されて、長崎の常磐崎で一人のこらず死罪にされた。

東安が南蛮菓子と機智に富んだ応対とをもって外町代官の職をチョロリと秀吉からかすめ取った時から、足かけ三十年目、満二十九年目であった。

東安のこの悲運に反して、平蔵の好運は目ざましかった。幕閣は彼に勝訴を言いわたした。つまり、東安の財産はすべて官に没収《もっしゅ》されるわけだが、その中から銀八百二十八貫が彼に支払われたのだ。

その上、こう言いわたした。

「その方の家の名は、長崎草分けの者として、公儀にも聞えている。この度、長崎外町の代官が闕《か》けたにより、その方の家に申しつける。益々お公儀に忠義を存し、懈怠《けたい》なく相つとむべきこと。なお、従来、東安がお公儀に上納いたしていた運上銀は、年額二十五貫目であったが、唯今より五十貫目といたす。さよう心得ますよう」

平蔵がありがたくお受けしたことは言うまでもない。

時に元和二年の冬。

末次家は、代々平蔵を通称とするが、この平蔵は平蔵一世である。

# はやり唄五千石

# 一

三代将軍家光、四代将軍家綱の代、下総国古河《しもうさのくにこが》は老中永井信濃守《しなののかみ》尚政の城下であった。その頃、この古河から程遠からぬ幸島《さじま》郡鹿麻《かま》村は永井家の領地に属していたが、家光将軍の末年、この村に与作という百姓がいた。

与作は百姓といってもほんのわずかばかりの田を小作しているにすぎないいわゆる水呑百姓だったために、百姓だけでは暮らしが立たず、農事のひまな時には街道筋へ出て馬方かせぎをして、やっとその日の煙を立てていた。しかし、彼はべつだんそれを苦にしてはいず、かえって楽しんでいるようなところさえあった。生れつきのんきな性質でもあったが、二十《はたち》の時に母親に死なれて、親もなければ兄弟もない身となってからは一層そうなって、農繁期以外には宿場から宿場へ旅人を送り迎えしてほとんど家へかえらず、夜は宿場の馬小舎《ごや》の屋根裏に藁《わら》にくるまって、馬共の鼻嵐《はなあらし》や羽目板を蹴る蹄《ひづめ》の音を聞きながら眠るのであった。

こんなわけだったから、二十五になっても彼は独身であった。彼はなかなかのいい男ぶりであり、ことに馬子唄などを唄わせるとほろりとするほどいい声だったので、浮気な飯盛《めしもり》など心を寄せる者が少なくなかったが、その方にはあまり興味がないようであった。といって、全然女と関係がなかったわけではない。ちょいちょいはあったようだが、深くなったというわさはなかった。

彼が二十五になった年の秋のことである。そろそろとりいれの季節なので、彼は村へかえって来ていたが、そのある日、近所の家のとりいれの手伝いに行っていると、名主《なぬし》どのがやって来て、ちょいとおらが家へ来てくれ、といって連れていった。一体、名主から足を運んで水呑百姓を呼びに来るというのがめずらしいことなのに、この時の名主どのの様子がひどくあわてふためいて顔色も土のようになっていたので、そこにいた人々は一様に不吉な予感に打たれた。

「どうしたんじゃろう」

「なんか悪いことでもしたんじゃないかの」

人々はしごとをつづけながらもこう話し合っていたが、たまりきれなくなった一人が、ちょっと様子を見てくるといって走って行った。間もなく、その男は走りかえって来て報告したが、それによると、与作は城下から来て名主の家で待っていた武士とそれを案内して来た郡《こおり》奉行とに連れられて城下の方へ行ったというのである。この報告の中で、とくに百姓らをおどろかせたのは、この時、与作が木綿ものながら小ざっぱりとした長い着物を着せられ、深編笠《ふかあみがさ》をかぶせられて顔が見えないようにされていたということであった。

言句に絶する不吉な予感がぞっと百姓らの胸をおびやかした。後世になってこそ武士の気風もかわったが、この頃までは戦国の荒々しい武者気質がまだ濃厚で、自分ら同士の喧嘩果合《はたしあ》いすら日常茶《さ》飯《はん》事にしていたのだから、百姓町人を斬りすてるくらいのことは大根や人参を斬るほどにも思わず、斬ったところでちり紙一枚に無礼討の由を書いて届ければなんの咎《とが》めもなかったのである。だから、御城内の武士に連れて行かれたということは実に空恐ろしいことだった。その上、長いきものを着せられていたというに至っては身の毛のよだつほど無気味千万なことである。一体、水呑百姓が長いきものを着るなどということは神代以来聞いたことがない。ろくなことがあろうはずはないのである。

　この話は忽ちのうちに村中にひろがって村の人々は一人のこらず与作の運命を心配した。彼らは与作がその後どうなったかを知ろうとしてそれぞれ努力したが、はじめ聞いたこと以外はなに一つとして知ることが出来なかった。

　とうとう、百姓らのある者が名主のところへ聞きに出かけた。すると、名主は物思わしげに、またしかつめらしい顔になってこう言った。

「おらにもよくわからんが、切支丹のお疑いではないかと思うのじゃ」

「ヘッ、キリシタン？」

　百姓は仰天してかえり、すぐにこれを村中に言いふらした。人々は忽ち信用した。というのは、この一、二年少しゆるやかになっていた切支丹改めが、ついこの夏のかかりに行われたからであった。間もなく、よくあることだが、与作が切支丹の神様かどうかは知らぬが奇妙な神様を拝んでいる所を見たという者や、不思議な呪文をとなえるのを聞いたという者も出て来たので、いつか、このうわさは動かないものになった。

与作の作っていた田は代って小作しようという者がなくなって荒れはて、その住んでいた家はもともとみすぼらしいものではあったが、荒れに荒れ、人々はその家の前を通ることを避け、どうしても通らなければならない時には邪気を吸いこむことをおそれて呼吸をしないで走りすぎた。

ところが、ほんとのことをいうと、名主も実際のことはなに一つとして知らなかったのである。郡奉行から、『与作と申す者を連れて来い』といわれたので、その通りにしただけのことで、そのほかのことは、なんのために与作が呼ばれるのか、どこへ連れて行かれるのか、全然聞いていなかったのである。その時聞かなかったばかりでなく、その後も郡奉行所へ聞きに行こうという考えは一ぺんも念頭に上らなかった。奉行所などというところは、名主にとっても普通の百姓同様にこわいところだった。けれども、配下の百姓らに聞かれて知らないとだけでは名主の権威にかかわる。とりあえず知ったかぶりのことを言ったにすぎないのであった。

名主の知ったかぶりも、百姓らの確信も、みんなはずれていたが、古河《こが》に連れて来られた与作には思いもかけない運命が待ちかまえていた。

彼はまず二の丸内の家老屋敷へ連れて行かれ、おそろしくていねいな、文字通りに下へもおかぬもてなしを受けた。りっぱな座敷へ案内され、入浴をすすめられ、美しい児《ち》小姓《ご》《こしょう》が垢を流し、髪を結い直してくれ、そこから出ると、重ねものの黒羽二重の紋服、名も知らない精妙な織方《おりかた》をした厚地のゴリッとした袴《はかま》が用意してあり、これまた美しい児小姓が着せかけてくれた。もちろん刀の用意もしてあったのである。

与作は面食《めんくら》い、恐怖し、いくどとなくどういうわけでこんな鄭重《ていちょう》なあつかいを受けるのであるかと小姓らに聞こうと思ったが、思っただけで口にすることは出来なかった。それほどおそろしかったのである。

それから案内につれて長い廊下をわたって書院造りの座敷に連れて行かれてしばらくすると、五十年輩の立派な武士が出て来て、自分が当家の主人であると名のった。このあいさつもまことに鄭重いんぎんをきわめたものだったが、当家の主人であるとすれば、言うまでもなく古河藩の御家老で、殿様をのぞけば家中第一の貴い身分の人である。与作はふるえ上り、へんじが出来ず、ひたすらにへいつくばった。家老は、決して御心配にはおよばぬことだ、気を楽に持っていてもらいたいと言った。

膳部が出て饗応《きょうおう》がはじまった。これまでの生涯に見たことのないほど結構な膳部であったが、与作は一箸もつけることが出来なかった。強《し》いられるので、酒だけは飲んだが、一向酔がまわらなかった。

間もなく、家老は給仕の者共を遠ざけて、わけを申し上げんでこのような運びにしたので、さだめし御不安もあったであろうが、世間に知れては後々お工合の悪いこともあろうかと思って、わざとこういう工合に運んだのだから、御諒解を願いたい、と前置してくわしい話にうつったが、それは奇怪とも不思議とも形容のしようのないほど意外な話であった。

夢に夢見る気持と言おう。与作は茫然としてただあきれるばかりで相手の話を聞いた。考えるなどということはとても出来なかった。考えることが出来たのは、その夜寝床に入ってからであった。生れてはじめて見たほどに美しくやわらかな夜具に寝せられた与作はかえって目がさえて眠れず、いくども寝がえりを打ちながら考えて夜を明かし、夜が明けてからもなお考えつづけた。

与作の父の弟に宗兵衛というのがいた。宗兵衛は百姓業《わざ》がきらいで、古河に出て武家奉公をして小草履取などした後、江戸へ出て朝倉なにがしという旗本の家へ奉公した。生れのいやしいに似ずなかなかの才物だったので、次第にとり立てられ、二本差す身分になり、最後には主家の姓をあたえられて、一手に家政をまかせられるほどに信用せられた。数年の間そうして奉公しているうちに主人が死んで、あと目がなく主家が潰れることになり、一族の人々がそのあと始末に集ったところ、宗兵衛がかなりな額の主家の金を費《つか》いこんでいることがわかった。一族の者共は怒って宗兵衛をおしこめ、切腹でもさせそうなけんまくだったが、一族の者でとりなす者があって、江戸追放ということでけりがついた。

「江戸へ帰ってくることはならん。もし帰って来たら、見あたり次第に討果すぞ」

と、言い渡されたのである。

いたしかたなく、宗兵衛は、妻と男の子と娘二人という家族四人を引きつれて鹿麻《かま》村にかえって来たが、もともと水呑百姓である、これだけの家族をかかえては、くらしの立つものではなかった。彼は百姓の片手間に猟師をし、その獲物を江戸へ持って出て小田原町でさばくことにしたが、それでも生活は苦しかった。

ある時、彼はあやまって鶴を撃った。鶴は禁鳥である。将軍または大名がその領地でとることしか許されていない。宗兵衛は青くなったが、捨てるのはおしく、羽毛をむしってはだかにして江戸へ持って出た。鶴という鳥は食ってそれほどうまいものではないが、普通の人の口に入らないものとなっていると、食べたいというのが人情で、意外に高く売れた。それが、身の破滅のもととなった。ちょいちょい撃つようになり、ついにばれて捕えられ、打首《うちくび》になってしまった。

鶴をとるのは重罪となっている。咎めは家族におよび『上りもの』と呼ばれる一生奉公の奴隷となって古河の城中に、妻と娘二人は奥の端下女《はしため》、男の子は茶道方の小坊主として召しつかわれることとなった。

このことは今から十年ほど前のことで、ここまでのことは与作もよく知っていた。しかし、それからのことは、一生奉公のはずの叔母やいとこらが間もなく古河からいなくなったということだけしか知らなかった。ところが、その夜の家老からの話によると、こうである。

宗兵衛の妻はもと朝倉家の女中だったが、怜悧《れいり》な生れつきで、女一通りの諸芸の心得もあり、古河城の奥向きで重宝《ちようほう》がられ、一年の後には女中となって紫《むらさき》という名前までいただき、二年後に永井家の姫君が筑後《ちくご》柳川《やながわ》の立花家の若君に輿入《こしい》れされる時には、お付女中の一人となって娘らをつれ立花家へ行った。この時、男の子の斎之助も上りものの身分を解かれて江戸へ出た。

立花家に嫁《とつ》がれて姫君は二年の後なくなられたので、永井家からついて行った女中らは一部は永井家へ帰参し、一部はお暇が出たが、そのお暇の出た者の中に紫とその娘らがいた。もともと一生奉公の奴隷であるべき者を解放したのは、紫の奉公ぶりにたいする永井家の恩典であった。

その後、紫は娘らをつれて江戸の町家に再嫁していたところ、ある偶然の機会に姉娘のお蘭が春日局《かすがのつぼね》の目にとまり、大奥に奉公にさし出すことになった。お蘭は春日局づきのおはしたとして仕えているうち、将軍（家光）の寵愛《ちょうあい》を受けるようになり、昨年八月には若君を生むに至った。そこで、春日局のきもいりで、これまでのいろいろなゆかりによって永井信濃守の養妹ということにして、今では『お楽の方』ととなえられて大奥にさかえているというのである。お楽の方の生んだ若君は将軍にとっては最初の男の子であったので、将軍の喜びは一通りでなく、おのれの幼名竹千代をそのままにつけてやったほどで、従ってお楽の方の栄えも尋常一様のものでなく、春日局についでの栄えを見せているという。

人の運命ほどはかられないものはない。死罪人の娘として一生を奴隷でおわらなければならなかった身が十年の後には次代の将軍の御母堂と仰がれる身となったので、その一族も皆それぞれに取立てられ、それまで小身な旗本の家を小姓奉公してわたり歩いていた兄の斎之助は、増山弾正忠正利《ますやまだんじょうのちゅうまさとし》と改名して昨年中に禄千俵を以て旗本に召出されたが、今年のはじめには千俵の加増をいただき、さらに夏には相州津久井一万石の領主として大名に列し、妹は駿河《するが》今川家の嫡流《ちゃくりゅう》で千石の高家《こうけ》である品川武部大夫に輿入れさせられ、母の紫の再嫁先の町人なにがしは七沢七左衛門清宗と名乗って、これまた旗本の一人となり、二人の間に生れた子供らはそれぞれ大名高家へ養子または嫁入り口がきまっているという。

与作がこうして突然に連れて来られたのもまたこのためであった。将軍は永井尚政を召して口ずから、

「まさしく血のつづいているお楽のいとこであり、今ではただ一人のこっている親戚と聞いては、そのままにしておくことは出来ぬ」

と言ったのだという。

三

与作をして、長い秋の夜を夜もすがら考えさせ、夜が明けてからもなお考えつづけさせたのは、単にやわらかく軽くあたたかいその夜の寝具のせいでも、話のあまりなる突《とっ》飛《ぴ》さのためでも、また、思いもかけなかった栄達の前知らせのためでもなかった。お楽の方――お蘭はかつての彼の恋人だったのである。

もちろん、その恋は、お蘭の父の宗兵衛の処刑によって二人が別れた時、与作は十五、お蘭は十三にしかなっていなかったのだから、幼い者の幼い恋であり、その後は双方ともこの世に生きていることすら知らないほど浮世の雲にかけへだてられて、それぞれの途《みち》をたどることに懸命であったのだから、幼い時のままにしぼんでしまった恋ではあった。けれども、幼い時の恋ほど人の心になつかしさをのこすものはなく、遂げられなかった恋ほど人の心に思い出をさそうものはないのである。この十年の間、与作は、おりにふれては、お蘭のことを思い出していた。

思い出は数かぎりなくあるが、最もしばしば思い出に上ってくるのが三つあった。

その一つは最初に逢った時のことだった。与作が十の年の春の一日、溝《みぞ》っぺりに行って釣《つり》魚をしていると、友達の一人が息せき切って走って来て、お前のおじさんがお前の家にやって来たと知らせてくれた。与作はとんでかえった。江戸のおじさんは与作の家の誇りだった。水呑百姓の小せがれから、たとえ小身の旗本の家にもせよ家老にまでなるということは尋常一様では出来る時代ではないのである。従って村の人々は、

「あれは子供の頃からどこかほかの子供とちがっていたよ」

と前置して、叔父が子供の頃に言ったりしたりしたことを、日蓮大上人様のお伝記を語るにも似た讃美と感嘆を以て語っていたのである。だから、与作の胸には、いつか、繁栄と威厳と栄光とに彩られた堂々たる風格の叔父さんの幻影が出来上っていたのであるが、現実に見る叔父さんはまるで違っていた。薄暗いいろりのへりで父とひたいをつき合わせてぼそぼそと話し合っている叔父は、武士である証拠に二本さしているが、やつれ、うらぶれ、見るかげもない姿であった。叔母もまたそうだった。少し離れたところで、母を相手に袂《たもと》に目をあてて泣きながら話している叔母は美しくやさしい人だったが、それだけに一層みじめな感じがした。

与作ははずかしくて友達に合わせる顔がないと思った。彼はいまいましくて、腹立たしくて、そっと裏の田圃《たんぼ》に出た。すると、そこに、男の子が一人、女の子が二人いた。男の子は十二、三、女の子は上は七つ八つ、下は五つ六つと思われた。前もってなんの話も聞いていなかったにかかわらず、彼はこの三人が自分のいとこらであることを知っ

た。三人とも、いかにも町に育った子らしく色が白くて美しかったが、なかにも七つ八つの女の子の繊細で清らかな美しさは彼をおどろかした。こんな美しい子を彼ははじめて見た。いきなりからだ中があたたかくなり、あたり一面が美しい虹でかこまれたような気がした。棒立ちになったままじまじと見つめていると、ふとその子がかすかに笑った。与作はぞっとするほどうれしく、もっと笑ってもらいたいと思い、いきなり田圃の中にかけこみ、美しい敷物《しきもの》をのべたような紫雲英《れんげ》の中でくるりととんぼがえりをうって見せた。計略はうまくあたって、女の子は一層笑った。またやると、また笑った。もう夢中だった。与作はいつまでもとんぼがえりを打ちつづけた。青い空の真中で眠っているようにしんしんと白く陽の燃えている春の真昼のことであった。

その次は、これはたぶんその年か、翌年の秋のことだったろう。村の子供ら七、八人でかくれんぼして遊んでいる時だった。与作が藁《わら》小屋の中にかくれていると、お蘭もやって来た。積み重ねた藁の中にすっぽりともぐりこんで小さくなっている二人のかくれかたがあまり上手だったために、ほかの者が皆さがし出された後もさがし出されず、しまいに鬼だけでなく遊び友達全部が一緒になってさがしはじめた。二人の名を呼んでさがし廻る声が近づいて来た時も、小屋へ入って来て呼んだ時も、出て来なければもうやめて行ってしまうよ、とさけんだ時も、二人は顔を見合わせて笑いながら、やはり黙っていた。与作は胸が切なくて、どきどきして、からだ中じっとりと汗ばんでいたが、ふと見ると、お蘭の頰っぺたも真赤になり、きゃしゃな鼻の頭に玉のような汗がびっしょりと出ていた。二人はさぐり合うような目でじろじろ相手を見ていたが、不意に、お蘭はストンと藁の中に寝ころがって、与作を見て微笑した。与作はふるえ上り、忽ち狂ったように抱きついて行った。小犬がふざけ合うように抱き合ったまま藁の中をころげまわっているだけの二人だったが、切なく、やるせなく、あまずっぱく、汗もしとどであった。

三番目は叔父がお仕置《しおき》になって、その遺族が上りものになって古河へ曳《ひ》かれて行く時だった。これは夏だった。四人が古河から来た役人に徒歩《かち》で連れられて行くのを、村の人々は皆その道筋に出て見物し、子供らは村境までぞろぞろとついて行った。与作は、その朝、父母から珍しいもののように見物に出てはいけないと言われていたし、言われなくても、その春十五になって若い衆の仲間入りもしていたのだから、行っていけないことはよくわかっていた。だから、行かないつもりでいたのだが、どたん場になると、じっとしておられなかった。これっきりもうお蘭を見ることが出来なくなるかも知れないのだと思うと、矢もたてもたまらない気持になり、父母に知れないように、そっと家を忍び出た。人々にわからないように見送るつもりだった。しかし、友達の連中にとっつかまってしまった。大ていが、与作と同じようにこの正月から若い衆入りをして小生意気になっている連中だった。伏目がちで真青な顔をした四人がこの連中の前を通った時、一人の若い衆がしんらつであくどいことばをあびせかけて人々を笑わせた。与作はそいつを殺したいほどにくらしく思ったくせに、自分も笑った。なぜ笑ったか、その気持は、与作自身にもよくわからない。あとから考えて、親戚ではあっても、自分はそういう罪人とはちがった心がけで生きている人間であるという気持を示したかったのか、じっとしていれば泣き出しそうだったので、それを反《そ》らすためだったのか、この両者がまざった気持だったのか、いずれかであったろうとは思うのだが、このことは与作の長い心の苦痛になった。この時のことを思い出すたびに、すきとおるほど青い青い顔をしたお蘭が、一層深くうつむき、やさしい口許がけいれんするようにきゅっと強く結ばれたことが思い出され、自分自身をなぐりつけ、ふんづけてやりたいほどの自己嫌悪がこみ上げてくるのだった。

## 四

「お蘭に逢いたい」

と、与作は思った。逢ってどうしようというとりとめた思案はないのだが、むやみに逢いたかった。

与作のこの気持はかなり複雑であった。将軍家の寵《おも》いものとなって、二人の身分が天地ほどもちがっている今となっては逢ったところでどうしようもないことを十分に知っていながら、心の底のどこかには、逢えばなんとかそこにあることがひらけそうな気がうごめいているのである。それには恐怖がともなっている。どうにかなったら、それこそ大へんなのであるが、それ故に、一層逢いたいのであった。熱に浮かされたような気持だった。与作はそのことだけを思いつめ、そのほかのことはほとんど考えなかった。

数日の後、彼は永井家でこしらえてくれた供廻りも美々しく江戸に向ったが、その道中もずっと一つのことを思いつづけていた。

江戸でおちついたところは、かつて斎之助、今は一万石の大名となっている増山弾正忠正利の邸《やしき》であった。多年武家奉公をして武家の生活になれている弾正忠は俄《にわ》か大名ながら、りっぱに大名らしいおちつきを見せて与作に会って、久闊《きゅうかつ》を叙して昔の礼を言った後、これからの段取りを話した。

「上様の思召《おぼしめ》しで、あなたは旗本にお取立てになるはずになっていますが、それまでには少し間があって、その間はわしの弟ということになって、当家にいて武家の作法やしきたりを見習ってもらうことになっています」

弾正忠は子供の時のことやその後の自分の歩いて来た道などについては、なつかしげに、またきさくに、次から次へと語るくせに、お蘭のことについてはわざとのように触れない。そうなると、こちらから言い出すのも無礼なような気がして気軽に口に出なかった。与作はかなりにがまんしていたが、とうとうたまりきれなくなって、お蘭さんはどうしておられるのです、ときいた。弾正忠はびくっとしたような顔になって与作を見、たちまちうやうやしい表情になって言った。それはまるでふところに荘重な表情の仮面《めん》を入れておいて、ちょいと一着したといった工合だった。

「お楽の方様ですか」

この弾正忠の言い方に、与作は、お蘭さんなどという気軽な言い方をする自分をたしなめようとする相手の意図をくみとって、かすかに頬が熱くなった。一種のとまどいもあった。

「お楽の方様は御出産後、少しお工合が悪くありましたが、この頃ではまことにごきげんよくいらせられます」

と、弾正忠は言う。

与作はこうした言いかたを滑稽だと思った。しかし、こうなると、いつ逢えるかなどと聞くことは出来なかった。いけないことのような気がするのだった。

与作の名前は増山六之助政勝と改まって増山家の下屋敷におちついて、武家の行儀作法・学問・武芸の習得にかかった。

一年ほど経つと、どうやら見苦しからぬほどの坐作《ざさ》進退《しんたい》が出来るようになったので将軍にお目見えすることになった。お目見えといっても、言葉などはかけてもらえない。将軍の坐っている上段の間にむかって黙って平伏していると、奏者番《そうしゃばん》がこちらの身分と名前を披露するだけのことであった。上段の間は薄暗い上に、顔を上げて正視することは礼でないとしてあるので、六之助はそこに誰かがいるらしいけはいを感じただけのことだった。けれども、このお目見えで、彼の身分は確定した。

それから二、三ヵ月経つと、六之助は将軍のお声がかりで、五千石の旗本である平野家に養子に入ることになった。

平野家は賤《しず》ケ岳《たけ》七本槍の一人である権平長泰《ごんぺいながやす》にはじまる旗本中指折りの名家であった。権平長泰はもと豊臣家の臣で、関ケ原少し前から徳川家に仕えて旗本となったのであるが、ちょうどその頃、長泰の子権平長勝が男の子がなくて急死したので、一族の者は相談して、娘のお澄に平野家の分家で七百石の旗本である平野清左衛門長利の子の九左衛門という者をめあわして、その家を立てようと運動していた。大名や旗本の養子は生前に願い出て許可を得ておかなければ絶家になる法規であったが、譜代の旗本となると、道もあり、含みもある慣例なので平野の一族はたかをくくっていた。ところが、幕府はそれをならんとはねつけておいて、あとで老中堀田正盛《まさもり》の邸に平野一族の重立った者を呼んで、増山弾正忠の弟六之助政勝を養子としたいと願い出るなら、あるいはお許しが出るかも知れんと申しわたした。

「おしつけ養子などと思うてはならんぞ。平野家の絶家は法規上いかんともしがたいのである。しかし、権平長泰以来の名家の名跡《みようせき》をむざむざと絶つもあわれと思われるので、その方共の心得までに申し聞かせておくのだが、この度、お上《かみ》では増山六之助をして新しく一家を立てさせになるお心組みである。従って、その方共が六之助を以て平野の名跡を立てたいとお願い申したら、御仁心深き上様のことなれば、ひょっとしてお聞きとどけにならんものでもないと思われるのである」

持ってまわったおためごかしの言い分ではあるが、意味するところは明瞭である。不平でも、不満でも、不服でも、平野一族はそれに従うよりほかなかった。

こうして一年数ヵ月の間に、古河在の水呑百姓の子で馬方であった与作は、一転して一万石の大名の弟となり、再転して五千石の旗本の当主となり、丹波守に任官し、平野権平長政となった。

この異常な出世はいろいろと世間のうわさにものぼり、人々は皆その幸運を羨《うらや》んだり嫉《ねた》んだりしたが、彼自身は決して自分を幸福だとは思わず、むしろ不幸と感ずる時の方が多かった。

先ず一族の連中との折合いがうまく行かなかった。まんまと油揚をさらわれた九左衛門の家とはとくに悪かった。

初代の権平長泰の十七年忌が、菩提寺である泉岳寺で行われた時のことである。一族の者共が集って閑談している席上、賤ケ岳以来の仏の武勲が話題になると、ふと、九左衛門は権平の方を向いて言った。

「初代権平は唯今お聞きの通りの武功抜群の武士でありました故、御如才《じよさい》もありますまいが、いざ鎌倉のおりには、貴殿も先祖に恥じぬおん働きを願いますぞ。貴殿はわれ等平野一族の本家の当主でありますから、そのようなおりは、われわれは貴殿の旗について働かねばならないのですから」

いやなことを言う、と思いながらも権平は、

「ふつつか者ながら、さような節には御一族皆様のお助けをもって恥かしからぬ働きを

したいと思います。なにぶんにも頼み入ります」

と、さりげなく受け流したが、九左衛門は、

「われわれ一族の者は貴殿を頼りにしているのです。その貴殿がわれわれに頼られるということがあるものか。そのようなことは武士の世界にはないことです」

と、からんだ。

権平は微笑をこしらえて、

「頼りつ頼られつしてこその一族でありましょう。先ずはよろしく」

と言ってその場をおさめたが、ざま見ろ百姓！　とののしられた思いがして、全身の血が煮える思いがした。

これはまだよかった。最も憂鬱だったのは、夫婦の中が冷やかであったことだった。

彼の妻お澄は決して彼にうちとけなかった。お澄はおとなしくて口数の少ない女で、彼の命令にたいしてはなに一つとしてさからうことはなかったが、決して自発的に夫の世話をすることはなかった。権平には妻が心の底では自分を軽蔑し、こんな成上り者に夫として仕えなければならない不幸をなげいている証拠としか考えられなかった。

平野家へ入ってから半年ほど経って、権平はやっとお楽の方にお目見えすることを許されて、弾正忠と同道して大奥に伺候した。

お目見えはひろい座敷で行われ、お楽の方は上段の間に着座していた。将軍に拝謁した時とちがって薄暗いこともなく、また一族のことなので、そんなに儀式ばってはいな

かったので、相手の顔はよく見えた。しかし、一目見た時、権平は失望に似たとまどいを感じた。それはげんげん畠にとんぼがえりする自分を見て笑ってくれたあの可憐なお蘭ではなかった。藁小舎の中で小犬のようにじゃれ合って頬をほてらせ呼吸《いき》をはずませた可愛いお蘭でもなかった。青い青い顔をしてうつむきがちに古河へ曳かれて行った、あの病弱と思われるくらい細くしなやかできゃしゃであったお蘭でもなかった。今見るお楽の方は、やや太《ふと》り肉《じし》と思われるくらいしっとりと肉づいた皮膚に、清潔でぜいたくな生活から来る、かがやくような艶と清らかさをもち、年増ざかりの力と美しさをたたえてゆったりとふくらんだ赤い唇をもち、高貴な地位にある人の自信に強くかがやく黒い目をもった、近づきがたいほど堂々たる威厳にみちた女性だった。

それに、この御殿の豪壮さ、女中らの動きの見事さはどうだ。豪華な色どりと模様のきものを着た女中らは、声もなく、足音もなく、ただかすかな衣《きぬ》ずれの音だけをさせて座に周旋するのだが、見ていて身がしまってくるような森厳さがあった。

権平の胸はしだいに一種の畏敬といいたいような気持が湧いて来、前もってそういうように弾正忠から言われていたお取立てのお礼の言上をした時には、おぼえず声がふるえた。

「それはわたしに仰しゃるのは筋ちがいで、上様へ言上なさるべきでしょう」

と、お楽の方は言った。にこりともしなかった。

こうした態度にたいしては、腹が立たなければならないはずなのに、権平はかえってこの人にふさわしいと感心さえしたのであった。

お楽の方の様子には昔をなつかしがっているような所は最後まであらわれず、あくまでも保護者が被保護者を見下す態度であった。権平は窮屈で、お目見えがすんで退出する時には、重石《おもし》をのけられたようなほっとした気持がした。

帰宅して居間におちついてから、急に腹が立って来た。

「なんだい、あいつ、さんざんおれの家の厄介になっていたんじゃないか」

と思った。

「子供の時だが、おれにおさえつけられたこともあるじゃないか」

と、ののしってもみた。

最もいまいましかったのは、自分がへいつくばったことだった。なぜもっと堂々とふるまって、相手に昔のことを思い出させなかったかと腹が立った。

お楽の方の身分としては、とくにああした席では、心ではそう思っても、ああ出るよりほかはなかったのかも知れないと思いかえす気もおこった。しかし、どう思い返しても、もう以前のあのなつかしさはなくなっていた。権平は逢わなければよかったと思い、大事にしていた美しいものがこなごなに砕けてしまった思いがやるせなかった。

# 五

数年経って、家光が死に、家綱が将軍となった。その初政は、由井正雪《ゆいしょうせつ》の事件があったりして、なんとなく世の中がさわがしかったが、すぐそれもおちついた。こうなると、将軍の生母として、お楽の方の勢いは天下にならぶ者なく、弾正忠《だんじょうのちゅう》が三州西尾で二万石の身上となったのをはじめとして、一門ことごとく栄えた。権平にはべつに加増はなかったが、あるいは栄達をもとめて大奥へのとりなしを頼む大名や旗本、あるいは利をもとめる町人共がいつも出入りして、それらの人々の進物は毎日山をなした。彼が吉原へ出入りしはじめたのは、最初はこういう人々のさそいからであったが、さすがに吉原の遊びは面白く、三日にあげず出かけて行った。彼にはとくべつに定まった女はなかったが、出身を軽蔑されないためきれいに遊んだので、廓《くるわ》での評判もよく、その評判は市中にも伝わり、彼が市中を歩いていると、人々が飛び出してきて眺めるほどであった。

こういう唄がはやりはじめた。

　与作
丹波の馬追いなれど
いまはお江戸の刀さしじゃ、
しゃんと差せ、
サッサ、エイエイ

この歌が彼をからかったものであることは明らかだったので、この唄を聞くと彼は腹が立った。間もなく、この唄の作者が平野九左衛門であることがわかった。本家相続をさらわれたことを未だに根にもっていると思われた。九左衛門は二、三年前に家督して七百石の当主となったが、その当時から遊びを覚えて吉原に出入りしているのであった。対抗上、権平はこういう唄をつくって人々に唄わせた。

与作、与作と
二三四五度
与作来もせで
九左がわせた
九左なにしょに
川へ蹴こめ
蹴ッこめ、蹴ッこめ
エイエイ、サッサ

権平の妻は権平が吉原遊びをはじめてから一層態度が冷やかになったようだった。しかし、今の権平にはそれは一向気にならなかった。吉原にさえ行けば楽しくすごせるのだから、女房なんぞどうだってかまわないと思った。

ある時、彼は急に病気になって高熱を発して数日臥床《がしょう》したが、ある夜、ふと眼をさましてみると、珍しくも妻が枕許にいて介抱してくれていた。

「そなたがついていてくれたのか」

「はい」

妙なことだと思ったが、お澄は終夜帯をとかずに坐りつづけて介抱した。やさしく行きとどいて、愛情のこもっている介抱ぶりが、以前の冷たさとまるでちがうのである。

権平が病気であるということが知れると、諸家からの見舞の使いがひきもきらなかった。朝・昼・晩と日に三度ずつ、きまって容体を聞きに来る家がいく軒もあり、その応対に家来らは忙殺された。

権平の病気はおこり——今日のマラリヤの一種で、十日ほどの後には全快して床を上げたが、その間ずっとお澄の手厚い介抱がつづいたばかりでなく、おどろいたことに、すっかり癒《なお》ってから後も、そのあたたかくまめまめしい、つかえぶりがつづいた。

権平は気味が悪かった。一体どうしたわけだろうと思うのだった。わからなかった。本人に聞けばかんたんだと思われるのだが、改まってそんなことを聞けるものではなかった。

すっかり健康が回復してからのある日だった。妻のところから女小姓が使いに立って権平のところへ来た。折入って申し上げたいことがあって、お居間へ参上したいと思うが、参ってよろしゅうございましょうかとの口上である。

「いいとも、お待ちしていると申すよう」

なんの用事だろうと思った。相当心配でもあった。

お澄は一筋に思いつめた表情で入って来たが、急には言い出せないらしく、しばらく黙っていた。

「さあ、聞こう。どんな要件だ」

権平はきさくにうながした。すると、お澄はうつむいて、きゃしゃな肩が小さくふるえはじめたかと思うと、いきなり泣き伏してしまった。厄介なことになったと思った。しかしことばだけはやさしく、

「泣いてはわからない」

といった。

お澄は泣きやんで、やはり目を伏せながら、これまでは自分の心得ちがいでまことに申し訳ないことであった。以来は心を改めてお仕えするから、今までのことはゆるしていただきたい、というのであった。

権平はあきれ、またうろたえた。お澄の言うことにうそがあるとは思われないが、真剣で真正面すぎる言いぶんなので、どう受けとめてよいかわからない。しかたがないから、その場はほどよくあしらってかえしたが、その後で長い間、腕をくんで考え、その結果、今夜は妻の寝室へ行かねばなるまいと結論した。

それこそいく年ぶりの夫婦のかたらいであった。心をこめての妻のもてなしにあった

後、権平は、

「一体どうしたわけで、こんなにも急にそなたの心はかわったのだ」

と聞いた。

「わたくし、子供だったので、殿様のほんとのお値打がわからなかったのでございます」

お澄は恥じらいながらそう言った。

「わしの値打が？　わしは百姓の小せがれで……」

わざとそう言いかけると、お澄ははげしくさえぎった。

「そんなことを仰しゃってはなりません。殿様がどんなにおえらいか、世間のうわさが証拠です。御病気の時のあのおびただしいお見舞のお客様の数でもわかります」

権平は黙った。なにかしら考えさせられるものがあった。

## 六

人間の自信というものは多くは人がつけてくれる。本質的にはどんなすぐれた人間でも、社会に冷遇されていると、その容貌は貧相になり、その行動は自信を欠いてくる。反対にそれほどでない人物でも、高い地位にあって常に世間から尊敬されていると、えらそうな顔付になり、行動は自信にあふれて堂々としてくる。うそだと思う人は戦争中の将校と敗戦後の将校とをみくらべてみるがよい。また、これも戦争中の例になるが、社会的にも個人的にも相当すぐれた人間が、一兵卒として入営した場合、どういう変化を示したかを考えてみるがよい。

　権平の場合もまたそうであった。世間の尊敬があり、阿諛《あゆ》があり、追従《ついしょう》があり、よい評判があり、妻女の讃美がありするのだから、自信やにならないはずがなかった。

　ところで、この自信というやつがあるとないとでは人間の働きがまるでちがってくる。断じて行えば鬼神もこれを避く、と古人も言っているが、同じことをしても、自信を以て行う場合と、あやふやで行う場合とでは、その結果は天地雲泥《うんでい》である。自信のない態度で申し込む借金は決して成功しないことは、人々はとっくに知っているであろう。

　江戸に来て以来の幻滅――お楽の方との再会のみじめさ、武家生活の空虚さ、そんなものは今では遠いまぼろしとなった。権平は自信やになり、人との応対、ものごとの処理、遊興、歩きぶり、その他あらゆることを満々たる確信を以て行ったが故に、彼のすることはすべて水際《みずぎわ》立ち、そのためにその評判は益々高くなり、その評判はさらに一層の自信を彼に持たせ、相より相まって彼は今や江戸一の名物男となった。

　権平は三日にあげず吉原へ行っていたが、ある夜、いつもの通り取巻きの町人共をひきつれて行っていると、庭をへだてた向うの座敷から、不意に狂い出したようにけたたましく三味線太鼓のはやしが鳴り出し、われ鐘のような声で、『与作丹波の馬追いなれど』という唄をどなり出したものがあった。

権平はむっとして、こんもりと植えこんだ木立をすかして見えるその座敷の灯影《ほかげ》をにらんでいたが、その声が九左衛門の声であることを知ると、こちらの者共にもはやしを立てよと命じて、自作の九左衛門をののしった唄をうたいはじめた。向うではこちらの声を圧倒しようとして、一層やかましく囃子《はやし》を鳴らし、男の声四、五人で合唱しはじめた。負けてはおられなかった。こちらも囃子方をふやし、男らみんなにどならせた。

与作、与作と
二三四五度
与作来もせで
九左がわせた
九左なにしょに
川へ蹴こめ
蹴ッこめ、蹴ッこめ
エイエイ、サッッサ

エイエイサッッサというところは女らにもやらせた。

「やかましい！」

と、向うからさけんだ。

「やかましい」

と、こちらから権平はやりかえした。

「馬方！　馬のけつねぶれ！」

とどなる。

「糊米《のりまい》旗本！」

と、どなりかえしてやった。

向うではまたなにやらののしった。よく聞えなかったので、こちらは相手にならず、なおも囃子を命じて、さっきからの唄をまたうたいながら立って舞いはじめた。扇子《せんす》をひろげ、出たらめな手ぶり足どりで舞った、半分ほど進んだ時、九左衛門の座敷から悲鳴に似た女の叫びが聞えたかと思うと、暗い庭を走って来る者があって、灯影の流れている縁先へぬっと顔をあらわしたのを見ると、九左衛門だった。怒りに燃えた顔をして、どんな客でも帳場にあずけることになっている大刀をどうして持っていたのか、左手にわしづかみにしてのっそりと縁を上って来た。

こちらはどうせ色里でのわるふざけで、ここまでなろうとは思わなかったので、あきれ半分おそれ半分で、ぽかんと突ッ立っていると、その前に真直ぐに歩みよって来た。

「久々にて御意を得る」

「まことに」

おちつかねばならないと自分に言い聞かせながら、そう答えたが、その声はのどにからんでかすれた。残念だった。

「唯今あれにて聞いておれば、拙者を川へ蹴こめと申しておられたが、拙者なんの罪あれば川へ蹴こまれなければならぬのでござろう。たとえ本家の当主たりとも、あまりなる雑言《ぞうごん》、聞き流しにはいたしかねる。御釈明願いたい」

承知の上でする言いがかりであることは明らかだった。権平は腹を立てるよりも、なぜこんな言いがかりをするかという疑問よりも、この男は自分を斬るつもりではないかと、恐ろしかった。かねての自信にみちた自分はどこかへ消えて、まるで頭が働かなくなっているのが、いまいましかった。

「……唄——唄でござる、座興のための唄で、それをそのように申されては、めいわくでござる」

「座興でござると？　座興で拙者を川へ蹴込もうと仰しゃるのか！」

「そうではござらぬ！　貴殿の方が先ず唄をお唄いになったので……」

はじめて腹が立って来て、権平は叫んだが、相手はかえっておちついて、

「なるほど」

と、うなずき、

「おっしゃる通り、拙者の方でもはやり唄をうたいました。しかし、あのはやり唄には別段貴殿にたいする悪口はありませんぞ。しかるに、貴殿の方で唄われた唄には拙者にたいする明らかなる悪意と罵倒とがある。含むところがないと言わせませんぞ」

またこわくなった。からだがふるえて来て、立っているにたえないような思いがして来た。坐りたかった。しかし、相手にたいする屈服を示すものと見られそうで出来なかった。どうしてこの場をきりぬけようとうろうろとまわりを見廻した。取巻きの町人共は女らと一緒に壁に背中をへばりつかせてちぢみ上り、てんで頼りになりそうにない。いっそこいつらがいなければ、這いつくばってあやまってしまうものをと思うのだった。情なくて泣きたいほどだった。

そのうち、座敷の入口に客や、女やそのほかいろいろな連中がつめかけて来て、ある者は面白そうに、ある者はこわそうに見ているのであった。それを見ると、九左衛門は一層猛烈な顔になって、

「御返答、どうじゃ！」

とどなり立て、右手でトンと刀のつかをたたいた。

権平はぴくッとして、今にも一足退るところだった。

そこへ、入口の人々をおしわけて、この家の亭主が走りこんで来た。

「まま、ま、ここは遊所、どのようなことがあったかは存じませぬが、御身分がらと申し、ことに御一族のお間柄のこと、さようであってはならぬことでございます。万が一にもお上《かみ》に知れましょうものなら、迷惑いたすのは弱い稼業の手前どもばかり。平《ひら》に、平に、おんびんに願いまする……」

亭主は二人の間に割って入り、ぺこぺこと頭を下げながらそう言い、そう言いながら

九左衛門の胸をやわらかに押して縁側の方へ押していった。すると、主人につづいて入って来た男があって、こいつは権平の前にまわり、やはりぺこぺこと頭を下げ、なにやら早口にぺらぺらとしゃべりながら入口の方へ押し出してくれた。

## 七

亭主の機転でどうやらその場をのがれることの出来た権平は、屋敷へ帰ると、

「誰が来ても会わんぞ、通してはならんぞ」

と、家来共に言いつけてすぐ寝室に入ったが、今にも九左衛門が追っかけて来るのではないかと、寝てなんぞいられなかった。起きて居間へ入ったが、ここでもおちつかない。胸がどきどきしつづけて、ちょいとした物音にも飛び上りそうになる。

夜が更けるにつれて、いくらかおちついて来たが、それとともに、自分自身が情なくてたまらなかった。なんという醜態を見せたことだろうと胸が煮え、ああすべきであった、こう言うべきであったと口惜しかった。

次には、おれは馬方であった頃からちっともえらくなってはいないではないかと思った。それだのになぜえらくなったと思い上っていたろうと思った。

このような反省は、この数年間、忘れていたことだった。

彼は仰向けに寝そべり、暗い天井に四角に投げ上げている灯影を見つめながら、自分

が自分を一かどの者とうぬぼれるようになったのは世間の人気に浮かされていたのだと思った。

「しかし、その人気とは一体なんだろう?――世間の奴らは、出世の手蔓《てづる》をもとめるために、公儀の御用商人になって金をもうけさせてもらうために、おれのところへ出入りして、おれをちやほやともち上げた。みんな欲から出たお世辞や追従《ついしょう》だったわけだが、もち上げられておれはいい気持になって、大分奴らのために働いてやったし、遊ぶにも金使いをきれいにすることにつとめた。すると、世間の奴らは、だんだん本気でおれをほめるようになった。そこで、おれというお人よしのうぬぼれがはじまったというわけだ。――つまり、世間の奴らは奴らが自分でつくった人気をおれだと思って拝んでいるわけだし、おれはまたその人気の上に立つむなしいまぼろしをおれ自身だと思っていたのだ」

ひや汗のにじんでくる気持であった。うめいて、寝返りを打って、また考えた。

「おれはお蘭に最初に大奥で会った時、五体のすくむような恐れ多い気がして、ろくろく口もきけなかった。だけど、本当はあの女はえらくなんぞありはしない。女が男と寝れば子供を孕《はら》むのはあたり前のことなんだから、あいつが将軍様の子を生んだって、将軍様のおふくろになったって、そのことはえらくともなんともありはしない。――つまり、おれはあいつがあんな大きな御殿に住んで、あんなたくさんの女中共にとりまかれて、あんなにえらそうにかまえていたので、ついえらいと思いこんでしまったのだ」

昔馬方をしていた頃、旅人に聞いた話が思い出された。飛騨《ひだ》の山奥を歩いていた旅人が、かすみ網にかかっている鶫《つぐみ》を見つけて、夕餉《ゆうげ》の料にそれをとり、かわりに飛魚のひものをかけておいたが、数年の後、またその地へ行くと、新しい神社が出来て、盛んな祭礼が行われているところであった。どうした神様だと村人に聞くと、数年前、魚体をなし、羽をもった神様がかすみ網の中に天降られたので、奉祠して祈願をこめてみると、霊験《れいげん》実にいやちこであるので、谷々各郷の民が浄財を寄進して新たに神殿をいとなんで、今日はその鎮座のお祭りだというのであった。旅人は先年の自分のしたいたずらを思い出して、おかしさをこらえながらともかくも見物に出かけたが、神殿のりっぱなことや人々の心からの崇敬拝跪《はいき》の姿などを見ていると、森厳の感が胸にせまって、覚えず自《みずか》らも伏し拝んだという話。

「飛魚のひものが神様となり、お蘭がお楽の方となり、馬方与作が平野丹波守長政となる、同じことなんだな」

いつまでもにやにやと笑っている権平の胸に、古河《こが》の城が思い浮かび、つづいて街道筋の松並木が思い描かれ、そこを馬を追って思いきり声をはり上げて馬子唄をうたいながら行くおのれの姿が遠ざかって行った。

# 八

夜の明けるのを待ちかねて、権平は増山弾正忠の屋敷へ乗物を急がせた。

「とつぜん異《い》なことを申すようですが、拙者は今の身分を御返上申し上げたいのです」

あいさつもそこそこに、権平はこう言った。弾正忠は、おどろきながらも言った。

「その若さで隠居したいというのか」

「隠居ではありません、返上です」

「返上？　返上とはなんだ」

弾正忠にはよくわからないようであった。

「今の身分がいやになりましたから、昔の身分にかえりたいのです」

「なんだと？」

「拙者はもともと馬方です。武士——しかも、五千石などという高禄を食《は》む旗本などになれる人間ではないのです。人は身に合った位《くらい》にいるべきものです。でなければ苦してたまりません。それがわかりましたから、こうしてお願いに上ったのです。よしなにお取りはからい下さい」

おそろしくむずかしい顔をして聞いていた弾正忠は、いかん、と強く首をふった。

「一体、そなたはそのようなことが出来ると思っているのか。碁を打つにさえ、一応も二応も考えて石をおかねばならぬ。天下の政治をなされる上様が大名の家を立て、旗本の家を立てられるのが、子供が石積み遊びをするような工合に行くものか、飛んでもないことだぞ」

「拙者はさようには思いません。拙者がお取立てになったのは、単にお楽の方様のいとこであるというだけの縁故からきわめて無造作にお取立てになっただけのことだと思います」

「無造作とはなんだ。おそれ多いことを言う男だ。そなたがお取立てになったのは、お上の深い深い御配慮と御仁慈によるのだ。たわけたことを申すな。つらなる一門の面目にもかかわる。つつしめ」

権平は悄然《しょうぜん》として家へむかった。一応のいざこざのあることはもとより覚悟していたものの、こうまできっぱりとことわられようとは思っていなかった。彼には、武家というものをがんじがらめにからめ上げている習わし、法規、約束、義理といったようなことが、にわかにおそろしくわずらわしく感ぜられ、しかも、それから脱することが出来ないのだと思うと、呼吸《いき》がつまるほど切ない気がするのだった。

屋敷へかえると、玄関に出迎えた家来が、御分家の九左衛門様がさきほどから見えてお待ちかねであるといった。

げえッ、と言いたい気持だった。逃げなければならんと思った。しかし、逃げるわけにも行かなかった。どうともなれと腹をすえ、ともすればふるえる足をふみしめて客間に入った。

九左衛門は客間の真中に坐って、障子を開けはなした縁側から午《ひる》近い日の照りわたっている新緑の庭を見ていたが、権平の姿を見ると、しきものをすべり下り、微笑をふくんで見上げた。その微笑が、飛びかかろうとする寸前の人食犬の舌なめずりのような無気味なものに感ぜられて、普通よりやや距離をおいて席をしめたが、間もなく、九左衛門の眼つきの中にへんにおどおどしたものがただよっているのに気づいて、おやと思った。

「昨夜は酔狂のあまりとは申しながら、とんだ失礼をいたしました由、今朝になってあの家の亭主にきき、指を嚙んで後悔、不面目千万ながらおことわり言上のためにまかり出ました。なにとぞ、一門のよしみをもちまして、御容赦の段、平に平にお願いいたします」

急にはへんじが出来なかった。これは一体どうしたわけだと思うのだった。

「この通りでございます」

九左衛門は手をつき、頭を下げた。やはり黙っていると、

「ごもっともです。重々お腹立ちのことではありましょうが、お情《なさけ》を以ておんゆるされをいただきたいのです」

「…………」

「おゆるし下さらんのでしょうか」

これは強い調子に聞えた。権平はぴくんと胸がふるえ、

「いや、おわびはこちらから申したい」

と、覚えず言った。

「有難うござる。有難うござる。これでやっと胸のつかえが下りました」

わざとらしいと思われるくらいよろこびの様子を見せて、九左衛門はこう言い、さらに、今朝ここへ来てみたところ、増山へ行かれたと聞いて、さては昨夜のことをお言いつけに行きなされたのかと、心配でならなかったところだと言った。

この九左衛門のことばから、権平は、九左衛門がこうしてことわりに来たのは、本心からの後悔からではなく、増山一族に憎まれては身の破滅になると思ったからだと知った。相手を軽蔑するより、人間というものはどこまで業《ごう》つくばりだろうと、それが憂鬱だった。けれども、明るい顔をこしらえて言った。

「増山へはほかの用事でまいったのです。御心配にはおよびません」

「あなたほどの方、そうであろうとは存じましたが、昨夜の拙者の酔狂はよほどのものであった由なので、やはり心配せずにおられなかったのです」

このことばも軽薄な阿諛《あゆ》にみちたものと聞かれた。

九左衛門は、これから御一緒に吉原へまいりましょう、と言った。

「二人が和解したことを出来るだけ早く世間に示して、昨夜のことが噂の花となる芯《しん》をとめておく必要があると思うのです」

家の安全を思うかぎり、このような工作も必要なことだった。

二人は駕籠をつらねて吉原へ向い、途中から、昨夜の取巻きどもにも来るようにと使いを走らせた。

揚屋《あげや》ではわだかまりなく和解したということを聞いて、皆口々に祝いを言った。そこで、女どもも出来るだけたくさん上げて、はじめたが、追々に昨夜の取巻きどもも集って来て、灯ともし頃には湧くようなにぎやかさになった。

最初のうち、表《うわ》べは愉快そうにしていても内心は鬱していた権平も、次第に酔がまわってくるにつれて愉快になり、九左衛門という男が可愛くなり、よろこばしてやりたくなり、いきなり、

「おどるぞ！」

とさけんで立上った。

人々はわっとさけんでわき立った。

彼は唄いながら舞いはじめた。

与作

丹波の馬追いなれど

これは？　というように人々は顔を見合わせ、三味線も太鼓も音をひそめた。権平が、ひけ、ひけ、なぜやめる、とどなったので、少しずつまたはじまった。

「もっと景気よく！」
とさけんで、権平はまたはじめからやり直した。

与作
丹波の馬追いなれど
いまはお江戸の刀さしじゃ、
しゃんと差せ、
サッサ、エイエイ

やんやの喝采のうちに権平が座にかえると、こんどは九左衛門が立って唄いながら舞いはじめた。

与作、与作と
二三四五度
与作来もせで
九左がわせた
九左なにしょに
川へ蹴こめ

蹴ッこめ、蹴ッこめ
エイエイ、サッサ

これがすむと、権平がまた立った。
「馬子唄を一つ。おれは昔こんな工合に唄ったものだ」

与作思えば照る日も曇る
関の小まんが涙雨
やれ、遠いわい、遠いわい、
野のはてよ！

熱狂的な賑いが座敷中を支配した。三味線は糸が切れよと鳴り、太鼓は皮が破れよととどろき、人々ははやし、叫び、拍手し、笑いくずれたが、その時、権平の胸にふッとせまってくる寂寥《せきりよう》があって、思いもかけず涙がこぼれた。それを扇子でかくして足拍子をふみながら舞いつづけた。

遠いとは、一体、なにが遠いのであろう。お蘭への思いのかゝかけはしであろうか、すぎし昔への道であろうか、人気と実質との距離であろうか。

# 白日夢

# 一

人買舟は
沖を漕ぐ
とても売らるる身を
ただ
静かに漕げや
船頭どの

元和《げんな》元年の四月末、京都は大変な賑いだった。

関東・大坂の和議が破れたのは、この月のはじめだったが、月半ばには、もう、大御所と現将軍とが前後して上って来て、大御所は二条城に、将軍家は伏見城に入った。ここで、しばらく滞在して、戦略を議する一方、諸大名の軍勢が出揃うのを待つわけで、二人に率いられた旗本や、追々到着する大名の軍勢で、京の町々は、寺といわず、民家といわず、どこもかしこも一ぱいになった。

いつの戦さでもそうだ。この武士等をめあてに、どこからともなくなまめかしい女共が集って来て、薄暗い小路小路であやしげな鼠鳴《ねずな》きの声を聞かしたり、かと思うと、四条の河原には女歌舞伎や、品玉つかいの小屋が開かれて、にぎやかな囃子で、戦さ前の武士らのあらあらしい心をそそり立てていた。

四月といっても、六月に閏《うるう》のある年で、ずいぶん季節が遅れていた。例年ならば、東山、西山、北山、男山、京の町を取り巻く山々は、もうあざやかな新緑の色に染まって、初夏らしい明るい景色となっているべきはずなのに、やっと桜が過ぎたか過ぎないかの気候で、遊びにはいい季節だった。武士らは、毎日のように宿所を飛び出しては、ものほしげな眼をぎらぎらと光らせて町を歩き廻った。

甲斐庄《かいしょう》弥右衛門《やうえもん》は、今日も河原の女歌舞伎を見に来た。

自分ながらいまいましい心だと思う。こんなことをしていられる御気楽な身分ではないと思う。だが、どうしようもない。もう行かぬぞと、帰る時はいつでもそう決心するのだが、夜が明けると、憑《つ》きものでもしたように、そわそわと落ちつきがなくなって、いつの間にともなく、そちらに足が向いてしまうのである。今日で、完全に七日というもの、こうなのだ。

「三郎兵衛のさそいに乗ったのがいけなかったのだ」

今では旧友の松井三郎兵衛に逅《あ》ったことさえうらめしい。

その歌舞伎小屋は、堤防に寄せて能舞台のような舞台を組み、前面の河原と左右とに客席をこしらえてあった。外からの見かけも、荒縄でしばった丸太の木組みの上を幕や蓆《むしろ》でかこった粗末きわまるものだったし、客席とて、小石のごろごろした地面にじかに荒蓆を敷いただけのものだったが、太夫元の霧島《きりしま》佐渡をはじめとして、一座の女太夫らがそろって美しかったので、河原中の人気を集めていた。

弥右衛門の心を惹《ひ》かれているのは、まだ若い、一座の中でもずっと下っぱの女で、霧島左門《さもん》というのだった。

年頃は十六、七、美しくはあったが、沈んだ表情をした、小柄な女だった。弥右衛門には、その女の眼が、いつも胸にあふれる悲しみとさびしさを精一ぱいの努力でこらえているもののように見えた。それがひきつけた。

まだある。

どういうものか、この女は、たった一つの芸しかなかった。扮装もきまっている。金の立烏帽子《たてえぼし》に、雪のように白い水干《すいかん》を着、紅《くれない》の大口《おおぐち》を穿《は》き、緋《ひ》の下緒《さげお》の太刀を佩《は》いて、金銀を以て日輪月輪を画いた皆紅《みなぐれない》の扇をたずさえて、唄をうたいながら舞いを舞うのだが、その唄も、その舞いもきまりきっていて、

人買舟は
沖を漕ぐ
とても売らるる身を

ただ
静かに漕げや
船頭どの

という簡単な文句を単調な調子で唄いながら、古風に素朴に舞い納めるのだった。この芸しか出来ないのでないかと思われた。声だけ美しかったが、その声も羞《はず》かしがっているいる様にいつもふるえていた。

銀の鉦《かね》を細い象牙の撥《ばち》でたたくように、澄んだ、細い、ふるえる声だった。それを聞くと、弥右衛門のはばびろい胸は何ともいえない哀れな思いにゆすぶられた。自分の境遇のあわれさ、苦しさを訴えているもののように思われるのだった。

まだある。

女の方で、弥右衛門の存在を意識しはじめたことだ。

通いはじめてから三日目、舞台で舞っていた女の眼が、ふと弥右衛門の眼と合ったのがはじまりだった。その日は眼があったというだけだったが、翌日、二人の眼がまた合うと、女はややしばらくの間、その視線をとどめた。その翌日にも合った。今度は、もっと長くその眼は動かなかったばかりか、微かに笑ってまで見せたのだ。それからはいつもそうだった。弥右衛門の姿をさがしては、影のように、さびしい、頼りなげな微笑を見せるのだ。弥右衛門は、その微笑が、魂の底までしみ透るような気がして、からだがぶるぶるふるえるのだった。

## 二

弥右衛門は中国浪人である。主家がほろびて後、しばらく大坂に浪人分として仕えたが同僚とそりの合わぬことがあって、また無禄の身となって、弟を頼って尾州に行った。弟の三平というのが尾州家に仕えてかなりの身分になっているので、そこに身を寄せたのである。

我儘な兄を、三平はよく待遇してくれたが、いつまでも厄介になっているわけには行かなかった。どうにかして、ありつきを見つけなければならないと思っている時、東西手切れになって大坂の役がはじまった。

浪人が身を立てるによい時である。陣場借りして功を立てれば、召しかかえてくれる人が出て来るのだ。弥右衛門は、弟の口添えで、尾州家の渡辺半蔵の手について出陣したが、功を立てるひまはなかった。あっけなく和議になってしまったのである。

しかし、その和議は二、三ヵ月で破れて、こんどの戦さとなった。

「こんどこそ」

この戦さがすめば、当分もう戦さはなくなって、浪人のありつきは一層むずかしくなると思ったので、弥右衛門は強く決心する所があって、また、尾州家について出て来た。

ところが、京都について三日目、弥右衛門は、旧友の松井三郎兵衛に逢った。中国時代の故朋輩《こほうばい》だった。

これも、弥右衛門と同じ目的を抱いて昨日出て来たということだった。

昔から、風采の上らない男であったが、随分苦しい生活を送って来たらしく、とても同年だとは思えないくらい老けていた。

「あれから、わずかな知るべを頼りに、在所に引っこんで百姓をしていたが、百姓も食えぬのでのう。女房と三つになる子を置いて、一か八かの覚悟をきめて出て来た」

というのだった。

その時、河原へ、誘われたのだったが――

今日も、小屋は、割れるような大入だった。

見物の大部分は、荒々しい武士らだったが、その武士らに連れられて来たらしい女のように美しい児小姓《ちごこしょう》や、脂粉に粧《よそお》った魔性の女共のなまめかしい姿も見えた。女は、皆被衣姿《かつぎすがた》で、黒い眼だけをのぞかせていた。

外は明るい晩春の陽が照り、さわやかな風が吹き、幕の破れや、蓆の合わせ目から、それが覗かれるというのに、小屋の中はむっとするような温気《うんき》がこもっていた。

弥右衛門は、いつもの席に行って坐ろうとした。混んでもいたし、舞台では舞いが行われているところだったので、方々から制止の声がかかったが、かまわず割り込んで行った。

「無礼な！」

「しッ！」

押しのけられた武士らは、ひとしく、険しい眼を向けたが、弥右衛門の、あくまでも逞《たくま》しいからだと、厳《いか》つい顔を見ると、すぐ黙ってしまった。外見がいかめしいばかりでなく四人や五人を相手にしては決して負けないほどの剛勇を持っている弥右衛門だった。

弥右衛門は、ゆったりと座をしめて、さて徐《おもむ》ろに舞台に眼をやった。

途中からなので、どういう筋のものだか、よくわからなかったが、何やら滑稽なものらしかった。唄も剽軽《ひょうきん》な調子のものだし、二人出ている太夫の扮装もおかし味のある男風俗で、からだの小さい方は途方もなく大きな刀を持ち、大きい方は火箸のように小さい薙刀《なぎなた》をもって、道化た所作でぐるぐる廻りながらわたりあっていたが、すぐ、哄笑と喝采の渦巻の中に終って、幕一重の楽屋に入って行った。

幕を引くこともしない当時の芝居である。まして、書割もなければ、大道具などの類もないのだ。がらんとした舞台を前に、人はざわめき立った。

弥右衛門の好きな女は、この次か、次の次あたりに出るのが、毎日の例だ。

たちの悪いいたずらをされているらしい売女《ばいた》共の蓮葉《はすは》な叫びや、武士共のそれぞれなまりの違う濁《だ》みた声を耳にしながら、弥右衛門は腕を組んでぼんやり空虚な舞台を眺めていた。

すると、うしろから声をかけた者がある。

「随分とさがしたぞよ。やはり、ここであったな」

松井三郎兵衛だった。年は弥右衛門と同じく二十八のはずだが、痩せて、小さくて、青白くて、しなびたような顔に目性の悪そうな睫毛《まつげ》のない眼をしょぼしょぼとしばたたいている。

「……おお、おぬしか」

何やら狼狽に似たものが胸にうろついて、弥右衛門は頬に微かなほてりを感じた。

「聞いたぞ。おぬし、日参じゃというでないか」

からかうような、そのくせ、媚びるような調子だ。

「何を聞いたというのか。何が日参じゃというのか」

きびしく弥右衛門はやりかえした。

三郎兵衛はまごついた。

「いや、その……まあ、容儀ぶらぬでもよいではないか、おぬしとわしのなかじゃ。実はな今日、おぬしを訪ねていったら、留守じゃ。どこであろうと問うたれば、多分、ここではなかろうかと、弟御が申される故、追っかけてまいったのじゃ」

しきりに両手をこすり合わせながらおどおどというのだ。弥右衛門はこれがこの男のくせだったことを思い出した。困ったことがあると、いつも蠅のように両手をこすり合せるのだ。意地悪いくらいひややかな眼でそれを見ながら、弥右衛門は、

「では、随分さがしたというは嘘か」

「まあ、まあ、そう一々言葉とがめせんでくれ。おぬしの武辺一点張りと違うて……」

「武士が武辺であるが悪いか」

弥右衛門は、無闇に癪《しゃく》にさわった。せっかく、楽しみにして来たのに、こんな男が側にくっついていてはその楽しみが半減するような気がする。

「悪いとは言わぬ。悪いとは言わぬ。武士が武辺であることが、何の悪かろう。それどころか武辺でない武士は、武士にして武士でない。わしはただ、わしのような者でも、事柄によっては、おぬしの役に立つようなはたらきが出来はせぬかと申したかったまでじゃに。昔ながらの一刻《いっこく》じゃの」

「おぬしに頼むようなことは、わしにはないの」

弥右衛門には不思議だった。こいつ、なぜ、こんなにおれの機嫌を取ろうとするのだろうと思うのだ。弥右衛門の知るかぎりにおいて、三郎兵衛という男は、もし、昔のままの性質であるならば、己れに利益のないかぎり、人のために働くなどということはないはずだった。だが、生憎ながら、今日の弥右衛門は、人に利益を与えられる境遇ではないのだ。

（馬鹿めが、何を戸まどいしているのだ）

ひややかに考えていると、三郎兵衛はまたおずおずと話しかけた。

「わしは、おぬしと酌もうと思うて、こんなものまで用意して来たのじゃが」

腰から瓢《ふくべ》をぬき出して、木刳《きぐり》の盃をもじもじとひねくっている。

遠慮がちで、しょげかえっている様子が、弥右衛門にも気の毒になった。

「貰おうではないか」

とぐっと手を出すと、三郎兵衛は生きかえったように喜んだ。

「飲んでくれるか」

さしつさされつ、盃が四、五回往復すると、弥右衛門は、ほろほろと眼のふちがあたたかくなって来た。

舞台がはじまった。

あの女だった。弥右衛門の眼は舞台に吸いつけられた。いつものように、周囲に起る他の一切のことは遠く意識の外に飛び去った。酒気に昂《たか》められた自分の胸の鼓動と共に、女の澄んだ細いふるえる声を聞き、女のゆるやかな動きを見つめていた。

女は弥右衛門を見た。微笑もした。

弥右衛門も微笑を以て答えた。いつか弥右衛門の顔は真青になっていた。そのくせ、胸の動悸はその頑丈な肋骨《ろっこつ》のかこいから跳ね出すかとはげしくおどっていた。息がつまりそうだった。薄い涙さえ浮んだ。

三

その一番が済むと、弥右衛門はもうそこに居る気はしなかった。

「出る」

簡単に言って立上った。

三郎兵衛は従順な犬のようについて来たが、河原の雑沓《ざっとう》を抜けて四条の橋の上まで出た時、すり寄るように身を寄せてささやいた。

「弥右衛門、あの女じゃな」

「何じゃと？」

ぎくりと胸にこたえながらも、険しい目をむいてにらみおろした。

「かくさずともいいではないか、あの女であろう。それ、人買舟は沖を漕ぐ……」

「一向にわからぬな。何のことだ、それは」

弥右衛門は肩を聳《そび》やかして、大股でずんずん歩き出した。きまりも悪かったし、うるさくもあった。その後から、ちょこちょことついて来ながら、

「わしにまかしてくれぬか。わしはこんな人間じゃが、このようなことには使える男じゃに」

くるりと弥右衛門は向き直った。

「三郎兵衛。おぬし、なぜ、そんなにわしに胡麻《ごま》をするのじゃ。今のわしは無禄の天竺《てんじく》浪人、どう取入ってみたところで別段のことはないぞ」

そのずけずけとむきつけな言葉に、三郎兵衛は眼をぱちぱちさせていたが、また両手をこすりはじめた。

「うるさいの。そのくせ、まだなおらぬな」

「？」

「手だ。手だ。何をそこから揉み出してみせようというのじゃ」

三郎兵衛は弱々しく微笑した。歪んだ頼りなげな微笑だった。

「聞こう。何の用事があって、おぬしはそんなにわしにまといついて離れぬのだ」

「実はの。頼みたいことがあって……」

「とうとう本音を吐きおった」

「そう言うな。ひとえにおぬしにすがりたいと思うてまいったのではないか、――あれへまいろう。酒もまだ少しある故」

橋の袂《たもと》から十間ほど上手に、若葉になった桜が五、六本あるところを指さす。

弥右衛門はにべもなく首を振った。

「ここでよい。ここで聞こう」

「しかし、立話も異なもの」

「一向にかまわぬ。ここで申すが厭なら聞かぬ。わしは行くぞ」

「待ってくれ。待ってくれ。では、言う――」

泣くような声で、三郎兵衛の話したことはこうだった。――先日話した通り、自分も一手柄を立てて主取の口を得たいと思って出て来たのだが、御覧の通り、自分は風采甚だ揚らない。ために、どこに行っても、陣場を貸してくれようとせぬのだが、おぬしの力でどうにかなるまいか——

断られはすまいかと、おどおどした眼だった。

あわれと思った。しかし、弥右衛門としては、たしかには請合いかねることだったので黙っていた。

「頼む。故郷には妻子が餓《かつ》え死にせんばかりのあわれな姿でいるのだ」

三郎兵衛は必死の顔色だった。

弥右衛門は口重く言った。

「話しては見る。が、あてにはすまいぞ」

「いや、あてにしている。あてにせいでか。この通りだ」

手を合わせて拝むのだ。

卑屈な、そのくせ、いつの間にともなく内懐ろに食いこんで来る相手の態度に、弥右衛門はかっとしてどなった。

「卑屈なことをするな！　おぬしも武士ではないか」

「悪かった。悪かった。つい、嬉しまぎれにしたのじゃ、怒ってくれるな」

間もなく、弥右衛門は三郎兵衛と別れて、東福寺の近所にある宿舎に帰るために、大和大路を下っていたが、ふとうしろから呼びとめられた。

「もし、そこに行かれまするは、もと大坂にいらせられました甲斐庄弥右衛門様でござりませぬか」

弥右衛門はふりかえったが、武家の中間風《ちゆうげんふう》のその男を一目見ると、

「おお」

と破顔した。

「これは珍しい。伝内ではないか」

大坂にいた頃召しつかっていた中間だったのだ。

伝内も嬉しげに笑った。

「やっぱり、旦那様でござりましたな。この先の小路のところを出る時、後姿を見て、似た方と思いながらもついてまいりましたが、違いないと見極めがつきましたので、声をおかけしてみたのでござります」

「そうか、そうか」

特別に深い縁故のある家来ではない。出入の町人の手から雇い入れて、たった二年足らずの間召しつかったに過ぎない中間だったが、こうして遇うとやはりなつかしかった。大坂にいた頃の話、別れて以来のこと、いろいろと出た。今、伝内は、母里《もり》源兵衛という浪人者に仕えているということだった。

そのうち、伝内が言った。

「それでは、まだ旦那様は身上《しんしよう》おかたづきではないのでござりまするな」

「うむ。面目もない次第ながらその通り。それで、今度も出て来たわけじゃ」

「さようでござりまするか」

伝内は、少し思案するようだったが、急に言う。

「てまえの主人におあいなされませぬか。ひょっとすると、おためになることがあるかも知れませぬが」

「そちの主人？　浪人衆だと申したではないか」

弥右衛門は、不思議なことを言うと思った。

「はい。浪人ではございまするが、おあいなされば、お不為《ふため》になることはないと存じまする」

「…………」

浪人でも、一流の浪人だと、世の思わくも重く、諸大名から信用もされているので、その肝煎《きもいり》で仕官することはないことではない。しかし、母里源兵衛とは聞かない名前である。それほどの力を持った浪人だとは思われない。

思案していると、

「まあ、半日損をしたと思召して、おあいなされてごらんなされませ。ついこの先でござります。御案内いたしましょう」

「そうよなア」

「悪いことは申さぬつもりでござりまする。ぜひ、おあいなされませ」

「よし、では、頼もうか」

やっと、決心が出来た。

# 四

一町ほど引返して、小路へ入ったところにその家はあった。築地《ついじ》をめぐらした、だが、そう大きくはない、閑寂な家構えである。

南向きの、縁側の広い、明るい客間に通される。

待つ間もなく、主《あるじ》は出て来たが、その顔を見るや、弥右衛門は、

「おお、おぬしか」

と叫んだ。

母里源兵衛などというからわからない。大坂にいた時分、同じ浪人組にいた、名は里見伊兵衛という男だったのだ。

「久しぶりだな」

相手は、にやにやと笑っている。

「どうしたわけじゃ、これは……」

里見は笑った。

「つい、先刻、おぬしの姿を見かけたので伝内に策を授けて連れて来さしたのじゃ――先《ま》ずは一別以来、お変りもない模様で珍重」

「申し遅れた。おぬしも益々健勝の様子。めでたく存ずる」

そう言いながらも、弥右衛門は不審だった。この男は同じ浪人組ながら、弥右衛門などと違って、羽ぶりのよかった大野修理《しゅり》の受けがよかったはずである。この大事の瀬戸際に、どうしてこんな所に来ているのだろう——という疑問がしきりと胸を徂徠《そらい》する。聞きたいと思ったが、何とやら迂闊《うかつ》に聞けないような気がして、躊躇《ちゅうちょ》していた。

すると、相手の方から触れて来た。

「どうやらおぬし、この大切な時にわしがこうしているのが不審らしいな」

「そうじゃ。今日明日に迫った戦いを前に、暢気《のんき》なことじゃと思うている。それとも、わしと同じように暇でも取ったのか」

「はははははは、まあ、その話はあとにしよう。久しぶりのことじゃ。酒など酌もう」

酒が出た。

酔いが出はじめると、話は一層賑やかになったが、里見は現在の自分の境遇については、つとめて語ることを避ける様子だった。

日が暮れて来た。

お暇《いとま》したいと言ったが、引きとめられた。お茶を一服さしあげたい——というのである。

茶室に連れ込まれたが、そこで、弥右衛門は意外なことを聞かされた。

「おぬし、先刻、こういう時節に、わしがこんな所に来ているのが不審じゃといったな」

「いかにも」

「ところが、わしのような者が、この京都に数十人来ていると申したら、おぬしはどう思う」

「なんじゃと？」

妙な相手の話しぶりに、弥右衛門は不思議な気味悪さを覚えながら里見を見つめた。

妙に翳《かげ》のある微笑を浮べている里見だ。

「凡《およ》そ四十人来ていて、それぞれ町屋の住いをしている」

「…………」

「その目的は、火つけじゃ。両将軍が京都を立って大坂に向った後、一時に立って火を放《つ》けて京都中を焼きはらおうというのじゃ」

後方攪乱《かくらん》である。

弥右衛門は呼吸のとまるほどの驚きに打たれた。

「事成就すれば、秀頼公より、各々千石の知行に取り立てくださるとの固い約束が出来ている」

なぜ、相手がこんなことを言い出したかが、弥右衛門にもわかった。

「なるほど。それで、わしにも加担せぬかというのじゃな」

「さよう」

きっぱりと言う。

弥右衛門は腕を組んだ。

「おぬしの性根の太いことは、大坂の頃からわしは知っている。それ故に、先刻、姿を見かけた故呼び入れた。きっと同心してくれると思うたのじゃ」

「…………」

「心得てあろうが、今度の戦さがすめば、天下はもう戦争というものはなくなるぞよ、従って武士の身上にありつくことはずんと難しくなる。思いきり時ではないかの、それも難しいことではない。火を放けるだけのことじゃ。それで千石、何がぼろいと言うても、これほどぼろいことはあるまいぞ」

弥右衛門はまだ答えない。腕を組んだままだ。里見も黙って眼を光らしていた。

やや長い寂寞《せきばく》が続いた。

日はもうとっぷり暮れて、あたり一帯しんとしている。時々、遠く柳の馬場《ばんば》あたりから絃歌《げんか》の声が微かに聞えて来るだけだ。

弥右衛門は考えつづけた。

言われるまでもなく、この戦争を最後にして当分世の中は静かになる。ありつきも益々困難になる……

なるほど、千石という禄はちょっとやそっとで得られるものではない。生命を的《まと》にして戦さに出て、相当な首を取ったとて、せいぜい二百石か三百石。それとくらべると、火を放けるだけで、千石というのは、随分割のよい仕事だ……

が、万一露見したら……

もとより、わしの生命はない。弟にも累《るい》は及ぶ……

然し、千石。火を放けるだけでだ。

それに――

こいつ、わしが断ったら、生かしては帰さぬであろう……

なんの、こいつ如きに殺されもすまいが……

くそ！

思いきって、加担するか！

千石だ！

ぐるぐると渦の周囲を廻っていた木の葉が中心に吸いこまれるようなものだった。

腕組を解いて、弥右衛門は、じっと相手を見つめて、

「今の話、よもや嘘ではあるまいな」

「何の嘘であろう。加担してくれるか」

「しよう」

張りつめていた気が、がくりと折れたように、里見は大きな溜息をついて、

「話した甲斐があった。おぬしのこと故、よも、不調になるとは思わなんだが、肩を凝らしたわい」

# 五

弥右衛門の宿舎は、尾州公義宣《よしのぶ》の宿営になっている東福寺の森をつい鼻先に見る位置にある百姓家だった。ここに、弟の三平やその家来共と同宿しているのだった。

縁側に坐って、弥右衛門はぼんやりと昨夜のことを考えこんでいた。

昨夜は、ひどく酔っていたので、どこをどう通って帰って来たのか、まるで記憶がない。

「子《ね》の刻《こく》（十二時）を過ぎていましたな」

今朝、三平がそう言ったほど遅かったのである。

万事が、霧の中に物を見るように朧《おぼ》ろだが、途方もない盟約に加入したことだけは、はっきりと記憶にある。しかし、それとても、あまり突飛なことなので、ぴったりと心にそぐわない。こうして、明るい太陽の下で思い出すと、一体あれは真実なのだろうかと疑いたいような気さえするのである。

どこやらに残っている酒の気のためだけでなく、頭が重い。

ぼんやりと幾時《いくとき》かを過した。

午近く、三郎兵衛が来た。

「昨日は、いろいろ」

と例の通り、しょぼしょぼした眼に精一杯の愛嬌を作っている。

実を言うと弥右衛門は、この男の依頼をすっかり忘れていた。忘れていたというより思い出す暇がなかったと言った方が適当であろう。別段、済まないとは思わなかった。それどころか、昨日の今日、早くも催促がましく顔を出したのが不快でさえあった。だから、不機嫌な、むっつりした顔で応対した。

「まだ話さぬぞ」

三郎兵衛は、めっそうもないといった顔で、手を振った。

「それでまいったのではない。それでまいったのではない。実は、おぬしを喜ばせようと思うてまいったのだ」

「…………」

「あの女のことだがな、それ人買舟は……あの女の名は霧島左門、あまり、芸も出来ぬし、大体銀五十匁もあれば、いうことを聞かせられるというぞ」

「…………」

「わしは、方々を駈け廻って、聞いて来たのじゃ。確かな話じゃ。間違いないぞ」

「いらぬことをする。誰がさようなことを頼んだ」

弥右衛門は不愉快だった。自分の好きな女が、そんなに安い金で取引される女と考えることがたまらなかった。

三郎兵衛は困ったような顔をして、また両手をこすりはじめたが、弥右衛門の鋭い目にあうと、はっとしたように止めて、小鼻のあたりを掻きながら弱々しく笑った。

「出よう」

不意に言って、弥右衛門は立上った。

間もなく、二人は東山の細い山路を上りつつあった。

山はすっかり初夏だった。

楓《かえで》や、桜や、栗や、樫や、樅《もみ》やむせるようにかんばしい若葉をひろげて、径《みち》は、老けたわらびや歯朶《しだ》が両方から蔽《おお》いかぶさって、時々、寂《しず》かな鳥の声が聞えた。

どこまでも入って行くので、三郎兵衛は不安になったらしい。

「どこへ行くのだ」

と幾度も聞いた。

「もう少し入ろう。いい気持ではないか。子供の頃のことを思い出すの」

弥右衛門の言葉がいつになくやさしいのも、三郎兵衛を不安にした。

「ここらがよかろう」

やっと、腰を下したのは、陽だまりになった斜面で、右手に京の町々が見下された。

「いい気持だの、気が晴々《はればれ》する」

弥右衛門は、ぬくぬくとした陽に、目を細くして、紗《しゃ》のような霞の底に沈んでいる町を見ていたし、三郎兵衛は針のように尖った草の新芽を抜いて、柔いところを前歯で噛みながらうつ向いていた。弥右衛門のやつ、何だって、こんなところに俺を連れ出したのだろう、と考えているのだった。

「時に」

急に、弥右衛門は言い出した。

「おぬし、ここに連れて来たのは、相談したいことがあってだ」

「………」

「それは、わしの一身に関係したことでもあるが、おぬしの覚悟の次第によっては、おぬしの一身にも関係することになる」

「………」

「おぬし、千石の知行取になる気はないか」

三郎兵衛は、からかわれていると思ったのだろう、にやにや笑った。愚鈍な笑いだった。

「なぜ笑う。わしは冗談を言っているのではないぞ!」

弥右衛門はどなりつけた。そして、声をひそめて、昨夜のことを物語った。

「どうだな。おぬしも加担する気はないか。千石だぞ。よしんば、おぬしが、どれほどの高名を立てようと、まともなことでは、まず百石、飛びきりよくて、二百石。その気があればわしから話して、一味に入れて貰ってやるがの」

三郎兵衛は、こんな場合には、必ずやることになっている手をこすることも忘れ、睫毛のない眼をみはり、ぽかんと口を開いたままだった。青くなっていたことは勿論である。

　その姿が、急に崩れて、そわそわとあたりを見廻しはじめた。

「どうだ。千石だぞ」

「しかし、いや、いやというではないが、あまり突飛なことで急には返事が出来ぬが、――少し考えさせてみてくれぬか」

　黙って、鋭く見つめる弥右衛門の眼に、三郎兵衛は一層あわてた。

「いやというではない。いやというではない。何しろ、千石じゃ、夢にも思うたことのない高禄故、わしは、もうぼうとなって……いやというのではないぞ、考え違いしてくれるな」

「よし。考えろ」

　弥右衛門はきびしく口を結んで、また、京都の町の方に目を向けた。三郎兵衛の方は見ない。しかし三郎兵衛が、どんなに苦しんでいるか、よくわかっていた。彼は、夏の真昼の陽にあたってのたうち廻っている蚯蚓《みみず》の姿を思い出した。そう言えば、三郎兵衛の様子には、どことなく蚯蚓を思わせるようなところがある。眼のせいかも知れない。こいつ、子供の時は爛《ただ》れ目だったせいで、今では、睫毛がない……

（蚯蚓め）

　微笑が頬をゆるくする。

（ひょっとすると、斬り捨てなければならぬかも知れぬ）

と思う。

あわれだと思った。

(よしないことを打開けた。とても、こいつには、その度胸はないのだ)

一方、三郎兵衛は、しょぼしょぼとした眼で弥右衛門を見たり、両手をこすり合わしたり、赤茶けた無精ひげをつまんで引っ張ったりしていたが、急に静かになった。顔がひきしまって上目づかいにじーッと弥右衛門の背中をにらんでいたかと思うと、刀の欛《つか》に手をかけて、じりじりと居ずまいを直した。

「エイ」

叢《くさむら》から鶏の跳《おど》り立つように跳りかかった。

「あっ!」

弥右衛門は前に飛んだ。そしてふりかえりざま、

「何をする!」

と叫んだが、草に足をすべらせて、ざざざと、なお三、四尺すべり落ちた。

「くそ!」

咄嗟《とっさ》にかわされて、空を切った刀をそのままに、三郎兵衛は横にはらったがまたかわされた。払い上げられた草の葉が、ぱっと飛び散る。

「馬鹿!」

のめってくる相手のからだに、どんと身をあてて、同時に足をからんで、押し倒した。

「無、無、無念！」

三郎兵衛は、もがいたが、弥右衛門はびくともさせなかった。右の膝で、磐石《ばんじゃく》のように背中をおさえつけ、刀をもぎとってしまった。

「何をするのだ。馬鹿者！」

「ゆるしてくれ」

ちかちかと頰を刺す草の中にぎゅうぎゅう顔を押しつけられて、三郎兵衛は泣声を上げた。

「ゆるせることか。これが」

「わしには、妻子がある。妻子のかわいさにしたことじゃ。ゆるしてくれ。ゆるしてくれ……」

恥も、外聞もない。子供のように泣き出した。

「ちぇ！」

弥右衛門は、馬鹿馬鹿しくなって、舌打して引き起した。

「馬鹿めが、何ということをするのだ。おぬしをあわれと思えばこそ、一味させようとしたのだ」

「済まぬ。済まぬ。気の迷いじゃ。魔がさしたのじゃ。ゆるしてくれ。頼む。この通りじゃ」

すり剝《む》けて、血のにじんだ頰に涙を流して、掌を合わせるのだ。

「わしは、こう思うたのじゃ。わしには、そんな、空恐ろしいことは出来ぬ。しかし、出来ぬと言えば、おぬしはわしを殺すに違いない。それで、悪いこととは思うたが、おぬしを殺すより外はないと思うた。悪かった。ゆるしてくれ」

「…………」

「この通りだ。この通りだ」

「まだあるはずだ」

むしろ、憂鬱に、弥右衛門は言った。

「おれを殺そうとしたおぬしの心は、それだけではないはずだ」

「…………」

三郎兵衛はじりじりと退る。その退るだけの距離をつめながら、

「言おうか。おぬしは、おれを殺した上で、訴人して出るつもりであったろう」

「そ、そ、そんな……」

とは言ったが、三郎兵衛は力なく首を垂れた。すると、弥右衛門も同じようにうなだれて、つぶやくように言った。

「そうよのう。その方がいっそちかみちかも知れぬ。千石にはならずとも、四百石や五百石にはなろうのう」

三郎兵衛は驚いたような眼をして弥右衛門を見たが、すぐせっかちに叫んだ。

「そうじゃ。そうじゃ。その通りじゃ。その方が近道じゃぞ！」

「黙れ！」

弥右衛門はどなりつけて、なお、腕組みして考えこんでいた。

その夜——

弥右衛門の宿所。

弥右衛門の弟、三平は、深い驚きにみたされて、兄と三郎兵衛の言うことに耳を傾けていた。

よく似た兄弟である。ただ、弥右衛門より、ほんの少しばかり背が低いし、色が白い。

「真実でございましょうか」

「さあ、それは知らぬ。わしは、ただ、わしの出合ったこと、聞いたことを、そのままに申しているだけじゃ。調べて見れば、わかることじゃ」

「とにかく、言上《ごんじょう》いたしてみましょう」

三平は、大急ぎで、支度をととのえて、とっぷり暮れた夕闇の中を出て行った。

（とうとう訴人してしまった）

何かしら、ほろにがいものを胸に感じながら、弥右衛門は三郎兵衛をかえりみた。

頼りなげに坐っている三郎兵衛だ。暗い灯影《ほかげ》に、そそり立った鬢《びん》の毛がちりちりとふるえて光っている。

「一杯、飲むか」

というと、暗い中から出て来たような顔を上げて、黙ってうなずく。

宿の者に頼んで、酒を買って来て貰って飲みはじめた。
二、三杯飲むと、三郎兵衛も口を利くようになった。
「本当であろうかの。もし、根も葉もないことだと、お咎めを蒙《こうむ》るであろうと思うが」

同じ不安は、弥右衛門にもあった。がそれに触れるのは厭だった。

「言うな。言うな。矢はもう弓を離れたのじゃ。なるようにしかならぬわさ」

三郎兵衛は、またうつ向いた。

「飲め、何をくよくよする。時に、あの女な、それ、河原の舞々《まいまい》よ。あれについて、おぬしが今朝言ったことは真実かの。それ、銀で五十匁もあれば、言うことを聞かせられると申したのは」

黙ってはいられない気持だった。ひとりで、弥右衛門はしゃべっていた。

間もなく、三平が帰って来た。

「申し上げましたところ、主君御直々《ごじきじき》、大御所様の許へいらせられました」

「そうか」

弥右衛門は、そう言ったきりで、黙々と飲みつづけた。

## 六

なにしようぞ

くすんで
一期は夢よ
ただ
狂へ

ここは、賀茂の社家町《しゃけまち》を外れたところ。

庭に川水をせき入れてつくった泉水にさしかけた座敷に、弥右衛門は肱枕《ひじまくら》で寝そべって、女に三味線をひかしていた。

女は――かつての女歌舞伎、霧島左門である。

少し離れて、縁側の柱に背を凭《もた》せているのは、三郎兵衛。これも、若い女をひきつけている。

二人ともに、立派なみなりだ。すずしげな麻の帷子《かたびら》に船載の亀甲《きっこう》模様の帯をしめている。みなりが立派になったせいか、顔立まで、かつての、痩せて、とげとげしいところがなくなってふっくらとふくらみが出て、打上った男ぶりに見えた。

あれから、三月近く立って、京都は暑い夏になっている。

夏の御陣――と近頃になって言うようになった戦争が済んで、大坂が落城したのは、二月前のことだ。

あの時の、放火の計画は真実だった。

連累、七十余人、信任する茶道坊主が加担していたというので、京都の西郊西の岡三万五千石の古田織部正《おりべのしょう》のような大名まで身は切腹家断絶の刑に処せられたほどだった。

だから、二人の功は莫大なものになった。

二人は、家康からも、秀忠からも、白銀二百両ずつを、当座の褒美として与えられた上、大坂平定関東御帰陣の後、旗本に取り立ててやるとまで申し渡されたのである。

二人は、有頂天になった。

関東へ行って、名乗って出さえすれば、御直参に取り立てられるのだ。

弥右衛門が、左門を買取れば、三郎兵衛は、三郎兵衛で、故郷に待つ女房子のことなど、けろりと忘れはてて、せっせと柳の馬場の遊女に通ったあげくには、その遊女を身請けした。

この賀茂の家は、左門と暮すために、弥右衛門が買ったものである。さる公卿の別業だったのを銀百両で手に入れたのである。

今日は、久しぶりで、三郎兵衛が、女連れで遊びに来たので、早速酒になったが、どうしたものか三郎兵衛の気がひどく浮かない。

はじめのうち、弥右衛門も、いろいろ取りもちしていたが、いつまでも様子が変らないので面倒くさくなって、寝そべってしまったのである。

弥右衛門は、いい気持で、三味線を聞いている。足の爪先で拍子を取りながら、薄眼を開けて女の顔を見ているのだ。弥右衛門の位置からすると、逆様《さかさま》に見上げることになる。真白な、太い円い柱のような首の上に、可愛い頤《おとがい》がのって、その上に紅い唇、かわいい鼻孔の開いた鼻、細いくせに切《きれ》のいい眼があって、白粉気のないきめのこまかな頰が、薄く汗ばんでいる。

驚くばかりの色っぽさだ。

この色っぽさは以前にはなかったものだ。こうなったのは弥右衛門のものになってからだ。以前の青白く沈んでいた頰には、生々として血の色が潮《さ》し、肉の薄かったからだにはしっとりと潤いが出、眼には、人を悩ます光が添って来た。それは、春の雨に濡れた花が一時に咲き出したようなかぐわしさだ。

(おれがこうしてやったのだ)

得意の情をもって、弥右衛門はそう思ったが、それから先は、うとうと眠くなって、いつの間にか、軽い寝息を立てていた。

どれほどの時間を眠って過したか、眼をさました時は、斜めな日が庭の木立にさしていた。

三郎兵衛も、その女もいない。

左門だけが残って、膝を弥右衛門の枕に貸していた。

「お目がさめまして」

左門は微笑して顔を寄せた。

「三郎兵衛は?」

「お帰りになりました」

弥右衛門は、頸《くび》にあたる、まるいやわらかい膝の感触を楽しみながら、しばらく黙っていたが、

「あいつ、どうしたのか、えろう今日は沈んでいたの」

「ほんに。あなた様が、おやすみになってからは、一層沈んで、溜息さえついてでござりました」

「妙なやつだ。手はこすり合わさなんだか」

「手?」

「手よ。あいつ、何ぞ困ることがあると、両手をこすり合わせるのが、昔からのくせじゃった。こういう具合にの」

手真似をしながら、いろいろと例をひいて話してやると、左門は腹をかかえて笑った。

「馬鹿で、弱虫で、臆病で、一向にとりどころのない奴だが、子供の時分からの友達での」

その翌日。

早朝だった。

思いもかけず、三郎兵衛が旅支度で訪れた。

「国に帰って来る」

というのである。

「上れ」

といったが、急ぐから、ここで失礼すると言って、玄関に立ちながら言うのだった。

「うかうかと、三月もくらしてしまったが、近頃になって、故郷の女房子供のことがきつう気がかりになって来た。ひとまず、帰って、女房子供を連れて、江戸に出るつもりでいる」

「あの女は」

と今の女のことを聞くと、

「あれアまた叩き売った。もと値には売れなんだが、二十両に売れた」

「売った？」

「む。先ず、十両がとこの損で済んだ。考えてみれば、三月近くもの間の遊びの金としては随分安く上ったものだて」

得意そうなのだ。

「ひどいことをするのう」

こちらは、あきれて、こう言っただけだった。

「ひどい？　ひどいことがあるものか。あいつだって、廓《くるわ》にいるより、わしのところにいた方がずっと楽じゃったはずじゃ。——とにかく、わしは行く」

昼になってからの暑さを思わせる陽を菅《すげ》の笠にさえぎって遠去かって行くその姿が門を出るまで、弥右衛門は見送っていたが、ふと、うしろですすり泣く声がするので、ふり返って見ると、左門だった。

うつ伏して、袖を顔にあてて、声を殺して泣いているのだ。

「どうした？」

驚いて、抱き起そうとすると、左門はその手をふりほどいて、わっと声を上げて泣き出した。

「どうしたのじゃ。何を泣くことがあるのじゃ」

弥右衛門は狼狽した。一向わけがわからなかった。

「厭です。厭です。厭です」

はげしく身をゆすって畳から顔を離そうとしないのだ。

手がつけられない。そのまま捨て置いて奥へ入ろうとすると、むしゃぶりついて来た。

「厭です。厭です。厭です」

そして泣きながら言う。

「あなた様も、あなた様も、お飽きになれば、三郎兵衛様のように、あたしをお売りになるのでしょう」

わけがわかって、安心すると同時に、弥右衛門は女がいとしくてたまらなかった。

「馬鹿なことを。わしがどういう人間か、そちにはまだわからぬな」

やさしく抱いて慰めた。

「ほんと？」

涙に濡れた目で見上げる。

「ほんととも。出来るものなら、この胸をたち割って見せてやりたいほどじゃに」

「嬉しい！」

ひしと抱きついて、その頑丈な胸に頬をおしつけて、

「あたし、もう死んでもいい」

もう泣きやんでいたが、子供の泣いたあとのように何度もしゃっくりが出た。

いとしさが、こみあげて来て、弥右衛門はいつまでも抱きしめていた。

この女のためなら、どんなことでもしてやろう、改めて弥右衛門は思った。

着物、髪飾《かみかざり》、調度――どんなものでも、女が望めば、買って与えた。行きたいという所は、どこへでも連れて行った。

美しく装《よそお》った左門を連れて歩くのが、弥右衛門には嬉しかった。驚嘆したような眼で、ふり返る人でもあると、弥右衛門は嬉しさに胸がどきどきして、

（どうだ、おれの女だぞ）

といいたげに、肩を聳《そび》やかして、その人を見返すのだった。

こうして、飾り立てるようになってから左門の美しくなったことは驚くばかりだった。以前の、美しくはあっても、どことなくただよっていたさびしげな影などはもうどこにもなかった。いささかふとり肉《じし》になったが、ぬけるように白い皮膚、きらきらと輝く眼、力のこもった唇の結び――烈日の光を吸って妖艶な香を吐いて咲き驕る大輪の向日葵《ひまわり》の

ような豪華な美しさだった。

相当に我儘も言うようになった。しかし、それすらも、弥右衛門にとっては、子供が駄々をこねているのを見るように可愛かった。

秋になって間もなくだった。

三郎兵衛が、江戸へ行く途中だといって立寄った。妻子を連れていた。服装は小ざっぱりしているが、醜い女だった。子供は三郎兵衛の子供の時によく似て、痩せた雀の子のような子供だった。

「おぬしもいい加減に行かぬか」

三郎兵衛はそう誘った。

「うむ。しかし、別段に急ぐことはあるまい。逃げるものではなし、金もまだあるし、京の秋景色も見過し難《がた》いでのう」

実際、そう弥右衛門は考えていた。江戸は、まだ、よく開けないし、遊楽の場所も少ない。どうして、悦楽に満ちた京都を急いで去る必要があろう。三郎兵衛のように、女房子供のある者なら知らぬこと、楽しめるだけ楽しんで、金がなくなってから行って沢山だ。

「おぬしは気楽でよいのう」

しみじみと三郎兵衛はうらやましそうだった。

「なに、江戸へ下ればお旗本になれるというたしかなあてがあるからのことよ」

と、弥右衛門は笑った。

数日滞在して、三郎兵衛は江戸へ立ったが、しばらくして便りがあった。

（二百石の旗本にお取り立てを蒙《こうむ》った。おぬしは来る時、先ず、駿府に行って大御所様にお目にかかって来るがよい。自分はそれをしなかったために、駿府への問合わせや何やらで、かなり面倒な思いをした）

という便りだった。

年が暮れて、翌年。

晩春だった。

いよいよ金も残り少くなったので、弥右衛門も江戸へ下ることにして、先ず、名古屋を志した。

## 七

「ここじゃ。これが弟の屋敷じゃ」

土塀について、門の方にまわりながら、弥右衛門は左門に教えた。

「まあ、大きなお屋敷。弟御の御知行はいかほどでございますの」

微かに日に灼けて一層生々となった顔に微笑を浮べて左門は聞く。

「三百五十石」

「まあ。それは、あなた様より百五十石多いのでございますね」

「ははははは、禄は少くとも、わしの方が本家、また兄、決して威張らせぬ」

「ほほほほほ、気の強いお人」

門に来たので、ずっと入ろうとする、植込の側で馬を洗っていた中間が、

「どなた様でございます」

と言いながら出て来た。

見馴れない中間だ。

「甲斐庄弥右衛門、当家の主《あるじ》の兄に当る者じゃ。京からまいったと取次いでくれ」

悠然として名乗ると、中間はへんな顔をしながら言った。

「甲斐庄様はおなくなりになりましたぜ」

「なに！　なくなった？　いつ、いつだ」

「さあ、いつでございましたか、そうそう去年の暮でございました。お役目の上で何やら殿様のお気に叶《かな》わぬことがございましたとかで、御浪人なさいましたが、上方の方にいらっしゃいますとて、宮（熱田）から桑名へ渡る船にお乗りになりましたところ、その船が難船しまして、三十人ほども水死人が出ましたが、その時、御一緒でありましたとか。お気の毒なことでございました」

しばらくの間は口も利けなかった。

「そうか……それで、この屋敷は？」

「はい、松平五郎八様が拝領なさいまして、唯今お住いでございます」

弥右衛門は左門をうながしてしおと立去った。

三平の墓のあるという寺に行ってお詣りをした上で、今度は駿府を志した。三郎兵衛の教示に従って、先ず大御所にお目見得するつもりだった。

ところが――

その途中、弥右衛門は大変なことを聞いた。大御所様が、御重態である、いや、もうおなくなりになったそうな、という噂がとりどりなのである。

「これアいかん」

急ぎに急いで駿府に向ったが、死んだという噂が実正だったと見えて、駿府についた時は、もう葬儀が取行われて三日も立っていた。

とにかく、大御所様附の老中である本多上野介《こうずけのすけ》まで申し出て見たが、毎日のように出かけて行って、一月も立ってからやっと、

(江戸へ行くように。当地は、唯今はさような詮議をしていられない)

という沙汰が下った。

しかたはなかった。二人は江戸に向った。

江戸についたのは、梅雨どきだった。

ひとまず、三郎兵衛の屋敷に落ちついた。

三郎兵衛の屋敷は、牛込の矢来《やらい》にあった。ここから、弥右衛門は毎日のように雨の中

を、老中方を訪問して廻った。

誰も会ってくれなかった。

重役らしいのが応対に出て、「いずれ、何分の御沙汰がくだりましょう」というのはいい方で大抵は取次の小侍が、野良犬でも追っぱらうような横柄な態度で追いかえすのだった。

まだよく道も出来ていない泥田のようなぬかるみを、雨に叩かれて歩きながら、弥右衛門は泣きたいほどみじめな気がした。

「しまったことをした。なぜ、もっと早く来なんだろう」

と、後悔はしたが、絶望はしなかった。現に三郎兵衛がお取立を蒙っているのだ。自分だけ、どうして捨て置かれることがあろう——と思うのだった。

しかし、あまり埒が明かぬので、三郎兵衛に頼んだ。

「いいとも。引受けた。安心して待っているがよい」

たのもしく、三郎兵衛は受合って出て行ったが、その夜、遅くなってから帰って来た三郎兵衛の様子は、ひどく力ないものだった。

「どうであった」

と聞くと、三郎兵衛はもじもじしながら、両手をこすりはじめた。弥右衛門はひやりとした。足許の崖が崩れて、踏み止まろうとする努力の甲斐もなく、高い高い空間を落ちて行くような気持だった。

「いけなんだのか」

こう問うのもやっとのことだった。

「土井大炊頭《おおいのかみ》様が御老中の中では一番羽ぶりがおよろしい故、わしは、まずそこへ行った。お忙しそうではあったが、お会いくだされた。幸先《さいさき》よしと、わしは喜んだが、さて、話の本筋に入ると、……一口に申せば証文の出し遅れじゃと仰せられるのだ」

「なに？」

「わしに怒ってくれまいぞ。わしは、ただ、大炊頭様の仰せられたことをそのままに申しているに過ぎぬのじゃ故」

「…………」

「大炊頭様、仰せられるには、さようなことを申し出ている者がある由は聞いているが、既に大御所様も御他界遊ばされたことではあり、真偽のほど、今は詮索するに由ない。まず証文の出しおくれ……」

「詮索する由がないと申して、現に、おぬしをそうして取立てていらせられるではないか。おぬしとおれは最初から同功一体じゃ、いや、おれが聞き出して来たればこそ出来た仕事じゃ、申したくはないが、功の大小を申せば、わしの方が大きい。それを申してくれたか」

「申し上げた。申し上げたが、今となっては致しかたはないとのみ仰せられるし、何分にも、政務御多端のお身の上とて、そのままお立ちになるし、わしも力なく引退って来る外はなかった」

「頼み甲斐もない男だな、おぬしは」

弥右衛門は無茶苦茶に腹が立った。三郎兵衛が大炊頭の弁護ばかりしているように思われた。

「おぬし、何と申して家を出て行った。安心して待っておれと、心たのもしく申したではないか。それを、何たるざまだ！」

「わしは、出来るだけのことはいたしたつもりじゃが」

三郎兵衛は弱りきって、はげしく両手をこすりはじめた。

「もう一度行け、いや、出来るまで行け。誰のお蔭で、今日の身分になり上ったのだ。恩義を存ずるなら、行け」

嵩《かさ》にかかってどなりまくる弥右衛門の言葉に、ぴたりと三郎兵衛の手がとまった。そしてじっと相手の顔を見つめて、ふるえる声で言った。

「それほど言うなら、なぜ、おぬしは、わしと一緒に江戸にまいらなんだのじゃ。なによりも、おぬしの心がけの、いたらなんだためではないか」

「それとこれとは別だ。早く来ようと、遅く来ようと、わしの功には何の変りはないぞ。お公儀がわずかの禄を吝《おし》まれるのが大本《おおもと》ではないか」

「別かの。なるほど、お公儀が禄を吝ませられるからでもあろうが、もし、おぬしが、わしと一緒に下向しておれば、わしと同様にお取立を蒙ったに相違ないではないか、それから考えると……」

「頼まぬ！　金輪際頼まぬ！」

弥右衛門は荒々しく客間に帰って来た。

暗い行燈のかげに、しょんぼりと左門が坐っていた。白い首筋が、痛々しく眼にしみた。それを見ると、弥右衛門は、

（聞いていたな）

と思った。

一層、胸が暗くなった。

「寝よう、まだ起きていたのか」

わざと、平気な語調で言った。

左門は、黙って、夜具を取り出して敷いていたが、急に崩れるように夜具にうつ伏して泣き出した。

弥右衛門は、何か言おうとしたが、何にも言わなかった。腕組みして、ふるえるように動く女の肩のあたりを見つめていた。

長い間、泣いていた。弥右衛門の胸にも、はじめて熱いものが動いて来た。

やがて、ぴたりと泣声が止んで、左門は顔を上げて、弥右衛門を見た。眼は、まだきらきらと涙に濡れ光っていたが、唇のあたりには微笑がただよっていた。

「いけなんだそうでございますね」

静かな、落ちついた声だった。

弥右衛門は狼狽した。

「いや、うむ、まあ、いけなんだことはいけなんだが、生証人のあることだ。このままになることはない。大丈夫だ。わしは……」

くどくどと言いかけると、女はそれを遮るように言った。

「いいえ。いけなんだところで、あたし、ちっともかまいません。楽は京都であんなにして来ました。もういりませぬ。どんな辛抱でもします。どんな貧しいくらしでも、あたしは慣れていますもの」

胸にある熱いものが、ぐっと咽喉《のど》もとへつきあげて来たかと思うと、弥右衛門の眼には、湯のような涙が迸《ほとばし》った。

「そもじは、そもじは、そもじは……」

叫びながら、狂ったように、たくましい胸に抱きすくめた。

「苦しいわ、苦しいわ……」

女は、蓮葉《はすは》なくらい華やかな嬌声を上げてもがいた。その耳に口をあてて、喘《あえ》ぎ喘ぎ弥右衛門はささやいた。

「そもじだけだ。わしに残されたのは、そもじだけだ」

ふるえる声で女もささやきかえした。

「あたしも、あなた様だけ、あたしも、あなた様だけ……」

翌日から、弥右衛門がまた猛運動をはじめた。一日のうちに、二度も三度も、老中の屋敷を訪ねた。会わないではやまぬ意気込みだった。

毎日のように希望をもって出、毎日のように打ちひしがれて帰って来た。

「もうおやめなさりませ。お旗本なぞにならないでもいいではありませぬか」

左門は、そう言って、江戸は、今、どこもかしこも新しく屋敷を建てたり、お城普請があったり、道路普請があったり、普請だらけだから、人夫かせぎをしても、二人口や三人口は十分に過せるでないかと説くのだった。

「まて、まて、まだ匙《さじ》を投げるには早い」

弥右衛門は左門の言葉に慰められては、新しい勇気をふるい起して出かけて行くのだった。

ところが――

そんなにまで甲斐甲斐しさを見せていた左門が、一日、忽然《こつぜん》として居なくなったのである。

朝出かける時はにこやかに笑って送り出したのが、夕方帰って見ると、いなかった。

はじめは、買物にでも行っているのかと思っていたが、暗くなっても帰らないし、夜更けになっても帰らないし、大騒ぎになった。

江戸といっても空地だらけだし、空地でない所も殆ど全部が広いがらんとした武家屋敷だし警察制度は完備していないし、人々の気風は荒々しいし、夜になっての治安などはまるで駄目だった。辻斬、強盗、放火、追剝《おいはぎ》、凌辱《りようじよく》、誘拐——さまざまの悪業が、郊外は勿論、御府内でさえやたらに行われているのだ。

弥右衛門はもとよりのこと、三郎兵衛の家来共まで出てさがしたがまるで手がかりがなかった。

やっと、翌日になって、筑土《つくど》八幡の鳥居の前にある茶店の婆さんが、それらしい若い女が、中身は着物らしいと思われるかなりな嵩《かさ》の包みをかかえて四谷の方に向ったということを教えてくれた。「逃げたのだ！」人々は皆そう感じた。

幾分の危惧は抱きながらも、弥右衛門は信じようとしなかったが、左門の遺書が発見された。

弥右衛門の荷物の中に包みこんであった。

長い間、お世話になりました。末の望みのないくらしはいやですから、あたしは立去ります。お旗本にお取立なされることを神かけていのります。

たどたどしい文字、文句で、こうした意味のことが書いてあった。宛名に、

(甲斐庄旦那様)と書いてある。

愛想をつかして逃げたことは明瞭だった。

その書置を、弥右衛門は誰にも見せなかったが、鋭い恥に、胸を熱火に灼かるる思い

だった。

（斬ってくれる！）

弥右衛門の仕事は、老中訪問から左門の探索にかかった。

夏、秋、冬――半年余に及んでも、弥右衛門の探索の熱情は衰えなかった。むしろ、日ましに熱烈になって行くようだった。もう狂っているのではないかとさえ見えた。それは決して憎悪の情のみではなかった。そうだ。今では憎悪はもう消えて、やるせない愛情だけが駆り立てているのだった。顔立も変って来た。瘦せて、頰骨が立って、眼がくぼんで、白眼の多くなったその眼はいつもきょときょとと動いて、かつての、強く、逞《たくま》しい様子はどこにも見えなくなった。亡霊のようにさえ見えた。瘦せたたけの高い彼が、古びた紋服をまとい、塗りの剝《は》げた刀を差して風に吹きやられるような姿で踉々《ろうろう》と歩いて来るのを見ると、人は皆遠くから避けた。

年が明けて春になって間もなくだった。三郎兵衛が、その日も出て行こうとする弥右衛門を呼びとめて、

「少し話したいことがある故、わしの居間に来てくれぬか」

と、いった。「うむ」と、おとなしくついて行った。

「何の話だ」

「ゆっくりしてくれ。今日はとっくりと相談したいことがある。今、酒を言いつけよう、それとも茶がよいかな」

くつろぎきって、三郎兵衛はこう聞いたが、弥右衛門は性急に首を振った。

「わしは忙しいのだ、酒もほしくない、茶もほしくない」

「まだおぬしあの女をさがしているのか」

「斬るのだ、わしは。斬らねばわしのこの意気地が立たぬ」

「やめにしたらどうだ」

「なに？」

「意気地のため斬るというが、おぬしの本心は未練だけではないか」

「さような……」

「ことはないとは言わさぬ。くだらぬ売女にあたら一生を潰すこと、わしにはうなずけぬな。どうだ。それより剣術の修業でもせぬか。剣術は近頃のはやり第一、今では武士が身を立てる一番の近道は、剣術の修業のようじゃ。おぬしの体格、剛力、気象、それに、やっと三十という若さじゃ。五、六年みっしりと修業すれば、必ず高名な剣術者になると思うが思い切ってやる気はないかの。あのような女のことをいつまでもくよくよと思うているより、何ぼう男らしいことか……」

弥右衛門は貝が殻の中に閉じこもるように黙りこんでいたが、突然、かん高い声で笑い出した。

「はははははは」

そして、嘲るような声で、

「三郎兵衛。わしも、おぬしの口から男らしくせよと言われようとは今の今まで思いもかけざった。お旗本になると、違うものらしいの。が、おぬし、誰のお蔭でお旗本になれたか、忘れはすまいな。いや、わしはこの上の厄介はかけぬ。厄介をかけさえせねば、おぬしはいいのであろう。そうとも、おぬしは、昔からそのような男であった」

と言うと、ぷいと立上った。

「待て！　わしは……」

支離滅裂な言葉ながら、その中にあふれているひがみにあきれて、三郎兵衛は呼び止めようとしたが、

「もうよい。申すな」

といって、弥右衛門はさっさと出て行った。

その夜から、三郎兵衛の屋敷にいなくなった。どこへ行ったかわからない。江戸にいるのか、それとも他国に去ったのか、杳《よう》として、姿を現さなかった。

## 八

足かけ四年経って、元和六年の五月、三郎兵衛は京都に滞在していた。六月に、秀忠将軍の女《むすめ》和子が、今上《きんじょう》の女御《にょうご》として入内《じゅだい》するについて先発として上洛した老中土井大炊頭利勝に連れられて来たのだった。京都はもう暑い夏がはじまっていた。

めまいのするくらいきびしい日照りの真昼時だった。

三郎兵衛は、公用で知恩院まで出かけて、その帰途、四条の大橋にかかった時、橋の袂の真青に繁った柳の巨木の蔭に異様な男の立っているのを見た。

ひと目で、気の狂った乞食だとわかった。

大きな男だ。肩から背中にゆりかけた蓬髪《ほうはつ》は、垢づいて赤茶けて、渋紙色の頬は赤光りするくらい陽に灼けて、身にはこの暑いのに、ちぎれはぎれの着物を幾枚も重ねてまとって、しおれた笹の枝をかついで、片手に瓜を摑んでむしゃむしゃと食っていた。

「見覚えのあるような」

と思った途端、どきッとした。

馬の手綱を引きしめて、声をかけようとした時、その男は白く灼けただれた道路に瓜を捨てて、けらけらと笑った。濡れて、異様に赤い口と、真白な歯がぞっとするほど気味が悪かった。男は、長い髪をふり靡《なび》かせ、大事そうにかついだ笹の葉をさらさらと鳴らして、河原に駆け下りて、灼けつくように熱した河原の石の上を、飛ぶような速さで走って行ったが、水際まで行くと、ぴたりと立止まって、嗄《しわが》れた声で歌い出した。

人買舟は
沖を漕ぐ
とても売らるる身を

ただ
静かに漕げや
船頭どの

あくまでも明るい太陽の下に、三郎兵衛は真青になって馬上にすくんでいた。

# 解説

磯貝勝太郎

薩摩《さつま》（現在の鹿児島県の西部）の剛強《ごうきょう》な気風をひきついだ海音寺潮五郎の父、利兵衛は、若いころから、薩摩剣法、示現流《じげんりゅう》の剣の使い手で、豪傑肌の暴れん坊だったので、多くの武勇伝をのこしている。死んだときに、人びとは、「最後の薩摩隼人《はやと》で、豪傑だった利兵衛が亡くなった」といって嘆いた。

一九七七年（昭和五十二年）、海音寺潮五郎が死去したさいに、追悼のことばとして、作家の井伏鱒二《いぶせますじ》は、つぎのように語っている。

「知り合ったのは戦時中、南方に徴用されたとき。豪傑だったなあ。これは書いた話だけど、大阪の連隊で宣誓式というのがあったとき、輸送指揮官が『貴様らの命は俺があずかった。ぐずぐず言うものは、ぶった斬るぞ』と、いきなり言ってみんな動揺してね。卒倒した人もいる。その時、『ぶった斬ってみろ』と言ったのが海音寺です。

その指揮官は『あの中には非国民がいるから危ない』と言って輸送中、船室から出てきませんでしたね。」(「夕刊フジ」昭和五十二年十二月三日)
井伏鱒二が書いた話(「入隊当日のこと」)によると、当時、上官の軍人に向って、しかも、自分の直属指揮官に向って、そんな発言をするのは容易な覚悟ではないことで、背中の日本刀がそれを発言させたわけでもあるまいが、常識では考えられないことであるという。

後年、文芸評論家の尾崎秀樹《ほつき》から、その件についてたずねられた海音寺は、「いや、あれは、バカなことをいうな、といって刀をどんとつき、むざむざと斬られませんぞといったのが、誤り伝えられたのです」と、大笑いしたそうだ。

その刀は、家代々の同田貫宗広《どうたぬきむねひろ》の全長四尺という大業物《おおわざもの》であった。できあいの革鞘《かわざや》ではまに合わないので、肥後ごしらえの朱鞘におさめて、真田紐《さなだひも》で背中になめに負っていたらしい。このエピソードは、相手が主君、目上の者であろうと反抗して、男の意地をみせようとする戦国時代の武者気質《かたぎ》、薩摩隼人の気性をほうふつさせ、豪傑、海音寺潮五郎の面目躍如《めんもくやくじょ》たるものがあるといえよう。

海音寺潮五郎の広大な作品世界には、薩摩の豪傑や、薩摩隼人の逸話を作品化した短編が幾つかある。その好例は、「男一代の記」(『かぶき大名　歴史小説傑作集2』文春文庫)と「剛兵」である。いずれも、『薩摩旧伝集』によって書かれている。さらに調べてみると、筑後柳川《ちくごやながわ》(現在の福岡県南西部)藩の史料『旧柳川藩志』(下巻)によって、表題作『豪傑組』が書かれていることがわかる。その種本には豪傑組の連中の逸話が数多く記載されている。薩摩には豪傑組はなかったが、その性質が剛強にすぎて権貴《けんき》をはばからず、しばしば、藩の重役らの意にさからったり、法やきまりを無視した足達《あだち》茂兵衛のような豪傑は少なくなかった。

ちなみに、『旧柳川藩志』（下巻）によって、豪傑組の代表的な人物、足達茂兵衛について、補足説明してみたい。剛強な彼は藩法にそむいたり、反俗的なことばかりをしていたが、その反面では弱者に対しては常に温厚で、寛容な態度で接した。渡辺小十郎が斬殺され、その死体は十数ヵ月間、佐賀領の大詫間《おおだくま》の現場に放置されたままであったが、その後、死体は大詫間の正伝寺に葬られた。

悲憤の情をおさえがたくなった茂兵衛が、小十郎の墓標を引き抜いて放尿したことが、のちに有名になった。しばらくして、大詫間に熱病が大流行し、死者が続出したが、その隣村の柳川領の大野島には、一人の熱病患者も出なかったので、その悪疫《あくえき》は小十郎のたたりだといって、人びとは怖《おそ》れたという。父の八郎と同様に、茂兵衛は両親に孝行をつくした。病気の母親が山椒魚《さんしょううお》を食べれば、治ると聞き、山奥で山椒魚を捕っているときに、脳出血を起こして死亡した。

「越前騒動」は、一六一二年（慶長十七年）、越前（現在の福井県の東部）で起こった百姓殺害事件がきっかけとなり、越前家中にわだかまっていた重臣らの派閥闘争が、騒動に波及していく顚末《てんまつ》を描いた短編である。騒動の契機となった百姓殺害事件の真相は、史料によって、そのいきさつが異なっているためにわからないが、「越前騒動」では、事件のいきさつは、『古老茶話』によって記述されていることがわかる。

それによると、久世《くぜ》但馬《たじま》の配下の鷹匠、瀬木権平が、百姓の新右衛門の舅《しゅうと》にあたる金兵衛を殺害した下手人となっている。当時、佐渡への出稼ぎ期間は三年とし、その期限内に帰国しない者は、死亡したと見なして、妻は自由に再婚してよいという定法《じょうほう》があったとはいえ、その定法を楯《たて》にとって、嫁がせた金兵衛に腹立ちを覚えただけでなく、不義さえ感じ、それを見過ごしては男が立たぬので、金兵衛を殺したという。

男だて好みの権平の自供をきいた久世が、男達面《おとこだてづら》しての見当違いとみなし、彼を斬ろうとすると、権平は、

「新右衛門は、殿の御領の民でありますぞ。拙者はその恨みを晴らしてやったのですぞ。殿の御意地を思えばこそのことですぞ。その拙者を、どうなさるおつもりですか？」

と、いって、刀をかまえて、主君の久世と戦うべく身構えている。男だて好みの権平は、相手が主君であっても反抗して、男の意地をつらぬこうとしたのである。権平がいっているように、久世自身が岡部伊予に対して、領主としての意地立てをおこなっており、岡部伊予も同様のことをしている。後年、久世は上意討ちの使いともいうべき本多伊豆に対しても、武士の意地をつらぬくため戦ったあとで、自刃《じじん》している。森鷗外《もりおうがい》「阿部一族」の阿部弥五兵衛、市太夫の意地立てをほうふつさせる見事な最期であった。

海音寺はこの「越前騒動」で、興趣深い創作手法をみせている。それは福井の僧侶《そうりょ》の書簡文を適当に挿入《そうにゅう》していることだ。候文《そうろうぶん》になじみにくい読者も多いであろうが、書簡文による章立《しょうだ》てをすることによって、とかく長くなりがちな作品を引き締め、実証性をあたえるのに効果的である。この書簡文は、作者が『古老茶話』、『国事叢記』、『続片《ぞくへん》聾記《ろうき》』を参考にして書いたものである。

越前騒動が起こった根本の原因は、武勇好みの前藩主、秀康が、久世但馬をはじめとして、多くの勇士を家臣にかかえたことにあった。秀康の死後、彼らは重臣となり、武勇をたがいに誇って、権勢をあらそい、幼くして藩主となった忠直《ただなお》をダシに使って、家中の乱れを招いたのである。越前騒動の後、十二年経って、忠直の狂気の殺戮《さつりく》乱行によって、一六二三年(元和九年)、越前家は滅亡する。そのいきさつは、「忠直卿行状記」にくわしく書かれている。

「忠直卿行状記」の松平忠直の凶暴性は、鬱積《うっせき》した不平・不満によるものであった。父秀康の出生についての疑惑問題に関連するという説がある。秀康の母のお万は、家康の正妻、築山殿《つきやまどの》の侍女となって奉公しているうちに、家康の寵愛を受けて懐妊し、秀康を生んだ。お万は家康の妾のなかでは、もっとも、浮気で軽薄な女だったので、家康は秀康を認知しないで、三男の秀忠を将軍にした。

自分をさしおいて、弟を立てられたことに不満をもった秀康は、淫乱沈酒《いんらんちんしゅ》の日々を送った。そういった不満が彼の生涯の生きかたを決定づけたが、その子の忠直にしても、本来なら、自分のおやじ殿が第二代の将軍になり、自分が第三代の将軍となるはずであった、という不平・不満があったはずで、それがまた、忠直の生きかたを決定づけたというのである。

　彼が常に意識し、恐れていたのは勝姫であった。忠直は将軍秀忠の姫君で、気の強い勝姫には、一目も二目もおかざるをえなかった。しかも、秀忠は秀康、忠直をさしおいて将軍になった人物である。秀忠に対する忠直のうらみ、つらみは、秀忠の娘勝姫にも微妙に作用し、二人のあいだに、不和をもたらす結果になった。忠直が一国という女性のほかに、多くの妾をもち、乱心となり、殺戮にふけった一因《いちいん》も勝姫への不平・不満にあったといえよう。

　忠直にみられる性格は、家康の長男信康、六男忠輝、孫の家光とその弟忠長、曾孫の綱吉にもみられる。この性格は、狂人といってよいであろう。そして、忠直に対して諫《かん》言《げん》しようとしない側近の武士たちや、県《あがた》茂左衛門、横山山城らの武士気質を通して、儒教による武士道以前の、戦国の荒あらしい気風を多分に残していた時代の武士気質を知ることができる。

「坂崎出羽守」の主人公も、主君にあたる宇喜多秀家や徳川秀忠の討手に抵抗し、武士の意地をしめした人物である。「坂崎出羽守」では、宇喜多家のうちわもめは、かなり単純化されて描かれている。宇喜多家は、秀家の代になってから豊臣秀吉が何かと干渉するようになった。秀家の父、直家は梅毒の死病にとりつかれたとき、再起不能と知ったので、病床に秀吉を呼び、一子の八郎のことをくれぐれも頼んだ。この時、八歳の八郎が、のちの秀家である。八郎の母は、まだ若く美貌だったので、直家の死後、ほどなく女好きの秀吉は、彼女を手活《い》けの花にしてしまった。秀吉が終世、秀家を可愛がり、ある時期、彼を養子にしようとしたのも、そういったいきさつがあったからだ。

したがって、秀家が成長するにつれて、秀吉が宇喜多家に干渉するようになったのは、当然のことだといえる。この影響で家中は真二つに分裂してしまった。長船《おさふね》紀伊守、中村次郎兵衛らの官僚派と、坂崎出羽守、戸川肥後守、花房志摩守、岡豊前守らの武将派に分かれたのである。秀吉は長船紀伊守をあやつり、執政を牛耳ったため坂崎をはじめとする武将派と対立した。しかも、秀吉の意のままとなっていた秀家は、猿楽、鷹狩りなどの遊興にふけったので、家中の財政難を招き、そのための財源として、検地の強行となって領民の抵抗はもとより、武将派の武力による反抗に直面した。

さらに、お家騒動に油をそそいだのは、宗教的な対立事件である。秀家夫人が病気になったさいに、病気を治すための祈禱《きとう》が日蓮宗の僧侶によっておこなわれたが、その効果がなかったので、怒った秀家は家中の日蓮宗徒たちに改宗を命じた。長船紀伊守、中村次郎兵衛らの官僚派は、ことごとく切支丹信者であったためこれを好機として、領民を日蓮宗徒から切支丹信者に転宗させた。これに対して、坂崎、戸川、花房、岡らの武将派は、いわゆる〝備前法華《びぜんほっけ》〟の信者だったので、彼らは改宗しようとはしなかった。

このように、宇喜多家のお家騒動の原因は、きわめて複雑で、若い秀家には解決できない深刻な問題となっていた。

　秀家と武将派との複雑な対立は、秀家が戸川肥後守を暗殺しようとした事件をきっかけとして、さらに激化し、坂崎、花房らの同勢二百人ほどが、大坂の玉造《たまづくり》の坂崎邸に立て籠《こも》り、秀家の討手と武力対決にのぞむという最悪の事態となった。このため大坂市中の人びとは、恐怖のどん底にたたきこまれた。この時、坂崎は家康の四天王といわれた榊原康政《さかきばらやすまさ》や、秀吉の将・大谷吉継《おおたによしつぐ》らのあっせんにも同意しなかったために家康の勘気《かんき》を受けている。

　のちに、大坂城の落城のさいに、千姫を救出した坂崎は、江戸の湯島台の自邸に立て籠り、秀忠に武力で反抗し、自刃して果てるという悲劇を招いた。救出に功のあった彼は、家康との約束で千姫が自分にあたえられることを期待していた、といわれている。ところが、家康の死後、秀忠は約束を破って、千姫を本多忠刻《ただとき》と再婚させたので、憤怒した坂崎は、千姫の嫁入りの輿《こし》を奪おうとしたが、失敗したのち、一六一六年（元和二年）九月十日、家臣、一族の者たちと共に、秀忠の討手と戦った。その時、多勢の兵に坂崎邸を包囲させた秀忠は、坂崎を引き渡せば、十九歳の嫡男《ちゃくなん》の将来について保障することを通告したために、立て籠っていた家臣は、坂崎に自刃をすすめた。この事件で江戸の市中は大騒ぎとなった。

　学者・政治家、新井白石《はくせき》の『藩翰譜《はんかんぷ》』を読んでみると、家康は坂崎出羽守に、「千姫の再婚先は、京都の公家たちとの交際の広い出羽守にまかせる」と、いっていたらしいことがわかる。それで、京都にのぼって再婚先の公家をさがすために奔走《ほんそう》した坂崎は、由緒《ゆいしょ》のある公家と話をまとめることができたのである。ところが、肝心の千姫が亡夫の秀頼のことが忘れられないので、髪を剃《そ》って尼になりたい、と言い出した。驚きあわてた秀忠は、京都の公家との話を取り止めにしたために坂崎が面目《めんぼく》をつぶされた。その後、ほどなく、坂崎が知らないうちに、千姫と本多忠刻の結婚の話がまとまってしまっていた。世間に顔向けができなくなった彼は、武士の意地をみせるため千姫が輿に乗って本多邸に行く途中で、輿を奪う計画を立てたが失敗し、のちに、秀忠の討手と対戦して、自刃したのである。

『藩翰譜』によれば、家康は坂崎に対して、「千姫を救い出してくれれば、彼女を出羽守にくれてやる」という約束をしていないことや、坂崎は千姫をもらうつもりがなかったことは明らかである。講談のたぐいでは、家康は、「千姫を救い出した者に、千姫をやろう」といったので、坂崎は紅蓮《ぐれん》の炎につつまれている天守閣から、命がけで千姫を救出し、自分の顔に醜いやけどを負ってしまったので、彼をきらった千姫は美男の忠刻と再婚してしまう。そこで、激怒した坂崎は、大胆にも輿入れの行列を襲ったが、失敗したために自刃したという。この逸話が信じられないのはいうまでもない。

「一色崩れ」は、細川藤孝《ふじたか》・忠興《ただおき》(父子が謀略で、丹後(現在の京都府の北部)の守護、一色を亡ぼすいきさつを描いた史伝である。国内に多数の地侍、豪族が割拠《かっきょ》する丹後の攻略を信長から命令された明智光秀が、細川家と一色家との縁組みを考え出したのは、妙案であったといえよう。両家は足利の一門であったが、丹後で攻防戦をくりかえし、縁組みの成立で一時的な和解が実現したものの再び、不和となる。一色家十代の当主であった五郎満信《みつのぶ》は、一色家の菩提寺、盛林寺にある位牌《いはい》には、〝一色満信（義俊《よしとし》）〟と記されており、関連史料には、十代　五郎義俊と記録されている。

「一色崩れ」では、忠興の妹で、満信と縁組みした女性の名は、かりにお綱とされているが、調べてみた結果、菊という名であることがわかった。二人の婚姻《こんいん》は、政略結婚であった。のちに、満信が細川父子の奸策で誘殺されたため菊は、二重、三重の悲劇に直面することになる。関連史料によると、菊と結婚した満信は、細川家に対する警戒心があまりにも強く、一度も聟入り《むこいり》（はじめて妻の家に行くこと）しなかったため細川父子に誘殺のきっかけをあたえてしまう結果となったという。忠興の著書『細川三斎茶書』は名著として知られている。後年、父子は当時の代表的文化人となるのだが、利害得失をつねに勘案して行動する策略家であった。満信誘殺には、策略家としての性格が如実にあらわれている。第七章には後日談が書いてあるが、『永井増補府志』によると、弓木城落城後、菊は長尾村で自害し、兄の興元が彼女の亡骸《なきがら》を火葬にして塚を築き、偲《しの》んで、〝菊の丘〟と名づけたという。

「村山東安」は、素性《すじょう》のわからない流浪人、東安がそのユニークな容貌、才気、弁舌、器用さなどを駆使して豊臣秀吉に取り入り、長崎外町代官に成り上がるまでを書いた短編である。東安と秀吉とのユーモラスな会話によってわかるとおり、東安の頓智《とんち》、弁舌は秀吉をひきつけた。講談、立川文庫で知られている曾呂利《そろり》新左衛門が、その頓才によって、秀吉の寵遇《ちようぐう》を得た話は、『岩淵夜話』、『半日閑話』、『曾呂利物語』などに記載され、東安と秀吉の話が混同されている。曾呂利新左衛門は、秀吉の御伽衆《おとぎしゆう》（大名の側に侍《じ》して話相手をつとめる役）の一人で、もと鞘師だった。諸芸に通じており、器用さを生かした鞘の細工は巧妙で、刀を入れるとき、ソロリと鞘口がよく合うので、曾呂利とよばれたという。

器用で諸芸に達していた東安も、素性が定かでないので、曾呂利という素性のわからない人物と混同されたのであろう。『長崎縁起略評』によると、東安は尾張国名古屋の武士の家に生まれ、伊藤小七郎と称したという。諸国を放浪したのち、長崎に来たとき、末次興善《こうぜん》の家に寄宿して興善町の端役《はやく》をつとめた。興善が東安に魅せられたのは、奇才縦横であったからだ。秀吉は安東をトウアンと故意によんだので、東安と改称し、秀吉を名つけ親にしたことや、等安、等庵、東庵など、その名が多かったことなども、『長崎縁起略評』に記載されている。東安という名前は、キリシタン名のアントウニオを表わす安東を逆《さかさ》にした名前だという。彼とその家族が熱心なキリシタンであった史実を考えると、信憑性《しんぴようせい》がある。後年、この件が発覚し、東安は悲運の一途をたどることになる。

「末次平蔵」は、「村山東安」の続編である。東安の出世と繁栄が、平蔵を刺激し、両者の感情的対立となり、借用証文をめぐる訴訟事件をきっかけとして、東安が没落するてんまつを描いた作品である。おもしろいのは、平蔵が銀十五貫目の利息を、複利、単利の両勘定でおこない、東安を困らせたり、二人のあいだに、小商人《こあきんど》の六蔵を登場させたりして、作者の小説巧者の一端がしめされていることだ。平蔵は東安に銀十五貫目の返金をせまったが、利息については請求しなかったといわれているからだ。

しかも、当時、幕府のキリシタン取締りは、厳重だったので、幕府は平蔵に長崎のキリシタン探索を命じた。長崎に帰った平蔵は多数のキリシタンを捕え、教会を破壊した。興善と平蔵の父子は、元来、キリシタンであったが、貿易上の利害関係から、ころびキリシタンとなり、迫害者になっていた。キリシタン弾圧の功績によって、平蔵は長崎外町の代官、さらに、長崎奉行に出世している。だが、末次家は三代まで栄えたが、一六七六年（延宝四年）、平蔵三世の代に、幕府の鎖国方針による海外渡航禁止令を破って密貿易をしたために没落した。「村山東安」、「末次平蔵」のほかに、長崎の人物を連作形式で書く予定であったが、月刊雑誌「小説公園」が廃刊となったために中絶となった。

「はやり唄五千石」は、下総国《しもうさのくに》（現在の千葉県の北部と茨城県の一部）の水呑百姓《みずのみびやくしよう》で、馬方《うまかた》を稼業とする与作（のちの平野権平長政）と、そのいとこで、卑賤《ひせん》な境遇を経《へ》たのち、将軍家光の寵愛《ちようあい》を受けたお蘭《らん》（のちのお楽《らく》の方）が、数奇な運命を変転する物語である。徳川十五代の将軍たちのなかで、母親の素性がたしかなのは、初代家康と三代家光だけで、あとはことごとく卑賤な母親のうまれである。腹は借物の考えが徹底していた。それと、将軍を生むのは、害がなくて、卑しい庶民の娘がもっとも好ましいという考えもあった。天皇、公家、大名（ことに外様大名）などの娘が、大奥に上がって、次期将軍を生めば、娘の父親の権力が増大しし、政治的な均衡がくずれるからだ。

閑話休題、『玉輿記』によると、お蘭が家光の寵愛を受けるきっかけとなったのは、家光の乳母、春日局が寛永寺に参詣したとき、お蘭を駕籠の中から見て、上がらせたからだという。ある時、お蘭が先輩の女中からせがまれて、彼女を大奥にうたっている無邪気な様子が、家光の心をとらえ、その夜から枕席に侍ることになったといわれている。彼女が竹千代を生んだのち、彼が四代将軍家綱になると、お蘭の一族は栄達した。お蘭のいとこの与作は馬方をしていたが、突然、召し出され、将軍の権威で無理やりに、旗本のなかで、指折りの名家、平野家の当主の丹波守に任官させられてしまったため世間の人たちが、それを皮肉って唄にしたところ、大流行した。

"与作 丹波の馬追いなれど いまはお江戸の刀ざしじゃ……" という流行唄は、当時の寛文年間に編された『諸国盆踊唱歌』に記載されている。海音寺潮五郎によると、近松門左衛門の「丹波与作待夜小室節」は、空によって想をかまえたものではなく、この史実をふまえたもので、馬方の三吉が御殿女中となっている母親、重の井への慕情は、与作とお蘭とのいとこ同士の幼い恋情の換骨奪胎であろうという。「はやり唄五千石」の与作とお蘭とのあいだに、幼いころ、恋情が芽生えていたとされており、それがこの作品に甘美な趣をそえている。

「白日夢」は、大坂城の落城前後の時代を背景に、中国浪人、甲斐庄弥右衛門と女歌舞伎の若い女性、霧島左門とのはかない関係を描いた物語で、弥右衛門とその旧友、松井三郎兵衛の運命的な後半生が対照的にとらえられている。弥右衛門が加担しようとした京都放火事件は、未遂に終ったが、大名・茶人の古田《ふるた》織部《おりべ》との関連で知られており、史実である。

「白日夢」の冒頭に書かれているように、一六一五年（元和元年）四月の半ば、大坂夏の陣の当初のころ、大御所家康と現将軍秀忠とが前後して上洛《じょうらく》し、東軍の諸大名、旗本たちもぞくぞくと京都に集まっていた。家康と秀忠は二条城で会見し、大坂城を攻める軍議をしているさなかに、織部の家臣、木村宗喜が主謀者となって、甲斐庄三と共に京都の町に放火する計画をしていたが、未然に発覚したため、ことなきをえた。調べてみると、織部の息子、古田九八郎は、秀頼の児小姓なので、秀頼の内命を受け、徳川がたの情報を木村宗喜を通して得ていたことがわかった。

しかも、大坂がたの内命を受けた木村宗喜は、甲斐庄三と共に、家康と秀忠が京都を出馬して大坂に向かったあとで、二条城に放火し、後方攪乱《かくらん》をおこない、大坂城中から豊臣勢を出撃させて、家康父子を挟《はさ》み討ちにしようとしていたことも判明した。『続武家閑談』によると、織部は、一六一四年（慶長十九年）の大坂冬の陣のころから大坂がたに内通し、徳川家の秘密を大坂城内に矢文《やぶみ》で知らせていた、と書いてある。しかし、茶道史研究の第一人者で、歴史家の桑田《くわた》忠親《ただちか》は、そのことを否定し、織部は木村宗喜と甲斐庄三の放火事件には関連しておらず、宗喜と庄三が、秀頼側近の大野治長《はるなが》と内密に連絡し、放火事件をくわだてたという。だが、織部は自分の家臣の宗喜と庄三が関連していたため切腹を命じられると、一言の弁解もしないで、従容として切腹している。
木村宗喜と共に、放火事件のくわだてに加担した甲斐庄三にヒントを得た海音寺潮五郎は、「白日夢」の甲斐庄弥右衛門という浪人を人物造型し、弥右衛門と放火事件や霧島左門との関連で、白日夢譚として巧妙に描いている。

（文芸評論家）

＊本作品集には今日からすると差別的表現ないしは差別的表現ととられかねない箇所がありますが、それは作品に描かれた時代が抱えた社会的・文化的慣習の差別性が反映された表現であり、その時代を描く表現としてある程度許容せざるをえないものと考えます。作者には差別を助長する意図はありませんし、また作者は故人であります。読者諸賢が本作品集を注意深い態度でお読み下さるよう、お願いする次第です。

文春文庫編集部

本書は昭和54年12月講談社文庫より刊行されました
海音寺潮五郎短篇総集㊀〜㊇を再編集したものです

文春文庫



定価はカバーに
表示してあります

豪《ごう》傑《けつ》組《ぐみ》

歴史《れきし》小説《しようせつ》傑作《けつさく》集《しゆう》3

2004年12月10日 第1刷

著 者 海音《かいおん》寺《じ》潮《ちよう》五《ご》郎《ろう》

発行者 庄野音比古

発行所 株式会社 文藝春秋

東京都千代田区紀尾井町3-23 〒102-8008
TEL 03・3265・1211
文藝春秋ホームページ http://www.bunshun.co.jp
文春ウェブ文庫 http://www.bunshunplaza.com

落丁、乱丁本は、お手数ですが小社営業部宛お送り下さい。送料小社負担でお取替致します。

印刷・凸版印刷 製本・加藤製本

Printed in Japan

ISBN4-16-713546-9

文春文庫

海音寺潮五郎の本

（　）内は解説者。品切の節はご容赦下さい。

**悪人列伝一**
海音寺潮五郎

悪人でとおってきた人物とその時代背景を見直すと、新しい、時には魅力的な人物像が形づくられる。第一巻は、蘇我入鹿、弓削道鏡、藤原薬子、伴大納言、平将門、藤原純友を収録。

か-2-7

**悪人列伝二**
海音寺潮五郎

歴史上の人物は自分で弁護できないから、評者は検事でなく判事でなければならない。藤原兼家、梶原景時、北条政子、北条高時、高師直、足利義満を人間的史眼で再評価する。

か-2-8

**悪人列伝三**
海音寺潮五郎

日野富子、松永久秀、陶晴賢、宇喜多直家、松平忠直、徳川綱吉。綱吉は賢く気性も優れていながら、血統の狂気が悲劇をうんだ。著者の人間分析がみごとな第三巻。

か-2-9

**悪人列伝四**
海音寺潮五郎

大槻伝蔵、天一坊、田沼意次、鳥居耀蔵、高橋お伝、井上馨。時には悪人の仮面をはぎ、時には悪人たるゆえんを温かく描いて、日本史の滋味と面白さを伝える名作。（綱淵謙錠）

か-2-10

**中国英傑伝**（上下）
海音寺潮五郎

善も悪も日本とは比べものにならないスケールをもつ中国の英雄たち。古代の「史記」の世界を再現して、興亡をくりかえした歴史のドラマを、あらためて現代人に捧げる史伝小説。

か-2-12

**覇者の條件**
海音寺潮五郎

天下を制覇し、治国の実をあげた日本の代表的名将十二人の風貌を、歴史文学の巨匠が雄渾の筆に捉え、人事・経営・軍略の秘訣から、人生百般の知恵に説きおよぶ決定版名将列伝。

か-2-18

# 文春文庫

## 歴史小説

（　）内は解説者。品切の節はご容赦下さい。

海音寺潮五郎
**剣と笛** 歴史小説傑作集
著者が世を去って四半世紀。残された幾多の短篇小説の中から、選りすぐった傑作を再編集。加賀・前田家二代目利長と家臣たちの姿を描く「大聖寺伽羅」「老狐物語」など珠玉の歴史短篇集。
か-2-40

海音寺潮五郎
**かぶき大名** 歴史小説傑作集2
徳川家康に仕えた水野勝成の破天荒な運命を描く表題作の他、織田信雄の家老、岡田重孝・義同兄弟の出処進退を綴る「戦国兄弟」など、戦国武士の心意気を鮮かに描く。（磯貝勝太郎）
か-2-41

海音寺潮五郎
**戦国風流武士　前田慶次郎**
戦国一の傾き者、前田慶次郎。前田利家の甥として幾多の合戦で武功を挙げる一方、本阿弥光悦と茶の湯や伊勢物語を語る風流人でもあった。そんな快男児の生涯を活写。（磯貝勝太郎）
か-2-42

辻原登
**翔べ麒麟**（上下）
陰謀渦巻く唐の都・長安に降り立った青年剣士・藤原真幸《まさき》は、滅亡に向かう帝国の高官・阿倍仲麻呂に出会う。運命の歯車は回りだした……。壮大なスケールで描く大陸歴史活劇。（向井敏）
つ-8-2

平岩弓枝
**獅子の座** 足利義満伝
室町幕府の全盛を築いた将軍・足利義満。天皇の地位をも脅かし北山文化を繁栄させた栄華の裏で、乳人への秘めた恋心に苛まれていた。新たな視点で人間・義満を描く渾身の長篇。（伊東昌輝）
ひ-1-80

中村彰彦
**いつの日か還る** 新選組伍長　島田魁伝
新選組伍長として幕末の動乱を戦った寡黙な巨漢・島田魁は討幕派との全ての戦いに奮闘した。時に内部の軋轢に苦しみながらも新選組に忠義を尽くし続けた男の波瀾の生涯。（山内昌之）
な-29-8

# 文春文庫

## 池波正太郎の本

（　）内は解説者。品切の節はご容赦下さい。

**鬼平犯科帳七**〈新装版〉

池波正太郎

「雨乞い庄右衛門」「隠居金七百両」「はさみ撃ち」「搔掘のおけい」「泥鰌の和助始末」「寒月六間堀」「盗賊婚礼」の七篇。いつの時代にも変わらぬ人間の裸の姿をリアルに映し出す。

い-4-58

**鬼平犯科帳八**〈新装版〉

池波正太郎

巨体と髯面を見込まれ用心棒に雇われた男の窮地を救う「用心棒」のほか、「あきれた奴」「明神の次郎吉」「流星」「白と黒」「あきらめきれずに」を収録して、ますます味わいを深める。

い-4-59

**鬼平犯科帳九**〈新装版〉

池波正太郎

〝隙間風〟と異名をとる盗賊が、おのれの人相書を届けてきた。平蔵をコケにする「雨引の文五郎」。他に「鯉肝のお里」「泥亀」「本門寺暮雪」「浅草・鳥越橋」「白い粉」「狐雨」を収録。

い-4-60

**鬼平犯科帳十**〈新装版〉

池波正太郎

密偵として働くことになった雨引の文五郎に裏切られた平蔵の心境は如何。盗賊改方の活躍を描いた「犬神の権三」のほか、「蛙の長助」「追跡」「五月雨坊主」など全七篇を収録。

い-4-61

**鬼平犯科帳十一**〈新装版〉

池波正太郎

同心木村忠吾が男色の侍に誘拐される「男色一本饂飩」、平蔵が乞食浪人に化ける「土蜘蛛の金五郎」、盗んだ三百両を返しにゆく「穴」など全七篇を収録。　（市川久夫）

い-4-62

**鬼平犯科帳十二**〈新装版〉

池波正太郎

盗賊となった又兵衛との二十数年ぶりの対決を描く「高杉道場・三羽烏」のほか、「いろおとこ」「見張りの見張り」「密偵たちの宴」「二つの顔」「白蝮」「二人女房」の全七篇を収める。

い-4-63

# 文春文庫

## 池波正太郎の本

（ ）内は解説者。品切の節はご容赦下さい。

### 池波正太郎 鬼平犯科帳十三〈新装版〉

盗賊の掟を守りぬいて、〝真〟の盗みをする盗賊が、畜生働きの一味を成敗する「一本眉」のほか、「熱海みやげの宝物」「殺しの波紋」「夜針の音松」「墨つぼの孫八」「春雪」を収録。

い-4-64

### 池波正太郎 鬼平犯科帳十四〈新装版〉

密偵の伊三次が兇悪犯に瀕死の重傷を負わされる「五月闇」に、「あごひげ三十両」「尻毛の長右衛門」「殿さま栄五郎」「浮世の顔」「さむらい松五郎」の全六篇を収録。（常盤新平）

い-4-65

### 池波正太郎 鬼平犯科帳十五〈新装版〉 特別長篇 雲竜剣

二夜続いて腕利きの同心が殺害された。その手口は、半年前、平蔵を襲った兇刃に似ている。あきらかに火盗改方への挑戦だ。初登場の長篇「雲竜剣」の濃密な緊張感が快い。

い-4-66

### 池波正太郎 鬼平犯科帳十六〈新装版〉

出合茶屋で女賊の裸をむさぼる同心の狙いは？　妻を寝とられた腹いせに放火を企てた船頭が、闇夜に商家へ忍び入る黒い影を見たとき……。巷にしぶとく生きる悪に挑む鬼平の活躍。

い-4-67

### 池波正太郎 鬼平犯科帳十七〈新装版〉 特別長篇 鬼火

もと武士らしき男がいとなむ〝権兵衛酒屋〟。その女房が斬られ、亭主は現場から姿を消す。謎を探る鬼平に兇刃が迫る。「むうん……」平蔵の唸り声がした。力作長篇「鬼火」の迫力。

い-4-68

### 池波正太郎 鬼平犯科帳十八〈新装版〉

大恩ある盗賊の娘が狙われている。密偵の仁三郎は平蔵に内緒で非常手段をとった。しかし、待っていたのは死であった。盗賊上がりの部下を思いやる「一寸の虫」ほか佳篇五作。

い-4-69

# 文春文庫

池波正太郎の本

（　）内は解説者。品切の節はご容赦下さい。

池波正太郎
## 鬼平犯科帳十九〈新装版〉

幼児誘拐犯は実の親か？　卑劣な犯罪を前にさすがの平蔵にも苦悩の色が……。ある時は鬼になり、ある時は仏にもなる鬼の平蔵の魅力を余すところなく描いた、著者会心の力作六篇。

い-4-70

池波正太郎
## 鬼平犯科帳二十〈新装版〉

「か、敵討ちの約束がまもれぬなら、わたした金を返せえ！」女から敵討ちを頼まれて逃げ回る男に、平蔵が助太刀を申し出て意外な事実が判明。「げに女心は奇妙な」と鬼平も苦笑。

い-4-71

池波正太郎
## 鬼平犯科帳二十一〈新装版〉

同心大島勇五郎の動静に不審を感じた平蔵が、自ら果敢な行動力で凶盗の跳梁を制する「春の淡雪」を始め、部下への思いやりをしみじみと映し出して〝仏の平蔵〟の一面を描く力作群。

い-4-72

池波正太郎
## 鬼平犯科帳二十二〈新装版〉
特別長篇　迷路

火盗改長官長谷川平蔵が襲われ、与力、下僕が暗殺された。平蔵の長男、娘の嫁ぎ先まで狙われている。敵は何者か？　生涯の怪事件に遭遇し、追いつめられた鬼平の苦悩を描く長篇。

い-4-73

池波正太郎
## 鬼平犯科帳二十三〈新装版〉
特別長篇　炎の色

夜鴉が無気味に鳴く。千住で二件の放火があった。火付盗賊改方の役宅では、戦慄すべき企みが進行していた。——長谷川平蔵あやうし！　今宵また江戸の町に何かが起きる！

い-4-74

池波正太郎
## 鬼平犯科帳二十四〈新装版〉
特別長篇　誘拐

風が鳴った。平蔵は愛刀の鯉口を切る。雪か？　闇の中に刃と刃が嚙み合って火花が散った——。「鬼平犯科帳」は本巻をもって幕を閉じる。未完となった「誘拐」他全三篇。（尾崎秀樹）

い-4-75

# 文春文庫

池波正太郎の本

（　）内は解説者。品切の節はご容赦下さい。

## 蝶の戦記〈新装版〉（上下）

池波正太郎

白いなめらかな肌を許しながらも、忍者の道のきびしさに生きてゆく於蝶。川中島から姉川合戦に至る戦国の世を、上杉謙信のために命を賭け、燃え上る恋に身をやく女忍者の大活躍。

い-4-76

## 火の国の城〈新装版〉（上下）

池波正太郎

関ヶ原の戦いに死んだと思われていた忍者、丹波大介は雌伏五年、傷ついた青春の血を再びたぎらせる。家康の魔手から加藤清正を守る大介と女忍び於蝶の大活躍。（佐藤隆介）

い-4-78

## 忍びの風〈新装版〉（全三冊）

池波正太郎

はじめて女体の歓びを教えてくれた於蝶と再会した半四郎。姉川合戦から本能寺の変に至る戦国の世に、相愛の二人の忍者の愛欲と死闘を通して、波瀾の人生の裏おもてを描く長篇。

い-4-80

## 剣客群像

池波正太郎

夜ごとに〈辻投げ〉をする美しい女武芸者・留伊のいきさつを皮肉にスケッチした「妙音記」のほか、「秘伝」「かわうそ平内」「柔術師弟記」「弓の源八」など七篇を収める。（小島香）

い-4-17

## 忍者群像

池波正太郎

戦国時代の末期、裏切りや寝返りも常識になっていた乱世の忍者の執念を描く「首」のほか、「鬼火」「やぶれ弥五兵衛」「寝返り寅松」「闇の中の声」など忍者小説七篇の力作群。

い-4-18

## 仇討群像

池波正太郎

仇討は単なる復讐ではなく武士世界の掟であった。その突発的事件にまきこまれた人間たちののっぴきならない生きざま。討つ者も討たれる者も共にたどるその無残で滑稽な人生を描く。

い-4-20